내 5급 연예인 3

고고33 현대 판타지 소설

초판 1쇄 찍은 날 § 2021년 11월 26일
초판 1쇄 펴낸 날 § 2021년 12월 3일

지은이 § 고고33
펴낸이 § 서경석

총괄팀장 § 노종아
편집책임 § 김우진
디자인 § 스튜디오 이너스

펴낸곳 § 도서출판 청어람
등록번호 § 제387-1999-000006호
등록일자 § 1999. 5. 31
어람번호 § 제1-3166호

주소 § 경기도 부천시 부일로 483번길 40 서경B/D 3F (우) 14640
전화 § 032-656-4452 팩스 § 032-656-4453
http://www.chungeoram.com
E-mail § chungeorambook@daum.net

ⓒ 고고33, 2021

ISBN 979-11-04-92402-6 04810
ISBN 979-11-04-92386-9 (세트)

목차

제1장   좋은 놈, 나쁜 놈, 이상한 놈 Ⅱ ·· 7

제2장   릴렉스 ·· 21

제3장   역대급 케미 예고 ·· 45

제4장   마녀 신드롬 ·· 89

제5장   최고남이라고 아십니까, 아주 나쁜 ·· 117

제6장   꿈을 파는 장사꾼들 ·· 193

제7장   흔들리는 꽃들 속에서 네 샴푸 향이 ·· 237

제8장   불타오르네 Ⅰ ·· 275

제1장

—

좋은 놈, 나쁜 놈, 이상한 놈 II

[주선희 대표는 왜 그러는 거예요?]

"지금 안달 났겠지. 유병재에 은별이까지 요즘 우리 회사 이름
이 심심찮게 올라오고 거기에……."

나는 입을 열다가 멈칫했다. 옆 테이블에서 나를 이상하게 쳐다
본다. 미친놈 보듯이. 그녀가 제 물건을 챙겨서 멀리 가고서야 다
시 저승이를 바라봤다.

[어떻게 하실 건데요?]

저승이가 명부를 탁 닫고 물었다. 검은 동공에 내 얼굴이 비친다.
우리 사이에 잠깐 침묵이 맴돌 때였다.

핸드폰 벨 소리가 울렸다. 화음의 민대용 대표다.

"예? 걔가 왜요?"

―아프다고 입원했어요.

민 대표의 한숨 소리가 불길하다.

현재 화음에서 촬영 중인 드라마는 세 작품.

〈500살 마녀〉, 〈이기적인 변호사들〉, 〈형사의 촉〉

이 중 형사의 촉은 OBC 채널에서 2주 전에 방영을 시작했고, 현재 시청률 5프로대로 순항 중이었다.

그런데 오늘 여주인공 김솔이가 아프다고 입원하면서 촬영을 펑크 냈다는 것이다.

당장 다음 주 방영분이니 현장이 발칵 뒤집힌 것은 불을 보듯 뻔한 일.

—걔 엊그제도 멀쩡했거든?

회식 때 질긴 낙지 꼭꼭 씹어 먹는 거 보면 이는 튼튼하고, 영양제 잘 챙겨 먹는다고 자랑한 걸 보면 감기 한 번 걸리지 않을 것 같고, 최근에 CF도 하나 찍었다는 것을 보면 날아다녀야 할 터였다고…….

민 대표 입에서 열매가 주렁주렁 달리듯 불만이 쏟아졌다.

그런 애가 갑자기 아프다. 뻔한거지.

"걔가, 주 대표 애라는 거죠?"

민 대표가 한숨을 내쉬었다.

—오늘 엔코어 본부장이 최한이 감독 찾아와서 분량 적다고 따졌고, 주 대표는 작업실에 선물 바리바리 싸 들고 왔다더라고.

"박신후 분량을 챙기지 않으면 김솔이 가지고 흔들겠다 이거네요."

주 대표, 박신후를 슈스 만들겠다더니만 진정 정신 줄을 놓은 모양이다.

—김솔이 걔도 미쳤지. 지네 대표가 하란다고 장단 맞추고 있고.

"약점 잡힌 게 있을 겁니다. 김솔이 그렇게 사리 분별 못 하는 친구 아니에요. 지도 좋아서 하겠어요? 같은 소속사여도 계약 끝나면 남인데."

—하, 어떻게 하지? 혹시, 김솔이 잘 알아요?

민 대표는 내가 김솔이랑 연줄이 있기를 바라는 눈치였다.

꼭 이럴 때만 N탑 부문장 딱지가 눈에 들어오는 모양이다.

"안다면 알고, 모른다면 모르지만, 이번 일은 김솔이를 설득할 게 아닙니다. 제가 주 대표를 만나볼게요."

—그래 줄래요?

*   *   *

"무슨 일로 오셨어요? 연락도 없이 둘이나 들이닥치시면 어떻게 합니까?"

주 대표가 자리에 앉자마자 퉁명스럽게 물었다.

나와 유병재를 마치 굴러온 돌처럼 쳐다보길래 나도 예의 따위는 버리기로 했다.

"다 같이 상생해도 모자를 판에 제 배우 분량 챙기겠다고 이런 짓거리나 하시고."

"뭐라고요?"

더 얘기해 봐야 입만 아프고, 이런 건 속전속결로 꺼내야 한다.

"이쯤에서 김솔이 복귀시키고, 앞으로 잘해보자는 얘깁니다."

"김솔이 문제는 최 대표님이 끼어들 문제가 아닙니다."

반대편 소파에 앉아 있는 엔코어 본부장이 눈을 부라리고 말했다.

"싸우자고 온 거 아닌데."

"우리는 싸울 생각인데요?"

"허허, 다 큰 성인들끼리 대화로 문제를 풀어야죠. 안 그러냐, 병재야?"

"이 근처에 괜찮은 마라탕 맛집이 있는데, 거기서 식사나 하시면서……."

"맛집? 지금 장난해요?"

주선희 대표가 눈두덩이를 확 일그러뜨리고 우리를 쏘아붙였다. 저승이도 옆에서 유병재를 노려보긴 마찬가지다.

[거기가 어딘데? 어디냐고! 나 마라탕 먹고 싶어요. 주 대표, 당장 간다고 해!]

아휴.

"정말, 이렇게까지는 안 하려고 했습니다. 제가 서스펜스 스릴러 반전 영화는 취향이 아니라서요."

나는 핸드폰을 꺼내 소파 앞 테이블에 올려놓았다.

주 대표가 눈썹을 들썩인다.

전화를 걸고 스피커 모드로 바꿨다.

주 대표가 제 입술을 마른안주 씹듯이 씹어재끼는 동안 신호가 차분히 간다. 얼마 안 가 굵은 목소리가 나를 반겼다.

—예, 형님!

"상철아, 나 뭐 하나만 묻자."

—말씀하세요.

"최근에 유미 만난 사람 중에 주선희 대표 있었냐?"

―아, 형님 그게.

곤란한지 대답을 뜸 들인다.

신경질적으로 입술을 깨물던 주 대표가 머뭇하고 본부장과 시선을 주고받는다.

참고로 백유미는 한채희가 빠진 자리에 화음에서 제일 먼저 넣으려고 했던 여배우였다.

"상철아."

다시 부르자 답이 들렸다.

―후… 있었습니다.

"그래, 고맙다. 다시 전화할게."

이쯤이면 주 대표 머리에 경고등이 반짝였겠지만, 아직 쐐기를 박기에는 모자란 감이 있어서 한 통 더 걸었다.

―오빠! 뭐야, 너무 오랜만에 연락한다는 생각 안 들어?

"어, 그 얘기는 나중에 다시 하자. 요즘 소영이, 숍에서 별 얘기 없니? 뭐 캐스팅 얘기 같은 거.

―캐스팅? 글쎄, 뭐가 있더라.

나는 잠깐 고개를 들고 주 대표를 바라봤다.

싱긋 웃는데.

―아, 한채희 하차한 드라마요, 그거 하고 싶었는데 남자 주연 배우 소속사 쪽이랑 뭐가 있어가지고 안 한다고 그러던데요?

"어, 그렇구나. 고맙다, 다시 연락할게."

전화가 끊어지고, 나는 잠시 전화번호부를 바라봤다.

수두룩한 연락처.

"이상하더라고요. 아무리 그래도 화음에서 만드는 작품인데, 거기다 박세영 작가님 작품이고. 그런데 이렇게까지 캐스팅이 안 된다? 좀 이상해서 알아봤더니 최근에 주 대표님이 여배우들이랑 자주 어울린다는 얘기가 있더라고요. 신사동이며 로데오거리며 아주 부지런히 눈에 띄셨던데."

"최 대표님, 이거 뭔가 오해가 있으신 것 같은데⋯⋯."

주선희 대표의 긴 목이 꿈틀 움직인다.

"톱급 여배우들 대신에 신인 여배우 넣으면 100억짜리 드라마에서 박신후 혼자 놀겠거니 싶었겠죠. 그 신인 여배우도 그쪽이 원하는 배우로 꽂아 넣을 생각이었겠지만, 윤소림이라는 변수가 생긴 거고. 그래서 이런 무리수를 두신 거고."

"최 대표, 아니, 대표님! 우리 거래합시다! 이거 그냥 넘어가면, 내가 다시는 분량 얘기 꺼내지 않을게요!"

나는 핸드폰을 들어서 녹음 파일을 그대로 민 대표와 박 작가에게 쏘았다.

"자, 잠깐!"

"전송 끝."

잠깐의 고요함.

하지만 1분도 지나지 않아서 주선희 대표 책상에서 핸드폰이 바들바들 떨고 있다.

"뭐, 저희 얘기는 끝났으니 맛집이나 가겠습니다."

내 역할은 여기서 끝이다.

남은 인간들끼리 멱살을 잡고 죽이네 살리네 하든 말든, 나는 내 배우 분량만 안 뺏기면 될 뿐이다. 자리에서 일어나려는데, 엔코어 본부장이 놀란 얼굴로 우리를 쳐다본다.

옆을 돌아보니 유병재의 배가 새빨갛다.

"피, 피! 꺄아!"

주선희 대표가 비명을 지른다. 자지러진 비명 소리에 엔코어 본부장이 황급하게 일어났다.

"대, 대표님!"

"꺄아!"

"1, 119! 아, 아니, 저 사람 왜 저래요? 우리 대표님 혈액공포증 있단 말이에요!"

"으으."

유병재가 배를 움켜쥐고 신음한다. 그러는 중에도 주 대표는 비명을 연신 질렀다. 그러더니 졸도해 버렸다.

나는 서둘러 유병재를 부축해서 나왔다. 바닥에 피가 뚝뚝 떨어진다.

밖으로 나오니 엔코어 직원들이 경악해서 쳐다본다.

엘리베이터 버튼을 누르면서 유병재에게 속삭여 물었다.

"야, 상황 끝났는데 왜 그랬어?"

"인공 피가 오래된 거라서 그런가. 갑자기 터졌네요."

유병재가 넉살 좋게 웃는다.

"피 흘렸는데, 맛집이나 가자. 샤브샤브 먹으러."

저승이가 예! 하고 엘리베이터 천장으로 튀어 올라갔다.

＊　　　　＊　　　　＊

"너무 싱겁게 끝낸 거 아니에요?"

김나영 팀장이 조금은 아쉬운 듯 말했다.

"뭐 좋은 거라고 길게 끌어."

드라마였다면 지지고 볶는 것까지 연타로 방송하겠지만, 나는 딱, 멱살잡이로 끝냈다.

전해 듣기로는 민대용 대표의 분노 앞에 노출된 주 대표 모습은 사천왕에게 붙잡힌 생쥐 꼴이었다고 한다.

"그럼 어떻게 될까요? 하차는 안 하더라도, 박신후 타격이 클 텐데."

"민 대표가 알아서 하겠지. 남자 주연배우 쪽에서 분량 문제로 캐스팅 방해했다는 소리가 나오면 이 드라마 완전 침몰이야. 그럴 바에야 맘에 안 들어도 옆에 묶어두는 게 낫지."

지금 상황에서 하차는 불가능하다.

주 대표 역시 촬영 끝날 때까지 입 다물고 지낼 거다.

"와, 이제 박신후는 촬영 어떻게 하나. 창피해서 못 하겠다."

찌라시, 팩트, 비하인드 스토리 같은 소문들이 돌겠지.

연예계는 일반인들이 알지 못하는 별의별 일들이 존재하는데, 그중 재밌는 얘깃거리는 거의 드라마 판에서 나온다.

누구누구가 키스씬 찍다가 정분났네, 감독이 배우한테 성상납을 요구한다느니. 작가와 바람폈네 마네.

어떤 건 감춰지고, 어떤 건 드러나고.

또 어떤 것은 관계자들도 시간이 흐른 뒤에야 소문으로 겨우 알 정도로 은밀하고, 치사하고, 더러운 일들이 범람하는 곳이 바로 이 바닥이다.

"이래서 트러블 있는 드라마는 올라타면 안 되는 건데."

김나영 팀장 말이 백번 맞다. 잡음이 나면 다 이유가 있는 거다.

그런 드라마는 아무리 좋아도 재고를 해봐야 한다.

하지만 기회였던 것도 분명한 사실.

그리고 무엇보다, 우리 쪽으로 흐름이 이어지고 있잖은가.

*　　　*　　　*

「500살 마녀 제작발표회까지 D—4」

"선생님, 선생님!"

숨넘어갈 것 같은 목소리에 강주희가 서둘러 식탁에 냄비 받침을 내려놓았다. 윤소림의 하얀 손이 김이 뽀얗게 올라오는 냄비를 올려놓았다.

"우와, 맛있겠다."

붉은색 국물에 파를 송송 썰어 올린 탱글탱글한 라면 앞에서 강주희는 젓가락을 쥐다가 잠깐 멈칫했다.

"너, 정말 괜찮겠어?"

"괜찮아요, 드세요. 전 드시는 거 구경만 할게요."

"나, 최고남한테 혼나는 거 아닌가 모르겠……."

꼬르륵 소리가 강주희의 말을 끊었다.

반나절 동안 대본을 맞췄더니 배 속이 텅 비어버렸다. 그래서 라면이나 먹을까 했더니 윤소림은 다이어트해야 한다고 하고, 그래서 안 먹으려고 했더니 윤소림이 괜찮다며 라면까지 끓여줘서.

아무튼 그러한 상황이었다.

"말 안 할게요."

윤소림이 한쪽 눈을 찡긋하고 웃는다.

"너 정말 괜찮지? 세상 제일 잔인한 게 다른 사람이 맛있는 음식 먹는 거 지켜보는 건데."

"전 연습생 시절에 매일 한 시간씩 먹방 보고 그랬어요. 괜찮아요."

결국 강주희는 젓가락을 들었다. 김치 한 조각을 입안에 넣고 국물 몇 번을 뜬 그녀는 세상 행복한 얼굴이 됐다.

"아, 맛있다!"

"저, 라면 잘 끓이죠?"

강주희가 엄지를 척 내민다.

"최고! 나 이렇게 맛있는 라면 정말 오랜만에 먹는다. 예전에는 고남이가 이렇게 끓여주고는 했는데."

예전에, 강주희가 한창 다이어트하다가 스트레스 폭발하면 최고남은 곤약국수를 대령하곤 했다. 스프는 반만 넣고, 라면 대신에 곤약을 얇게 잘라 만든 면발.

강주희는 광대가 올라가는 것도 모르고 지난번에 했던 옛얘기에 또다시 흠뻑 빠졌다. 투덜거리면서도 꽤 신경 써서 라면을 끓여주던 최고남의 뒷모습이 눈앞에 아른거렸다.

"선생님은 다이어트 정말 지겨우시겠어요."

여배우의 삶은 살과의 전쟁이다.

특히나 불혹을 넘긴 순간부터는 한시도 긴장의 끈을 놓을 수가 없다.

"지겨울 뿐이겠니. 거식증도 몇 번이나 걸렸는데."

호로록.

"너도 연습생 때부터 타이트하게 관리했을 거 아니야? N탑은 월말 평가 때마다 대놓고 몸무게 알리잖아?"

걸그룹 연습생들은 배우들보다 더하면 더했지, 덜하지 않다.

연습생 생활 얘기에 윤소림이 머뭇거린다. 강주희는 화제를 돌렸다.

"뭐, 역할에 몰입하다 보면 어느 순간부터는 배고픈 것도 모르겠더라. 캐릭터 자체가 몸이 마른 거니까. 식습관이나 체질도 어느 순간부터 캐릭터에 그대로 배더라고."

"저는 그렇게 되려면 아직 멀었어요."

윤소림이 시무룩해져 웃자, 강주희는 검지로 그녀의 볼을 툭 치고 미소 지었다.

"꼭 그렇게 되지 않아도 돼. 말했잖아? 캐릭터에 너무 빠지는 것도 좋지 않다고. 장르마다 다르긴 하지만, 대개는 인물의 서사와 정서만 몸에 익혀뒀다가 슛 들어가는 순간 그 상황에서 꺼내 쓰면 돼."

물론 연기에 정답은 없다.

배우의 성향에 따라 천차만별.

표정부터 손짓 하나까지 리허설을 해서 익혀두는 배우도 있고, 즉석에서 애드리브 연기로 오케이 사인을 받는 배우도 있다.

"다음 주에 제작발표회인데, 그때 입을 드레스 준비해 뒀어?"

"가희 언니가 벼르고 있긴 한데, 모르겠어요."

"넌 뭘 입어도 예쁠 거야. 지난번에 보니까, 박신후 너한테 완전

빠졌더라?"

"에이, 설마요."

윤소림이 손사래를 치고 웃었다.

한때 강주희 자신도 누군가의 앞에서 저런 미소를 지었을지도 모르는 일이었다.

"너, 진짜 라면 안 먹을 거지?"

엄포를 놓았더니, 윤소림이 머뭇거리다가 젓가락을 든다.

"저, 딱 한 젓가락. 딱 한 젓가락만 먹을게요."

강주희는 빙긋 웃고 그녀 앞에 라면 그릇을 건넸다.

호로록 소리를 들으면서 핸드폰을 꺼냈다. 라면 먹을 때는 누가 뭐래도 유튜브 아닌가.

"근데, 너 이 동영상 봤니? 요즘 핫한데."

제2장
—
릴렉스

[뭣이 중요한디]

동영상 조회수 벌써 1만.

"최고남……."

백대식은 핸드폰을 쥔 손을 바들바들 떨었다. 이제는 누가 핸드폰을 쳐다보고 지나가기라도 하면 죄다 이 동영상을 보고 있는 것 같다.

TH 3분 전

저 사람 낯이 익다. 혹시 N탑 본부장님 아닌가?

ㄴ모자이크에 음성변조까지 해도 못 가리는 저 면적, 저 쉰 목소리, 아마 맞는 듯.

ㄴ백퍼!

ㄴ에이, 절대 아니지. 백대식 본부장은 저런 거로 꿈쩍도 안 하는 사람임.

ㄴ이 새끼 백대식이다.

댓글을 남기기 무섭게 저격이 들어오자 백대식은 절로 입술을 깨물었다.

"젠장."

다시 한번 동영상 사이트의 신고 버튼을 꾹 누른다.

'증오 또는 악의적인 콘텐츠'

'스팸 또는 사용자를 현혹하는 콘텐츠'

'내 권리 침해'

연달아 세 건을 집어넣고 숨을 피리리 내쉬는 그때, 점잖은 태도의 남자가 다가와 그에게 허리를 숙였다.

"들어오시죠."

고개를 끄덕인 백대식은 엄중한 표정을 지으며 일어났다. 남자를 따라가자 미닫이문이 드르륵 열렸다. 어둡고 침침한 그곳으로 들어간 그는 마침내 한 여자와 마주 앉았다.

촤르르!

밥상 위에 흩어진 쌀알들을 바라보는 무당의 미간이 잔뜩 찌푸려졌다. 그녀는 현미경까지 들여다보며 인중을 길게 늘어뜨리기도 하고 고개를 갸웃하기도 하고, 뱀처럼 스읍거리며 고민하기도 했다.

"왜요? 안 좋습니까? 뭐가 이상해요?"

"조용! 신령님이 지금 길을 가르쳐 주시려고 하는데 어디 그 썩은 입을 함부로 내밀어?"

못마땅한 신음과 함께 엉덩이를 뒤로 빼 앉는 백대식은 한숨을 잘근잘근 씹어 삼키며 무당의 말을 기다렸다.

천하의 백대식이 지금 자존심까지 구기고 점집을 찾아왔다. 아니, 지금 상황을 타개할 수만 있다면 굿판이라도 벌일 수 있었다.

"이상하네."

"뭐가요?"

공손 모드로 돌아온 백대식이 귀를 쫑긋 세웠다.

"자네한테 아직 운이 남아 있어야 하는데, 여기 있을 사람이 아닌데… 운명이 바뀌지 않는 한 말이야."

운명이 바뀌었다?

"그게 무슨, 아니, 그럼 어떻게 해야 지금 상황을……."

"쉿."

흠칫 놀라는 것도 잠시, 무당은 빨강, 파랑 색색의 옷자락을 흔들더니 다시 한번 쌀알을 차르르 흘리며 중얼거렸다.

"잘 들어. 그래도 자네한테 아직 기회가 있어."

이건 또 무슨 소린가.

"저기, 확실하게 좀 얘기합시다. 사람 조바심나게 하지 말고."

답답해서 미치겠는데, 무당은 계속 고개만 갸웃한다. 그러더니 턱을 번쩍 치켜든 그녀가 누군가와 얘기를 나눈다. 허공을 보며 혼잣말을 하는 그 모습에 백대식은 마른침을 꿀꺽.

"신령님 말씀이, 가지고 있는 것을 돌아보라네."

"예?"

"그러니까, 다른 욕심 부리지 말고 지금 현재 가지고 있는 것들을……."

"소중히 하라?"

백대식의 눈이 가늘어진다. 눈 번쩍 뜨고 '아이고, 감사합니다!' 라고 외칠 거라 생각하면 큰 오산이다.

처음에는 헷갈리는 말을 해서 사람을 현혹하고, 혼잣말을 해대며 혼란을 주고, 이제는 흔해 빠진 말을 하고. 이 뻔한 패턴에 점점 일그러진 표정… 그리고 밥상이 뒤집어졌다.

"에라이!"

놀란 무당이 재빨리 손을 뻗었다.

"워워, 릴렉스!"

점집에서 나온 백대식은 다짜고짜 돌멩이부터 걷어찼다.

"젠장!"

용하다고 소문난 무당이라더니 세상 물정 어두운 연예인 나부랭이들이나 속아 넘어갈 법한 소리만 지껄이다니. 그 앞에서 병신처럼 고개 끄덕였던 걸 생각하니 부아가 치민다.

"저런 게 강남에 빌딩을 가지고 있다니."

그만큼 쉽게 속아 넘어가는 순둥이들이 넘쳐나는 세상이다.

아무튼, 그럼 이제 어떻게 해야 한담.

백대식은 곧바로 핸드폰을 치켜들었다. 화를 씩씩 내며 버튼을 꾹 누르자, 아카데미 원장이 전화를 받았다.

—예, 본부장님!

백대식은 순간 기분이 조금 묘해졌다.

N탑의 본부장과 계열사 아카데미의 원장은 비교할 수 없는 위치다.

한마디로 어제까지는 용의 꼬리였는데, 오늘은 뱀 대가리가 된 기분.

"나 지금 들어갈 거니까, 연기 선생들 다 대기시켜."

―모두요?

"그래, 다!"

애초부터 이렇게 할 일이었다. 점은 무슨. 세상은 이 손으로 직접 움켜쥐어야 하는 법이다.

전화를 끊은 백대식은 이를 악문 채 핸드폰을 정장 안주머니에 쑤셔 넣다가 멈칫했다. 뭐에 홀린 사람처럼 핸드폰을 꺼낸 그는 익숙한 손길로 동영상 사이트에 접속했다.

―뭣이 중하냐니까! 꺄아!!

마지막이란 심정으로 굴욕적인 이 동영상을 눈에 담는다.

그래서일까. 여태까지와 달리 가슴은 뛰는데 머리는 차갑게 식는다.

"최고남… 넌 나에게, 모욕감을 줬어."

*　　　　*　　　　*

'윤소림.'

마우스 좀 흔들어본 사람치고 요즘 그 이름 모르는 사람 있을까. 잠깐 억울한 스캔들에 휩싸였지만, 〈공서〉에서 여주인공 현아로 열연을 펼치면서 이미지를 반전시키고 국민 호감도 만렙 찍은 신인 여배우.

하루에도 수백 개의 게시물이 올라오는 연예 포털사이트에 윤소림의 사진이 올라오는 건 이제 드문 일이 아니었다.

"이렇게도 뜨는구나."

전유라 작가는 턱을 받친 채로 모니터를 들여다보며 혀를 내둘렀다. 윤소림을 현아 역에 낙점한 뒤 인터넷에 검색했을 때 나온 것은 고작 기사 한두 개였다. 하지만 〈공서〉 방영 이후 이제는 윤소림에 대한 기사를 찾는 건 너무도 쉬웠다.

구글 검색에, 유튜브, SNS까지.

이름 석 자만 치면 주르륵이다. 연예계는 참 알 수 없는 곳이라더니.

"근데, 이 사람은 왜 연락이 없어."

서울 올라오면 한번 보자더니만.

전 작가는 꺼진 핸드폰을 물끄러미 바라보았다. 한결같이 조용한 핸드폰이지만 그래도 요즘에는 기자들과 김 피디가 가끔 연락을 해오곤 했다. 근데, 정작 기다리고 있는 한 사람은 연락이 없다 이 말이지.

「최고남」

빈 종이에 이 만년필을 선물해 준 남자의 이름을 적어봤다.

여자가 들기에 부담스럽지 않은 무게감과 어디 유럽 고성 안에 똑같은 게 놓여 있을 것 같은 디자인은 마치 그녀를 대문호의 길로 안내하는 이정표 같았다. 이런 선물, 평생 누구에게 받아봤던가.

아니, 누가 날 생각이나 해준 적이 있던가.

그런데 그는 그녀를 생각했고 챙겨줬다. 눈물 콧물 질질 짜던 입봉 작가에게 근사하게 말이지. 그 특별한 감정이 가슴에 각인돼 버렸으니 이걸 어쩐담.

"아니, 아니야! 내가 이럴 때가 아니지."

들뜨면 안 된다. 겨우 첫 단막 하나 끝났을 뿐이다.

공모전 수상이 기적으로 가는 티켓이었다면, 공서의 성공은 신세계로 향하는 열차.

은하철도 999의 철이와 메텔은 티켓을 무척 소중히 여겼다.

왜냐, 티켓을 잃어버리면 열차에서 내려야 하기 때문이다.

"다음 거. 다음 게 중요해."

전 작가는 눈을 부릅떴다. 김 피디도 그랬지 않나. 다음 작품이 진짜 인생의 전환점이 될 거라고.

그래도 말이지, 사람이 약속은 지켜야지.

보자고 했으면 연락을 줘야 할 것 아냐.

괜히 입술만 빼죽 내민 전 작가는 눈앞에 없는 최고남을 원망하며 손깍지 낀 손을 쭈욱 당겨서 기지개를 켰다. 어깨와 허리에서 뚜둑 소리가 난다.

"맥주가 당기는데."

궁핍한 과거는 잠시 물러났다.

이제 맥주 정도는 아무 때고 마실 수 있었다.

상금이 아직 남아 있었고, KIS와 다음 작품을 계약했다.

먹고 싶은 것 먹고, 몸에 걸칠 거 가끔 사기에는 충분한 액수였다.

"아차차, 지갑!"

호들갑을 떨며 분홍색 지갑을 챙긴 전 작가는 서둘러 현관문을 잠갔다.

날이 제법 저물고 있었다.

복도식 아파트에는 저무는 태양이 만든 주황빛 노을이 드리워졌다.

"뭐라고 하더라. 아, 개늑시."

프랑스 남부 지역의 양치기들은 황혼을 일컬어 개와 늑대의 시간이라고 부른다.

저기 다가오는 실루엣이 내가 기르던 개인지, 해치러 오는 늑대인지 분간할 수 없는 시간.

고개를 돌린 전 작가의 복도 끝에 멀리 있는 남자의 실루엣이 보였다.

그가 손을 흔든다. 뭔가가 가득 담긴 하얀 봉지를 보이면서.

*　　　　　　*　　　　　　*

"어때요? 별로에요?"

"이거 지망생이 쓴 거라고요?"

"아… 예."

맥주 한 캔을 천천히 비우면서, 최고남은 시나리오를 획획 넘겨 버리더니 툭 내려놓았다.

"나 이거 가져갈게요."

"괜찮아요?"

"아니요, 이면지로 쓰게요. 흐흐."

설마가 사람 잡는다더니.

맥주 마시다 체할 소리를 하고 최고남은 미친 사람처럼 낄낄댔다.

"이거 무슨 장르야? 로맨스 맞아요? 2부 대본 끝날 때까지 로맨스가 없네."

"로맨스는 3부 후반쯤에서 물꼬 터요. 원래 사랑이란 게 뒤에서 불붙잖아요. 안 그래요?"

"불은 현실에서 붙으라고 하고, 드라마잖아요. 우리 작가님, 내가 전에도 얘기했건만 빨리빨리 치라니까. 감정선 빨리 끌고 와야 굴곡도 넣고 사건도 넣지. 스릴러면 긴장감 있어야 하는데, 느릿느릿하면 안 된다니까요? 그렇다고 소재나 전개가 확 끌어당기는 것도 아니고. 또 장르물이면 시청자들이 보고 싶어 하는 걸 보여줘야지, 초반에 인물들 얘기는 뭐 하러 이렇게 많아?"

화살이 쏟아진다.

촉이 날카롭고, 쏘는 사람은 죄의식도 없고 거침도 없다.

지난겨울보다 차가운 바람과 함께 쌩쌩.

"내용은 또 왜 이렇게 튀지? 중구난방인데? 캐릭터들이 잘 잡히긴 했는데, 사연이 너무 많아. 이러면 집중이 안 되지. 공서는 그래도 처음부터 끝까지 길은 제대로 깔렸었는데… 하… 이걸로 연속극은 어렵겠는데요?"

연속극은 어렵다?

그 말에 전유라 작가의 눈썹이 껑충 튀었다.

"아, 무슨 말을 그렇게 하세요. 시놉이랑 겨우 1, 2부 대본 보고."

"나니까 이렇게 좋게 얘기하는 거예요. 시청률은 4회 안에 윤곽 나와요. 올라갈지 내려갈지. 시청자들이었으면 아주 살쾡이처럼 뜯어 먹었을걸? 뼛조각도 안 남을 때까지. 잘근잘근!"

에이, 설마.

"이거 쓴 작가 누구예요? 작가한테 다른 작가들 대본 좀 공부하라고 해요. 아니다, 인터넷 소설 보라고 해요. 요즘은 인터넷 소설 쓰는 애들이 웬만한 드라마 작가보다 감정선 더 잘 쓰니까. 80년대 할리퀸 로맨스도 이것보다는 낫겠다."

"그, 그 정도예요?"

전 작가의 입가에서 치즈케이크 가루가 후두둑 떨어진다.

"그 정도라니. 작가님이 그렇게 말씀하시면 안 되지. 입봉 하신 작가님이 보는 눈 없다고 소문나면 어쩌려고 그래요. 이거 김 피디한테 보여준 거 아니죠? 걔는 하이에나파니까, 보여주지 마요. 아주 물어뜯을걸?"

무슨 소리를.

김 피디보다 더한 사람이 그런 말이라니.

풀이 죽어 맥주 맛이 싹 달아났다.

힘없이 피자 조각을 씹는 전유라 작가의 모습에 최고남은 미소를 씨익 지었다.

"작가님이 어떤 성향인지는 아는데, 우리 〈공서〉에서 한 번 겪었잖아요. 어떻게 해야 더 결과가 좋은지 말이에요. 변하셔야 해요. 글도 습관이고 관성이니까. 옛날 스타일로 돌아가지 마요. 우리 작가님, 충분히 그럴 만한 능력 있는 사람이잖아요?"

"눈치… 챘어요? 내가… 쓴 거."

전유라 작가의 눈꼬리가 슬쩍 올라갔다.

"왜 몰라. 내가 누군데."

"그러면서 그렇게 쓴소리를."

올라갔던 눈꼬리가 투덜거림과 함께 내려간다. 작은 혀는 날름 나와 치즈 가루를 핥고 사라진다.

최고남이 웃으며 말했다.

"그래야 귀에 들어오니까, 후훗. 나 이 대본 가져갈게요?"

"이면지가 그렇게 없어요? 내가 A4 용지 좀 주문해 줘요?"

"어우, 돈 좀 버셨나 보네."

최고남이 낄낄 웃고 코트를 챙긴다. 그러더니 좀 전에 내려놓은 대본을 조심히 챙겨서 대봉투에 넣으며 말했다.

"책이 따뜻해서요. 가는 길에 좀 안고 가게. 오늘 비 왔잖아."

*   *   *

"책이 따뜻해서요. 가는 길에 좀 안고 가게. 오늘 비 왔잖아."

"예?"

"내용 좋아요. 지금까지의 시간 여행물하고는 다른 부분도 보이고."

전유라 작가가 눈을 깜빡거린다.

사실 좀 전까지는 반 진담 반 농담이었고, 지금 한 얘기는 백 프로 진심이다.

전 작가의 시나리오에는 따뜻함이 존재한다.

"접근 방식을 달리해 봐요."

"접근, 방식이요?"

"같은 소재, 같은 얘기라도, 접근 방식을 다르게 하면 내용이 달라져요. 물론 구성도 바꾸면 좋고. 설명보다는 풀이식으로 가요."

"그러니까… 소재 나쁘지 않고, 내용 나쁘지 않은데, 아까 말한 부분은 고쳐라? 시작도 다르게 하고?"

"굿."

가만 보자. 저 눈빛은 뭐랄까.

이 남자 뭘까, 생각하는 눈빛인데.

"왜 이렇게 멋있을까라고, 지금 막 생각하셨죠?"

"아니거든요!"

발끈하는 전 작가의 모습에 나도 모르게 피식 웃고 나서 물었다.

"요즘에도 많이 고치고 그래요?"

내 장례식장에서도 핸드폰으로 원고를 고치던 그녀였다.

집착은 스트레스가 되고, 스트레스는 강박증과 결벽증의 악순환 고리를 만든다.

사실 오늘 그걸 확인하려고 찾아온 거였다.

업보 지수가 제로가 될 때까지, 전 작가는 내 관리 대상이다.

"조금요."

"조금이 아닌 것 같은데?"

"노력하고 있어요."

"자주 고치는 것도 버릇이라니까요. 중요한 거 아니면 넘어가요. 사람들 별 신경 안 쓰니까."

나는 코트를 걸치며 집안을 둘러봤다.

씬별로 구분한 메모지가 붙어 있는 화이트 보드가 보인다.

책상에는 전에 못 봤던 작은 화분과 볼펜꽂이가 있었다. 한 종류의 볼펜이 여러 개 놓여 있었다.

"같은 볼펜 쓰면 글이 잘 나와요?"

"아, 그냥 느낌상……."

"그거 징크스 아닌가? 왜 스스로 징크스를 만들까."

"잔소리하러 왔어요?"

더 얘기했다가는 등짝이라도 맞을 것 같다.

"그럼 이만 가볼게요."

"아, 벌써 가요? 온 김에 더 마시고 가요. 맥주맥주!"

전유라 작가가 마녀처럼 손을 뻗었지만, 나는 현관으로 발길을 돌렸다.

"나 요즘 되게 바쁩니다. 밥도 챙겨줘야 하고."

"밥이요?"

"우리 식구들 챙겨 먹일 거요. 요즘 다이어트한다고 난리들이라서."

"난리들?"

나는 신발을 신다 말고 하소연을 했다.

윤소림과 함께 다이어트를 시작한 퓨처엔터 여직원들이 요즘 히스테리를 부리고 있다고.

성격도 포악해졌고, 눈빛은 밤에 보면 오줌 찔끔 흘릴 만큼 매섭다고.

현관문을 잡으며 돌아봤다.

"작가님은 다이어트하지 마요."

"왜요?"

"지금 건강해 보여서 좋아요."

"저 다리 굵은 거 저도 알거든요? 여고 시절 학교가 언덕에 있었어요. 그래서 그래요!"

홋.

"보기 좋다고요. 제 이상형이 건강한 여자거든요."

전유라 작가는 아파트 복도에서 떠나는 나를 향해 계속 손을 흔들었다.

점처럼 보이는 그녀를 보며 나 역시 손을 흔드는데, 저승이가 몸이 바싹 얼어서 내 옆을 졸졸 따라왔다.

[알았어요, 저 집의 정체.]

"뭔데?"

나도 궁금하다. 저 집에 들어갈 때마다 왠지 느낌이 싸하거든.

근데, 이상하게 전유라 작가가 웃으면 따뜻한 느낌도 든다.

[달마도 때문이 아니었어요. 저 집에 귀신이 붙어 있어요.]

"귀신?"

[전유라 작가 할머니 귀신이에요. 와, 저 할머니 장난 아니게 기도 세고… 잠깐 얘기해 봤는데, 자기 손녀 앞길 망치는 놈 있으면 잡아 조진다는데요? 으휴, 소름 끼쳐. 저러니까 저승사자들이 못 데려갔지.]

귀신이라. 그게 진짜 있구나 싶어 신기해서 뒤를 돌아봤다가, 나는 그대로 얼어붙었다.

전유라 작가의 옆에 희미한 그림자가 마치 나를 노려보듯이 보고 있는 것이 아닌가.

[아저씨 심근경색으로 죽은 거… 어쩌면 저 할머니 때문인지도 모르겠는데요?]

꿀꺽.

*　　　　*　　　　*

「500살 마녀 제작발표회까지 D—2」

제작발표회가 코앞으로 다가오면서 우리는 퓨처엔터 사무실 문이 열린 이래 가장 정신없이 사무실 문턱을 들락거리고 있다.

윤소림과 유병재는 얼굴 보기도 힘들었고, 김나영 팀장이나 차가희는 스치듯 인사하고 퇴근하는 일상이었다.

나 역시도 이래저래 바쁘긴 마찬가지였다.

오늘은 아침부터 강주희 소속사 대표와 만나서 남은 계약 문제를 정리했다.

다행히 그쪽에서도 남은 미련이 없는지 태클 하나 걸지 않았다.

오히려 속이 시원한 듯한 표정이었다.

그들이라고 강주희의 가치를 모르는 것은 아니겠지만, 어지간히도 껄끄러웠던 모양이다.

아무튼 문제 하나를 해결하고 나와서 잠깐 마트에 들렀다가 윤소림 숙소를 찾았다.

"어디 보자."

많은 팬들이 착각하는 게, 걸그룹 숙소는 향기 가득하고 먼지하나 없이 깨끗한 줄 안다는 것이다.

[아니에요? 막 꽃 피어 있고 그러지 않아요?]

"깔끔한 것은 청소해 주는 이모님들 덕이고, 향기 나는 것은 향수와 화장품 때문이지. 꼬옷?"

실제로 보면 저승이가 우울증에 걸릴지도 모르겠다.

이모님들 없으면 말로 형용할 수가 없을 정도로 엉망이니까.

특히나, 내가 아직도 잊지 못하는 케이스가 있는데, 저장강박증걸린 연습생의 방은 충격 그 자체였다.

밖에서는 깔끔하고 귀여운 이미지였는데, 침대보에 감춰진 쓰레기 더미에서 구더기가 피어올랐었지, 아마?

"으."

[으!]

생각만 해도 몸이 부들거린다.

물론 그런 케이스만 있는 것은 아니다.

윤소림 숙소는 제 성격답게 깔끔하다. 정리 정돈도 착착이고. 옷가지도 각이 잡혔다. 뭐랄까.

[힐링이 되는 기분이네요.]

저승이가 소파에 드러눕는 모습을 보며 나는 양손에 든 봉지를 식탁에 내려놓았다.

부스럭 부스럭

재료를 하나하나 펼쳐두고 부엌을 뒤지기 시작했다.

달그락 소리를 내면서 냄비를 꺼내고 앞치마를 두른다.

"근데 김승권은 잘하고 있나 모르겠네."

나는 냄비에 물을 받으며 오전의 일을 떠올렸다.

최근 우리 사무실에는 알 수 없는 불길한 전운이 감돌았는데, 그건 윤소림과는 전혀 상관없는 곳에서 악성 바이러스처럼 은밀하게 퍼지고 있었다.

.

.

.

"이 옷을 어떻게 그냥 입어요?"

핸드폰을 귀에 딱 붙인 차가희가 협찬 목록을 훑어보면서 눈살을 찌푸렸다.

아까부터 '500살 마녀' 제작 피디가 하는 소리가 말인지 방귀인지 도통 헷갈린다는 표정으로.

—어쩔 수 없어요. ppl 걸린 거라서 입으셔야 해요. 되게 중요

한 씬이기도 하고요!

"말이 안 되잖아요. 한채희랑 우리 소림이랑 키가 다른데. 바스트만 봐도 한채희는 잽이 안돼요. 이거 옷 터진다니까요? 사이즈는 맞춰야죠!"

─그 옷이 한정판이라서 여벌 옷이 없대요. 그나마 수선도 안 된다는 거 겨우 설득한 거예요.

"안 되고요, 이거 저희 못 입어요."

─아, 그럼 그쪽이 디자이너 찾아가서 새로 만들어 오든가요!

날 선 목소리 뒤에 전화가 끊겼다.

"아오!"

분노한 차가희가 제 책상 옆에 놓인 큰 인형을 걷어차기 시작했다.

미역, 말미잘, 해삼 같은 온갖 해산물이 그녀 입에서 나온 뒤에도 분을 참지 못하고 씩씩거린다.

지금 상황은 포커한에게 맞춰졌던 ppl 브랜드 옷들이 마치 꼬인 이어폰 줄처럼 엮여 버린 상황이었다.

"아니, 기성품 브랜드가 무슨 여벌 옷이 없어, 이게 말이 돼? 디자이너 영입해서 서브 브랜드 론칭하고 PPL 붙이는 거면 만반의 준비를 다해야지! 촬영하다가 찢어지기라도 하면 기워서 입으라는 거야 뭐야?"

사실 흔한 일이지만 내가 보기에 차가희는 지금 제정신이 아닌 것 같다.

대표가 이렇게 눈앞에 떡하니 앉아 있는데 말이야.

"못해도 최소 두 벌은 만들었어야지. 여름 촬영이면 땀으로 범벅이 될 텐데. 이거 보통 일 아니다. 큰일이야, 큰일!"

한참을 구시렁거린 끝에 막내를 부른다.

"배서희!"

"예."

"너, 오늘부터 한채희하고 화음 까는 댓글 열 개씩 남겨라. 알았지?"

신신당부하더니, 가만히 있던 유병재를 노려보고 밖으로 뛰쳐나간다. 뭐지?

"쟤, 왜 저러냐?"

"다이어트가 힘든가 본데요?"

유병재가 빵을 우적우적 먹으며 말했다.

저러니 차가희가 노려보지.

근데, 뭐?

"아직까지 다이어트 중이라고? 끝난 거 아니었어?"

"끝나긴요. 여자들 아까도 샐러드 주문하더만."

"여자들?"

나는 주위를 둘러보았다.

어쩐지 요즘 사무실 분위기가 어느 때는 사납고, 어느 때는 맹숭맹숭하고, 어느 날 아침은 여자들이 드라큘라 백작처럼 창백해져서 들어오더라니.

타타타.

배서희의 분노의 타자질이 보인다. 쟤 지금 악플 날리는 거 보게.

"안 되겠네. 이 다이어트, 여기서 종식시켜야겠다."

"어쩌시게요?"

퓨처엔터의 심각한 위기를 두고만 볼 수는 없었다.

"병재야."

"예."

"신라 호텔 뷔페 이용권 끊어라."

"거기 저녁 뷔페 인당 10만 원 넘잖아요?"

"맛있는 거 먹여야지."

일 잘하는 직원들 싼 거 먹여서 쓰나.

그리고 그 정도는 먹어야, 최고 소리 듣는 거 아니겠어?

우리 대표님 최고! 말이야.

*　　　　　*　　　　　*

"예, 지금 엘리베이터 기다립니다."

퓨처엔터 신입 사원 김승권은 지금 전화를 몰래 받고 있었다.

엘리베이터 앞에는 퓨처엔터 여직원들이 초조한 얼굴로 기다리고 있었다.

보라색 스카프를 만지작거리며 서 있는 김나영 팀장, 신경질적으로 껌을 쫙쫙 씹는 노랑머리 차가희 팀장, 이유 없이 엘리베이터 문을 노려보고 있는 배서희와 권박하, 그리고 옆에서 괜스레 그녀들을 따라 하고 있는 은별이와 은별나라 스튜디오 직원들.

"여자들 지금, 아드레날린 터지기 일보 직전 같은데요?"

오늘 김승권은 아주 중요한 임무를 맡고 이곳에 있었다.

여자들을 뷔페까지 안전하게 데리고 갈 것.

그 과정을 빠짐없이 보고할 것.

이것이 퓨처엔터의 정식 매니저가 된 그의 첫 임무였다.

"왜 이렇게 안 눌러?"

차가희가 버튼을 신경질적으로 누른다.

'두 번 누르니까 꺼지지.'

한 번만 누르라고 말하고 싶지만, 그랬다가는 한 대 맞을 것 같은 분위기라서 김승권은 구석에 짱박힌 채 핸드폰을 끄지 않고 숨죽이고 있었다.

'인당 10만 원이 넘는 뷔페라니.'

미리 인터넷으로 어떤 뷔페인지는 숙지를 했다.

한 번도 이렇게 비싼 뷔페는 가본 적이 없어서, 김승권도 내심 기대를 하고 있었다.

즉석에서 초밥을 만들어주고, 종류별로 있는 파스타, 그라탕, 갈비는 물론이요, 대게와 다양한 음료, 와인까지.

'베이징 덕인가도 있다던데. 스테이크도 있고.'

대표님은 은별이 할머니, 그러니까 김승권의 어머니까지 뷔페 예약을 하려고 했지만 할머니는 어차피 얼마 못 먹는다며 한사코 사양했다.

'노인네가, 그냥 오라면 오지.'

언제 또 이런데서 먹어보겠나.

아쉬움에 입맛을 다실 때, 엘리베이터가 멈췄다.

주변의 소리가 일시에 줄어들고 거친 숨소리만이 들렸다.

쫙쫙, 껌 씹는 소리만 들리는 엘리베이터에서 내리자 뷔페 입구에서부터 몸이 녹아드는 냄새가 풍긴다. 여자들은 좀비처럼 코를 킁킁거렸다.

"대표님, 이제 도착했습니다."

보고를 하자, 최고남이 핸드폰을 스피커 통화 모드로 전환하라고 지시했다.

김승권이 서둘러 스피커 버튼을 꾹 눌렀다.

눈을 부릅뜬 여자들과 김승권은 핸드폰에 집중했다. 그리고 최고남의 목소리가 나직이 흘렀다.

—가라, 돼지들아.

이윽고 김승권은 볼 수 있었다.

먹이를 향해 달려가는 짐승들의 포효를.

*　　　　*　　　　*

"뷔페 맛있겠다."

윤소림이 분홍빛 아랫입술을 깨물었다. 하얀 치아가 도드라진 모습에 유병재는 시무룩해졌다.

"나도 뷔페 가고 싶었는데."

제대로 된 먹방을 찍고 올 자신이 있었건만.

하지만 윤소림 스케줄 때문에 갈 수가 없었다.

아쉬움을 뒤로하고 윤소림을 숙소에 들여보낸다. 주머니를 뒤지던 유병재가 뭔가 생각난 듯 말했다.

"아, 아까 대표님한테 키 드렸었지."

지문 인식 잠금장치는 디지털 키와 등록된 지문만 인식된다.

"대표님이요?"

윤소림이 고개를 갸우뚱하고 손을 내밀었다. 머리카락이 작은 어깨 위에서 흐느적거렸다.

"잠깐 들르신다고 했거든."

유병재는 윤소림을 따라서 숙소로 들어가고서야 이유를 알 수 있었다.

뭣 때문에 키를 달라고 했는지.

냉장고에 최고남이 적은 메모가 있었다.

「소림아, 곤약국수는 물로 한번 풀어주면 되고, 육수하고 김치는 파란 통에 담아놨다. 우리 소림이, 제작발표회도 화이팅!」

280칼로리의 곤약 김치말이국수가 윤소림은 제법 마음에 든 모양이다.

행복한 미소였다.

제3장
—
역대급 케미 예고

「L호텔, 500살 마녀 제작발표회 DAY」

　구름 한 점이 유유히 흘러가는 하늘 아래에서 기자들은 말도 많고 탈도 많았던 500살 마녀와 관련한 시답잖은 얘기를 나누며 배우들이 도착하기를 기다렸다.

　"기어이 여기까지 왔네."

　"그러게. 포커한 빠지고 완전 좌초될 줄 알았는데 말이야."

　"윤소림 캐스팅이 신의 한 수였지. 무서운 신인이 침몰하는 배 멱살 잡고 끌어올린 거 아니야?"

　"무서운 신인인지는 두고 볼 일이고. 솔직히 화제에 비해 보여준 건 아직까지 하나도 없는 데 뭐."

　"첫방 나오면 향방 가려지겠죠. 여기서 끝인지, 아니면 차세대 여배우 계보를 이을 인재일지."

"근데, 세러데이는 필리핀에서 일어난 일을 어떻게 안 거예요? 지남철 건 단독 뽑은 지 얼마 되지도 않았잖아요?"

최근 세러데이는 남여울과 지남철 열애설, 한채희 해외 원정 도박 같은 특종기사를 연이어 뽑아냈다.

전자야 연애라는 기류가 있었을 테니 찾아낸다 쳐도, 포커한 사건은 사전 예고도 없이 일어난 일 아닌가.

"아이고, 아무것도 모르시네."

듣고 있던 기자가 혀를 찼다.

"두 사건의 공통점이 뭐야? 윤소림이잖아. 지남철 스캔들로 두근두근 출연하려다 하차했고, 포커한 스캔들로 캐스팅되고 말이야."

"그거야 나도 알죠. 내 말은, 걔가 황 기자 사촌도 아니고 어떻게 둘이 자꾸 엮이냐고."

"황 기자가 윤소림 소속사 대표한테 빨대 꽂았잖아. 최고남!"

"최고남? 그 사람 N탑에 있는 거 아니었어요?"

주간지에서 나온 기자의 눈이 동그래졌다.

"뭐야? 자다가 봉창 두드리는 것도 아니고, 최고남이 독립한 지가 언젠데."

"아, 이 친구 작년까지 미국에 주재원으로 있다 와서 아무것도 몰라."

"뉴욕에서 꿀 빨다 왔다는 기자가 이 친구였어?"

"황 기자다!"

마침 세러데이의 그녀가 청 자켓을 휘날리며 나타났다.

부러움과 시기, 질투의 시선들이 그녀에게 향하려… 다가 급하게 이동했다.

지금 막 윤소림과 퓨처엔터 대표 최고남이 도착했다.

*　　　　　*　　　　　*

북새통이 된 주차장에서 겨우 벗어날 수 있었다.

우선 윤소림을 대기실로 보내고, 나는 화음 사람들과 따로 움직였다.

"왔어?"

나를 본 박세영 작가가 가볍게 손을 흔든다.

촬영장에서는 청바지에 티셔츠 하나 대충 걸치고 다니던 모습만 봤는데, 오늘은 때 빼고 광낸 티가 제대로 났다.

"작가님, 오늘 너무 멋있으신데요?"

그녀를 향해 엄지를 내밀었더니 피식 웃는다.

"최 대표야말로 모르는 사람이 보면 배우인 줄 알겠어."

서로 으레 있는 덕담 한마디씩 주고받으며 리셉션 홀을 둘러봤다.

주차장도 기자들로 정신없더니, 여기도 만석이다.

"홍보팀 아침부터 정신없었겠네요."

"그동안 까먹은 이미지 만회해야 하니까."

오늘 제작발표회는 불씨가 꺼질 틈을 주지 않겠다는 민 대표의 확고한 의지다.

꺼진 불을 살리려 돈을 쏟아붓느니, 불씨가 남았을 때 부채질하는 게 훨씬 낫다.

물론 눈살 찌푸려지는 잡음은 안 된다.

하지만 현장 상황을 제대로 알 리 없는 기자들은 아직 무대에 올라가지도 않은 박신후를 향해서 카메라 셔터를 누르기에 정신이 없었다.

"박신후 왔네!"

"역시, 인물 훤칠하네."

"더 뜨기 전에 얼굴 좀 익혀야 하는데."

반면, 박세영 작가와 화음 홍보팀 직원들은 박신후를 소리 없이 씹어 먹는 중이다.

어떤이는 이를 갈고, 어떤이는 눈에서 레이저를 쏘아댄다.

다행히 그날 이후 주선희 대표는 현장 근처에도 얼씬하지 않고 있다. 박신후도 감독 말을 고분고분 듣고 있고.

우리 소림이야 뭐.

미운 놈 덕분에 가만히만 있어도 예쁨받고 있었다.

조명팀은 반사판 하나라도 더 챙겨주려고 하지, 촬영팀은 때깔 곱게 내보내려고 카메라 세팅에 신경 써주지, 미술팀은 피곤하지 않게 스케줄 조정해서 분장 시간 마련해 주지.

첫 티저도 윤소림을 부각하는 쪽으로 가닥을 잡은 것 같다.

아마 이대로라면 촬영 끝날 때쯤에는 이 구역의 복덩이는 나라고 팻말 들고 다녀도 될 것 같았다.

"티저 나온 거 봤어?"

"봤죠. 정말 잘 나왔더라고요."

티저 영상이 나왔다는 소식에 화음에 찾아가서 수십 번 돌려보고 결론을 내렸다.

이제 내 머릿속에서 공서는 완전히 지울 거다.

윤소림은 더는 신인배우가 아니다. 빠르다고 생각하지도 않을 거다. 날아오를 것만 생각한다.

"오늘 제작발표회 마치면 포털사이트에 티저가 올라갈 거야. 실검이 얼마나 오를지 모르겠네."

"투자자들 압박, 많이 심하죠?"

"심할 수밖에 없지. 솔직히 이 바닥 열에 여덟은 본전도 못 건지는데. 텐트폴 하나 보고 투자하는 거잖아? 도박이야, 도박……."

중얼거리던 박세영 작가가 입을 꾹 다문다.

도박이라는 단어는 금기어다.

"근데, 악플이 너무 많은 거 아니야?"

"예의 주시하고 있습니다."

라이징스타의 탄생에 이유 없이 배가 아픈 사람들이 많다.

캐스팅 과정이 매끄럽지 않았던 탓도 있지만, 한채희 팬들이 기사마다 악플을 달고 있어서 혼탁 그 자체.

그나마 박신후 팬들은 처음에는 난리였다가 자제하는 분위기였다.

망할 자식들.

이 드라마 원래 망할 드라마였다고!

한채희가 빠지고 이상한 신인이 들어오면서, 그 때문에 박신후에게 분량이 몰리기 시작했고 기획 방향도 틀어졌거든? 드라마는 바다 건너 산으로 갔고.

멘탈 단단한 박세영 작가가 그 정도로 핀치에 몰렸을 정도니 현장은 내가 들은 것보다 더 난장판이었을 거다.

하지만 이번에는 그렇게 되지 않을 거다.

지금은 윤소림이 있으니까.

그리고 나도.

기다려라, 악플러들. 코를 납작하게 해주마.

*　　　　　*　　　　　*

F5(새로고침)

뒤늦게 윤소림에게 입덕한 청년은 계속해서 새로고침 버튼을 누르는 중이었다.

모니터 화면에는 은별이가 활짝 편 두 손을 양 볼에 붙인 채 방긋 웃고 있는 사진만 계속 나왔다.

오늘은 갤주의 제작발표회가 있는 날.

그리고 지난주부터 은별이가 제작발표회를 라방(라이브 방송) 한다는 공지를 올렸었다.

제작진 측도 U라이브로 실시간 생중계를 한다지만, 리얼 현장 생중계인 은별이의 라방에 비할 바가 아니었다.

"아, 언제 하는 거야."

속이 타는 청년의 마음처럼 윤소림 갤러리에는 글이 무서운 속도로 올라오고 있었다.

ㄴ은별아, 은별아! 어디서 뭐 하고 있니!

ㄴ언제 시작하는 거예요? 시간 지나지 않았어요?

ㄴ임페리얼 호텔에 일하는 친구 얘기로는 지금 윤소림 도착해서 대기실 갔답니다.

ㄴ아놔! 나 은별나라 구독 해지한다!

└좀만 기다려 봅시다. 와이파이가 안 터지나 보지.

└은별아! 내가 무제한 요금제로 바꿔주마!

└갤러들 매너 유지해 주세요!

└아아! 갤주 나왔다!

지금 막, 은별이 사진만 나오던 화면에 윤소림의 실루엣이 딱 잡혔다!

└오오! 대박! 화이트 드레스 너무 잘 어울려!!

└천사니? 너 천사야? 날개 어디다 떨어뜨렸니?

└오늘 퓨처엔터 열일했네. 앞으로도 이렇게만 해라!

그리고 은별이가 잔뜩 미안한 얼굴로 나타났다.

─안녕하세요, 은별나라 식구들! 오늘 늦어서 죄송해요. 갑자기 접속자가 폭발해서 프로그램이 계속 오류 났어요. 죄송요!

윤소림의 팬들이 급증한 데다, 박신후 팬들도 소문 듣고 찾아오면서 라방 시청자 수가 역대급으로 늘어났다.

한편 U라이브팀 역시 역대급 조회수에 놀라고 있었다.

"야, 왜 이렇게 사람이 들어오는 거야? 누구 팬들이야?"

"모르겠어요, 갑자기 밀고 들어오는데… 어라? 유유 팬들이라는데요?"

"뭐어? 유유가 여기서 왜 나와?"

U라이브팀은 미처 모르고 있었지만, 현 시각 유유도 인스터에서 라방을 하는 중이었다. 생전 처음으로 컨 라방이었기 때문에 유유 팬들이 열 일 제쳐두고 보는 중이었다.

한데 유유가 라방에서 아무 말도 없이 보는 것은 500살 제작발표회 U라이브.

채팅창은 유유 팬들이 올린 이모티콘 폭탄으로 도배되고 있었다.

다시 은별이 라방.

―여러분, 기대하시고 고대하신, 우리 마녀를 소개합니다!

은별이가 짠 하고 손을 내밀자, 메이크업 세팅을 끝낸 윤소림이 밝게 웃으며 카메라 앞에 나타났다.

오늘 최고남은 그녀에게 딱 하나의 당부만 했다.

즐겨라!

불안함도, 걱정도 잊고 즐겨라!

그래서 윤소림은 어느 때보다도 밝은 얼굴로 화면을 향해 손을 흔들었다.

"안녕하세요, 은별나라 식구들!"

└갤주 강림하셨사옵니까!
└윤소림! 윤소림! 윤소림!
└오늘 제작발표회 화이팅!
└소림아 아무 걱정 하지 말고 즐겨! 네 앞길에 잡초는 우리가 죄다 뽑으면서 간다!

"아아, 언니 오빠 이모 삼촌들! 저한테는 너무 관심 없는 거 아니에요?"

은별이가 샐쭉 입술을 내밀자 채팅창이 은별이 응원으로 바뀌었다.

ㄴ은별이 마녀 의상 너무 예뻐요!
ㄴ이모는 뱃살 때문에 마녀 의상은 꿈도 못 꾸는데, 부럽네요.
ㄴ은별이 키가 좀 더 큰 것 같네요. 삼촌이 참 뿌듯합니다.

그렇지 않아도 마녀 복장을 한 은별이가 호텔에 도착했을 때 한 차례 난리가 났었다. 기자들뿐 아니라 스태프들과 호텔 직원들도 연신 귀엽다고 외치며 핸드폰으로 사진 찍기 바빴다.

하지만, 사실 은별이는 오늘 의상이 딱히 마음에 들지 않았다.

멧돼지처럼 무섭게 생긴 제작사 아저씨가 꼭 마녀 의상을 입어야 한다고 해서 어쩔 수 없이 입은 탓이었다.

윤소림처럼 예쁘고 아름다운 드레스를 입고 싶었는데.

은별이는 아쉬움을 달래고 윤소림에게 질문을 던졌다.

"500살 마녀 드라마 촬영 현장은 어떤가요?"

"너무 재밌게 촬영하고 있습니다. 현장에서 웃음소리가 끊이지 않을 정도?"

"우진우랑 맨날 싸운다는 얘기가 있던데요?"

극 중 우진우와 마녀는 틈만 나면 티격태격이다.

"진우는요, 정말 고집쟁이예요. 애가 톱스타라고 겉멋만 잔뜩 들어서는 언제부터인가 속옷도 제 손으로 빨려고 하고, 제 방에도 못 들어가게 해요. 하, 내가 손빨래하면서 키웠건만. 아니면 사춘긴가?"

윤소림이 체념한 듯 한숨 쉬고 카메라를 향해 극 중 500살 마녀처럼 투덜거리기 시작했다.

"한번은요, 고백을 받았다는 거예요. 그러더니 종일 절 쫓아다니면서 묻는 거 있죠? 나 사귈까, 말까? 이러면서요. 사귀든 말든 나랑 무슨 상관이라고."

윤소림이 어깨를 으쓱.

쇄골을 들썩거린 그녀가 잠깐 물러나자, 은별이는 준비하고 있던 박신후를 찾아갔다. 본격 인터뷰에 앞서 마녀 모자를 벗고.

"톱스타 우진우 씨!"

"안녕하세요, 은별나라 식구들! 톱스타 우진웁니다!"

인사를 짧게 끝내자, 은별이가 눈썹을 한데 모으고 호통을 친다.

"진우 오빠는 왜 자꾸 마녀를 귀찮게 하는 거예요?"

"답답해서요."

박신후가 한숨을 내리 쉰다.

"아니, 내가 자기 좋아하는 거 빤히 알면서, 사람 약 올리는 것도 아니고 말이에요."

"고백, 하셨어요?"

"했죠! 나 너 좋아한다고!"

"그랬더니요?"

"까불지 말라는 거예요. 이게 할 소립니까?"

"흐흐, 근데, 둘의 나이 차이가 500살이잖아요?"

"참 나. 그게 또 제가 할 말이 많습니다."

"뭔데요?"

은별이가 슬쩍 귀를 가져간다.

"아니, 나보다 500살 많으면 뭐 해? 생각이 유딩인데. 맨날 군것질하지, 손 하나 까닥하기 싫어서 뭐만 하면 마법이지. 성질나면 사람 개구리 만들고. 되게 제멋대로라니까요? 오히려 작아질 때가 더 어른 같애. 으아!"

인터뷰하던 은별이가 마녀 모자를 쓰자 박신후가 깜짝 놀란다.

어린 마녀 은별이가 눈을 흘긴다.

"너, 나 없을 때 이렇게 소문내고 다녔니?"

박신후가 잔뜩 움츠러든 투로 대꾸한다.

"뭐, 뭐! 사실이잖아?"

"너 뭐 되고 싶어?"

"뭐, 뭘?"

"개구리? 두꺼비? 원숭이? 골라!"

"안 골라! 오늘 중요한 날이거든? 기자들 밖에서 기다린단 말이야! 자꾸 이러면 나 확 폭로해 버린다? 마녀가 실존합니다! 여러분도 개구리가 될지 몰라요!"

└크크, 아놔 컨셉충들!

└드라마 벌써부터 기대돼요. 은별이, 연기 정말 잘하는데요?

└케미 무엇?

짧은 콩트가 끝나고 배우들은 무대로 향했다.

포토 타임을 거치고, 단상에 마련된 책상에 앉아서 기자들의 질문이 오갔다.

화기애애한 분위기 속에서 제작발표회가 성공적으로 끝나고, 곧바로 포털 메인에 기사가 올라왔다.

「역대급 케미 예고! 500살 마녀 제작발표회 이모저모!」

─윤소림은 500살 마녀 그 자체였고, 박신후는 톱스타 우진우로 제작발표회에 나타났다. 촬영 현장 분위기를 묻는 기자들의 질문에 박신후는 잡혀 산다며 엄살을 부리는 모습을 보이며 극 중 상대역인 윤소림을 향해서 시종일관 눈을 떼지 못하는… 한편 이날 500살 마녀 제작발표회는 실시간검색어…….

황숙희 기자(misshwang@saturdayseoul.com)

제4장
—

마녀 신드롬

"후우, 후우…."

누구보다 500살 마녀의 성공을 바라는 세 사람이 모니터 앞에 모였다.

나, 민대용 대표, 그리고 박세영 작가.

아, 너도.

"아이고, 대표란 분이 이렇게 간이 작아서야. 빨리 눌러요!"

"알았다고!"

박세영 작가의 팔꿈치 공격이 있고서야 민 대표의 손이 마우스를 클릭했다.

한 시간 전 공개된 티저 영상은 15초짜리 짧은 영상이었다.

어린 이진우와 마녀의 첫 만남으로 시작해서, 20년 후 마녀가 쇼핑백을 잔뜩 들고 기쁨의 춤을 추는 모습까지, 15초가 정말 눈

깜짝할 새에 지나갔다.

하지만 내 눈에는 캐스팅 과정과 윤소림이 마녀로 변하던 순간, 그리고 촬영장에서의 기억들이 그 짧은 시간에 스쳐 갔다.

"재밌다, 재밌어! 그렇지?"

"재밌는 거야 편집실에서 확인했는데 뭐. 댓글 봐야지, 댓글!"

박세영 작가가 흥분한 민 대표를 밀쳐내고 마우스를 빼앗았다.

동그란 안경알에 수많은 댓글이 비친다.

"뭐야? 벌써 댓글이 이렇게 많이 달렸어?"

공개된 지 한 시간도 지나지 않았는데 댓글이 백 개가 넘게 달렸다.

일단 차분히 댓글을 확인했다.

"예상대로 악플은 피해 갈 수 없네."

"이거이거, 한채희 팬들이 적은 거야!"

"그래도 베스트 댓글은……."

유유야있잖아** 20분 전 [추천 113 비추 23]
몇 번을 돌려 보는지 모를 정도로 재밌다 ㅜㅜ
오랜만에 월요일이 기다려지네~
답글 12

"그렇지! 재밌는 게 당연하지! 아, 기사, 기사도 나왔나 봐봐!"

이번에는 민 대표의 재촉에 박세영 작가의 두 손이 키보드 위에서 춤을 췄다.

그렇지만 500살 마녀를 검색하자마자 나온 연관 기사에 우리는 눈살을 찌푸릴 수밖에 없었다.

「한채희에서 —〉 윤소림, 500살 마녀 제작발표회」
「윤소림, 한채희 선배님 몫까지 열심히 할게요!」

"이 미친 기레기 새끼! 한채희가 여기서 또 왜 나와?"

주홍 글씨 같은 그 이름 포커한.

분노한 민 대표는 박 작가의 마우스를 빼앗아서 자라처럼 목을 쭉 빼 들고 기사를 하나하나 클릭했다. 분노로 턱을 씰룩거릴 때마다 축 늘어진 금목걸이가 함께 요동쳤다.

"이거 봐, 여기도 다 한채희 팬들이잖아!"

그 말대로 기사 댓글에 한채희 팬들이 대동단결했다.

선배를 돌려 까냐부터 시작해서 아주, 그냥 가관이다.

[쯧쯧, 이게 다 제 업보로 등에 짊어지는 것을. 나쁜 말, 나쁜 단어를 밖으로 끄집어낼수록 현생의 운명이 빈약해진다는 것을 어찌 이리 모를까.]

'죽어서 가는 지옥은 죽어봐야 느낌이 오니 알 리가 있나.'

경찰서 출석요구서를 딱 받아봐야 식은땀 줄줄 흘리지.

"그나마 우라까이가 제대로 붙어서 우리 드라마 잊힐 걱정은 안 해도 되겠네."

"소림이가 참 잘했죠. 떨지도 않고."

그래도 박 작가는 나름 흡족한 표정이었다.

뭐 백 프로 좋은 반응을 기대한 것은 아니니까.

전체적으로 보면 제작발표회 분위기는 화기애애했다.

노련미를 갖춘 강주희가 제작발표회에서 중심을 잘 이끌었고, 윤소림은 신인이지만 큰 작품의 주연을 맡은 만큼 기자들의 질문을 하나하나 잘 넘겼다.

[그리고 예뻤죠.]

'맞아.'

저승이와 나는 씨익 마주 웃었다.

"근데 자기, 유유는 어떻게 섭외한 거야? 유유가 라이브 방송에서 우리 U라이브 보는 바람에 걔 팬들 대거 유입됐다며?"

글쎄, 그 속을 어떻게 알까.

윤소림이 신경 쓰였나?

두 사람은 한때 같은 연습실에서 땀 흘리며 노력했던 시절이 있으니 관심이 갈 수밖에 없겠지.

"제가 말을 안 해서 그렇지, 제작발표회에 직접 응원 오겠다는 거, 그건 좀 오버다, 그렇게 얘기해서 그 정도 선으로 타협 본 겁니다."

"역시 우리 최 대표님. 내가 몰라보고 한때 큰 실수 했어, 큰 실수."

"하하."

저승이도 옆에서 건들거리는 태도로 박수를 친다.

[거짓말이 그냥, 입에 침도 안 바르고, 끝내줘요, 끝내줘.]

"자, 우리 내기해야지, 내기."

들뜬 민 대표가 지갑을 꺼내 들었다. 그러더니 5만 원짜리를 딱 올려놓는다.

"난 시청률 10프로!"

박 작가는 제 입술을 깨물며 고민하더니 역시 5만 원짜리를 꺼내 들었다.

"10프로는 오버다. 저는 4프로!"

"에이, 4프로야말로 오버다. 박 작가는 자기를 너무 몰라. 4프로가 뭐냐? 희대의 역작을 써놓고! 우리가 한채희만 있었으면 10프로도 그냥……."

민 대표가 입을 흡 다문다. 그런데 눈동자를 또르르 굴리던 그가 모니터를 다시 보더니 눈이 두 배로 커졌다. 우리도 자연스레 모니터를 쳐다봤다.

1 유유 ↑
2 유유 인스터 ↑
3 유유 라이브 방송↑
4 윤소림 ↑

"실검 4위 맞아? 맞는 거지? 저거 잘못된 거 아니지?"

민 대표는 어버버거렸고, 박 작가는 안도의 한숨을 내쉬었고, 나는 글쎄. 실시간검색어에 오른 것 정도로 마음이 요동칠 만큼 가벼운 사람이 아니라서.

제작발표회 말고는 특별한 이슈가 없던 날이고, 유유의 팬들이 호기심에 대거 유입된 탓에 실검을 차지한 것뿐이니까.

[그렇게 말하면서 칠푼이처럼 웃는 아저씨의 모습, 소름 끼치는군요.]

'칭찬 고맙다. 그런 의미에서 당분간 짜장면은 없다.'

저승이가 오만상을 찌푸리며 뒤로 자빠지려고 한다.

현기증 난다는, 지겨운 레퍼토리로 칭얼대는 녀석을 뒤로하고 나는 지갑을 꺼내 10만 원짜리 수표를 꺼내며 외쳤다.

"4프로 받고, 8프로!"

아주 힘찬 외침에 민 대표가 껄껄 웃을 때였다.

실검 그래프가 바뀌었다. 윤소림이…….

1 유유 ↑
2 유유 라이브 방송 ↑
3 윤소림 ↑
4 유유 인스터 ↑
5 연상의 그녀는 500살 마녀 ↑
6 고은별 ↑
7 박신후 ↑
8 웬디즈 ↑

"어, 나영 씨."

밖으로 나와서 김나영 팀장에게 바로 연락했다.

실검 1위를 코앞에 둔 지금, 우리가 할 일은 명확하다.

"기자들 좀 닦달해! 우라까이든 우려먹기든, 오늘 윤소림 기사 모두 쏟아낸다."

*　　　　　*　　　　　*

「N탑 아카데미」

"다 모이셨습니까?"

"예, 다 모였습니다."

백대식은 강사진의 이력서 뭉치 위에 손을 올리고 무거운 한숨부터 쉬었다.

"자, 여러분, 아카데미 설립한 지가 올해 5년 찹니다. 한데 아직도 제대로 된 배우가 나오질 않고 있어요. 이쯤 되면 아카데미가 키운 배우가 N탑 간판이 돼 있어야 하는 거 아닙니까? 언제까지 N탑이 외부에서 거액을 들여 배우를 영입해야 합니까?"

아이돌을 키우는 회사가 배우와 계약하는 이유는 간단하다.

영화나 드라마에 진출하기 위해 업계가 돌아가는 상황을 알아야 하기 때문이다.

톱급 배우를 가지고 있으면 대본도 굴러 들어오고 영화판 소식도 알아서 들려온다.

수명이 짧은 아이돌의 생명 연장을 고심하는 N탑에게 영화와 드라마는 간과할 수 없는 시장.

그래서 울며 겨자 먹기로 수억의 계약금을 써가며 외부 영입을 하는 상황인데, N탑에서 걸출한 배우가 나온다면 그럴 필요가 없는 일이었다.

"허심탄회하게 얘기해 보자고 이런 자리 마련한 겁니다. 뭐든 얘기해 보세요. 어서요."

"저… 아무래도 N탑이랑 커뮤니케이션이 제대로 안 되는 게 가장 큰 이유 같습니다. 아이돌 연습생 중에 저희 아카데미로 보내 놓고 2년 동안 관리 안 한 예도 있었고요."

젊은 여선생 하나가 용기 내 입을 열었다.

연기 좀 배우고 오라고 아카데미로 보내놨는데, 보낸 직원이 까 맣게 잊고 있었던 사례.

"아, 그런 경우가 있었지."

"그 직원 때문에 애 인생이 망가질 뻔했습니다. 그 직원, 아직도 N탑에 있나 모르겠네."

있다, 있어. 네 눈앞에.

백대식은 불룩한 눈 밑 지방을 구기며 미소 지었다.

"또, 다른 의견 없나요?"

"사실 저희 학원생 중에 괜찮은 애들 많습니다. 그런데 N탑은 소속 연습생 출신들을 우선하다 보니 학원생들은 적당히 배우고 다른 아카데미로 옮깁니다. 그게 아니면 N탑이랑 계약해야 하는 데, 재능 있는 애들이 N탑에 가겠습니까? 배우만 전문적으로 키 우는 회사로 가지. 그러니 N탑도 기성 아이돌만 스크린에 밀어 넣 는데. 걔들이 연기를 잘하면 또 몰라, 찍는 족족……."

여선생이 섬뜩한 느낌에 입을 다물었을 때는 이미 백대식의 눈 빛이 자제력을 잃고 포악스럽게 변해 있었다.

눈앞의 연기 선생들은 백대식이 가장 경멸하는 부류였다.

문제를 해결할 생각은 안 하고 오로지 남 탓만 하는 인간들.

어금니를 깨문 그는 연기 선생님들을 한 명 한 명 쳐다봤다. 그 때마다 선생들의 눈동자는 사선 직선 가리지 않고 제멋대로 움직 였다.

"반년 드립니다. 반년 안에, 우리 아카데미에서, N탑 소속으로 A급 배우 나와야 합니다. 안 나오면 모두 응당의 책임, 지셔야 할 겁니다."

연기 선생들은 여전히 눈알만 뒤룩뒤룩 굴렸다.

"뭐 하고 있어요? 가서 캐스팅이든 뭐든 해서 A급 데려오라니까!"

서둘러 일어나는 연기 선생들.

그때, 백대식이 손을 번쩍 들었다.

"잠깐!"

엉거주춤 선 채로 뒤돌아선 선생님들을 향해 백대식이 눈을 번뜩였다.

"이 중에서, 윤소림 연기 가르쳤던 선생이 누굽니까?"

재능도 몰라보고 최고남이 주워 가게 내버려 둔 인간.

으르렁거리는 시선 앞에서 아까의, 조잘대던 여선생이 마른침을 꿀꺽 삼킨다. 목울대의 움직임이 슬로모션에 걸린 것처럼 느려지는 모습을 보면서 백대식 역시 천천히 입술을 열었다.

"…잘, 합시다."

마음 같아서는 해고였지만, 백대식은 겨우 화를 억눌렀다.

한바탕 폭풍이 훑고 간 사무실은 공기조차 메말라 버렸다.

푸석해진 입술을 푸르르 털고 의자에 등을 묻은 백대식은 마우스를 툭 건드렸다.

'500살 마녀'의 제작발표회 기사가 모니터에 나타났다.

'최고남……'

복부가 뜨겁게 달아오른다.

그는 입술을 잘근 깨물다가 책상 모서리에 놓인 성모마리아상을 응시했다.

아카데미에 쫓겨난 첫날, 전에 쓰던 사람 것인지 저게 놓여 있었다.

조각상 아래는 작은 문구가 새겨 있었다.

[죄를 고하고 용서를 구하라]

그렇게 하면 이 끓어오르는 분노가 가라앉을까.

백대식은 잠깐 고민하다가 영화에서 본 것처럼 성호를 긋고 두 손을 맞잡았다.

"당신께서 제게 네 죄가 뭐냐고 물으신다면……."

첫 문장부터 막힌다.

그 상태로 목만 꿈틀대며 고민하던 백대식은 다시 입술을 잘근 씹고 성모마리아상을 책상 서랍에 치워 버렸다.

"내가 지금 뭐 하는 거야, 젠장!"

거친 숨을 토해내는 이때, 문자가 도착했다.

N탑 홍보팀에 심어둔 자칭 백대식 라인에게서 온 문자.

[본부장님, 퓨처엔터에서 기자들에게 전화 돌리는 모양입니다. 기사 쏟아지고 있어요. 500살 마녀부터, 심지어 공서 때 기사까지 닥치는 대로요. 그래서 지금 실검이…….]

순간 백대식의 눈이 두 배로 커져서 모니터에 고정됐다.

1 윤소림 ↑

장기 연습생으로 퇴출당한 연습생이 1년도 안 돼서 실검 1위를 차지한 여배우가 됐다.

하필이면 그 역사적인 순간을 직접 목격하다니.

"이러면… 나가린데……."

*   *   *

「N탑 미디어홍보팀」

"윤소림이, 실검 1위입니다!"

"젠장."

N탑 미디어홍보팀 팀장의 얼굴은 가뭄 날 논두렁처럼 버석해졌다.

기어이 일어나고 말았다.

지난번 두근두근 논란에서도 실검을 차지한 적이 있지만, 이번에는 기세가 다르다.

명실공히 실시간검색어 1위에 오를 급이 된 것이다.

문제는, 윤소림이 한때 N탑의 연습생이었다는 사실과, 그 연습생을 기껏 키워놓고 풀어놨다는 사실이다.

그래서 백대식이 쫓겨난 뒤로 회사 내에서 윤소림 이름 석 자는 금기어였고, 팀장급 이상들은 매일이 살얼음판이었다.

〈두근두근〉 남여울 사건으로 인해서 업계에서나 네티즌들 사이에서나 N탑이 떠나간 자식 훼방 놓았다는 얘기가 심심찮게 나돌았지만, 차라리 그 소리가 더 나을 것 같은 분위기다.

왜냐하면 이제는 그 훼방마저도 뚫고 승승장구한다는 이미지가 윤소림, 아니, 최고남에게 달라붙고 있었기 때문이다.

"최 부문장… 아니, 최고남 지금 새로 배우 영입한다는 소문은 알아봤어?"

"예. 유병재가 배우 영입한다고 연극판 돌아다니고 있고, 김나영 팀장은 엔터 회사들과 접촉하는 중인 것 같습니다. 소문에는 연습생들을 영입한다는 것 같습니다."

"처음부터 키우는 것보다는 준비된 애들 데려오겠다 이거네."

아티스트 영입하는 건 어려운 일이 아니다. 계약서야 프린터로 뽑으면 되는 거고. 열 명 백 명 계약한다고 돈 나가는 것도 아니다. 회사에 소속됐다는 것에 의의를 두는 편이고, 계약금이랍시고 해봐야 빚이나 다름없으니까. 정산 비율은 또 어떻고.

매니지먼트 회사란 그런 곳이다. 연예계의 인력사무소.

'박세영 작가 차기작 들어갈 때 막았어야 했는데.'

홍보팀장은 아쉬움에 이마를 꿈틀거렸다.

은별이가 들어간다는 소리에 별 신경을 안 썼는데, 갑자기 윤소림으로 방향 전환이 될지 누가 알았을까.

띠리리.

한숨을 내리 쉬던 홍보팀장이 흠칫했다.

불길함에 전화를 받았더니, 대뜸 큰소리가 터져 나왔다.

—홍보팀 뭐 하는 거야? 기사 필터링 제대로 안 해?

젠장, 막는 것도 하나둘이지.

쏟아지는 기사를 막을 수가 있나.

"그러지 않아도 유유 단콘 기사로 윤소림 기사 밀어내고 있습니다."

—무슨 헛소리 하는 거야! 윤소림 말고 최고남 말이야!

"예?"

홍보팀장은 손을 다급하게 마우스를 향해 뻗었다.

*　　　*　　　*

[르포] 현존하는 연예계 미다스의 손은?

#윤소림 #퓨처엔터 #미다스 #매니지먼트

…(중략) 본 기자가 그중 가장 잡고 싶은 손을 꼽는다면 단연코 퓨처엔터 대표 최고남의 손일 것이다.

최 대표는 스무 살에 N탑에 입사해서 13년을 활약하고 퇴사해 지금의 퓨처엔터를 설립했다.

N탑 재직 기간 수많은 스타를 탄생시켰고, 특히 여섯소년들의 유유를 캐스팅하기 위해서 몇 달을 쫓아다녔다는 일화는 (중략) 독립 후 세상에 첫선을 보인 윤소림은 〈공서〉 이후 〈연상의 그녀는 500살 마녀〉에서 주연을 맡으면서 단번에 떠오르는 라이징스타로 자리매김했다.

올해 최고남의 나이, 고작 서른넷.

앞으로 그가 보여줄 또 다른 별들의 향연이 기대된다.

"이야, 이거 아주 제대로 오그라드는데?"

오랜만에 만난 김재하 피디가 손가락을 꼼지락거리며 오만상을 찌푸렸다.

"세러데이 이 정도면 거의 네 사생팬 아니냐?"

"근데 뭐 틀린 말은 없잖아?"

나는 민망함을 뿌리치고 어깨를 으쓱했다.

황 기자가 기사를 낸다고 문자를 딱 보내오긴 했지만, 이 정도로 찬양 기사일 줄은 몰랐다.

"그래서 이제 어떻게 할 거야?"

"뭘 어떻게 해?"

"국장님이 너 잡아 오라고 달달 볶는단 말이야."

김 피디의 엄살에 나는 피식 웃었다.

말하는 사람이나 듣는 사람이나 웃을 수 있다는 건 그만큼 상황이 좋다는 얘기다.

"소림이 촬영 끝나면 KIS 나들이 좀 해라. 나도 덕분에 체면 좀 서게. 이거 내가 신인배우한테 신세 지게 될 줄은 몰랐어."

"신세야 우리가 졌지. 연출이 깐깐하게 굴지 않고 들어줄 것 다 들어줬는데. 편의 많이 봐준 거 내가 알지."

아무리 날고 기어도 피디가 외골수면 성가신 게 한둘이 아닌데, 공서 때 김 피디는 그렇지 않고 융통성있게 최대한 윤소림이 놀 수 있는 판을 만들어준 게 사실이다.

뭐, 단막극이라는 특성도 있었지만.

"그렇게 생각하면 좋고, 그럼 이제 윤소림 다음에는 누구야? 은별이?"

"그건 전략적 비밀이지."

"전략적 비밀이고 나발이고, 이럴 때 끼워팔기 하면 좋잖아?"

"아직 끼워 팔 레벨 아니야."

잘나가는 배우의 출연 조건으로 자사의 연습생이나 신인을 끼워 파는 것은 가장 손쉬운 방법이다.

"이젠 어느 정도 레벨 됐잖아? 실검도 1위고. 이젠 그 핸드폰에 저장된 전화번호부 좀 뒤적이면 앞으로 탄탄대로일 것 같은데."

"레벨이 될지 안 될지는 시청률이 나와봐야 알지."

김 피디의 눈꼬리가 슬쩍 올라간다.

"티저 보니까 재밌게 나왔던데? 지금 MNC랑 SBC 비상이야."

MNC는 〈한밤의 엽서〉, SBC는 〈주식의 신〉이 우리와 같은 날에 방영된다.

방송 3사의 삼파전이 시작되는 거다.

"한밤의 엽서 씨피가 내 대학 선배거든? 내가 너랑 친한 거 어떻게 알았는지 자꾸 물어봐. 500살 마녀 촬영 어떻게 되고 있냐, 현장이 어떠냐 등등."

"그래?"

피식 웃다가 문득 재밌는 게 생각났다.

"그러면 다음에 전화 오면 지금 500살 마녀팀 난리 났다고 해줘."

"뭐?"

김 피디가 눈을 동그랗게 뜬다.

*   *   *

「MNC 드라마국」

"야, 윤소림이라는 애 실검 1위야! 기사 봤어?"

"예, 봤습니다."

"기사 댓글 봐라. CG가 죽여주네, 본방이 기대된다, 윤소림 진짜 예쁘다!"

MNC 드라마국 평태수 국장.

그는 검은 눈동자에 비친 호평 일색의 댓글들을 읽다 말고 한숨을 내리쉬었다.

〈연상의 그녀는 500살 마녀〉의 방영일에 MNC도 새로운 월화드라마가 시작된다.

SBC라고 사정은 다르지 않지만, 그쪽은 로맨스 코미디 장르가 아니라서 잠은 잘 올 테고.

"제기랄. 침몰한 난파선이라고 깔깔 비웃었는데, 이건 뭐… 항공모함이잖아?"

"아이고, 이 정도로 항공모함이라니요, 하하."

"너희 이길 수 있는 거지?"

평 국장의 질문에 MNC 새 월화드라마 〈한밤의 엽서〉 담당 씨피는 제 입술을 핥으며 말했다.

"뚜껑은 따봐야 아는 건데……."

"따기 전에 얘기해 봐! 이길 수 있는 거지?"

"후훗, 당연히 이기죠. 저희 드라마 남주, 여주가 누굽니까?"

박신후와는 체급이 다른 톱스타 신준기.

윤소림과는 비교 자체가 서운한, 믿고 보는 연기력을 가진 주이래.

물론 처음에야 500살 마녀에 한채희가 캐스팅됐다는 소리를 듣고 잠깐 식겁하기는 했지만, 사실 그때도 MNC는 TVX와 맞붙을 자신이 있었다.

그마저도 500살 마녀가 침몰하는 난파선이 된 뒤로는 관심도 두지 않았고.

"근데, 애가 너무 예쁘잖아."

평 국장은 입술을 잘근잘근 씹으며 중얼거렸다.

사진을 나란히 두면 주이래가 아줌마처럼 보일 정도다.

윤소림은 오드리 헵번 스타일을 완벽하게 소화하는 것은 물론이고 표정에서 이미 500살 마녀였다.

"그리고 얘네는 마법도 쓰고."

티저를 보니까 마녀인 만큼 마법도 제멋대로 쓰고, 심지어 시공간도 넘나든다.

〈한밤의 엽서〉역시 시공간을 초월한 로맨스 드라마라는 점을 포인트로 내세워서 홍보하고 있었는데, 이쪽은 시공간 한번 초월하려면 엽서도 쓰고 시간도 맞춰야 하고 이런저런 우연이 겹쳐야 한다.

하지만 저쪽은 그냥 이상한 주문 한 번 쓰면 시공간을 휙 넘어갔다 온다.

한마디로 복잡하지 않고 심플.

"국장님, 걱정하지 마세요. 우리는 시각 효과가 있잖습니까."

"댓글에 CG가 죽여준다는데? 너 지금 어디 갔다 왔냐?"

평 국장은 황당해서 눈을 서너 번 깜빡거렸다.

"국장님, 제가 이런 얘기까지는 안 하려고 했는데… 제가 발이 좀 크잖습니까."

"포인트를 얘기해. 찔끔찔끔 찌르지 말고."

"걔들 한채희 빠지면서 중국 투자자 다시 비행기 타고 백도 했습니다. 그럼 그 빵꾸 난 제작비 어떻게 하겠어요?"

"어떻게 하는데?"

"로맨스 판타지 드라마에서 제작비 줄일 구석 찾으면 제일 먼저 찾은 게 뭐겠습니까. CG죠."

담당 씨피는 음흉한 미소를 띠었다.

"제가 후배한테 들었는데, CG에서 제작비 팍 줄였답니다. 이거
티저에만 힘써서 뽑은 거지, 거의 없는 수준이래요."

"확실해?"

"확실합니다."

"정말 확실하지?"

"확실합니다. 마버업? 훗, 뚜껑 까보면 시청자들 기겁할 겁니다. 옛
날에 쥐라기 공원 나왔을 때 우리 얼마나 놀랐습니까? 우리는 땡볕
아래서 공룡 탈 쓰고 개고생해서 찍는데, 극장에 갔더니 진짜 공룡
이 뛰어다니네? 딱 그 느낌. 이번에 시청자들이 느끼게 될 겁니다."

"그래?"

펑 국장은 알 수 없는 불안감을 느끼면서 차 한 모금을 꿀꺽 마셨다.

*   *   *

[거참, 죽기 딱 좋은 날씨네.]

저승이가 긴 목을 꺾어 하늘을 바라봤다.

오전에는 비가 왔는데, 지금은 막힌 속이 뻥 뚫릴 정도로 파란
하늘이다.

지난 한 주의 격렬했던 방송 3사 홍보 전쟁의 끝을 상징하는
것 같았다.

KIS는 잦은 결방 탓에 기존 드라마가 아직 종영하지 않아서 이번
경쟁에서 빠질 수 있었지만, MNC는 신준기와 주이래가 색션텔레비

에 출연해서 〈한밤의 엽서〉를 소개했고, SBC는 〈주식의 신〉 주연배우인 정진모가 생방송 한밤과 조깅맨에 출연해서 홍보 일정을 소화하며 홍보에 열을 올렸다.

물론 〈연상의 그녀는 500살 마녀〉팀도 바쁜 촬영 중에도 짬을 내 티저와 U라이브를 통해서 시청자들과 만났다.

그렇게 모두의 관심 속에서 마침내 오늘이 온 것이다.

[근데 왜 8프로에 내기했어요? 공서 때도 8프로 나왔잖아요?]

저승이가 바닥에 고인 물을 첨벙 밟으며 말했다.

누가 보면 물이 저절로 튄 줄 알 것이다.

"공서는 공중파였으니까. 두근두근 스캔들 때문에 8프로가 나왔던 거고. 케이블에서는 첫방에 8프로면 홈런이야, 홈런. 근데 뭐… 쉽진 않을 거야."

나는 뛰면서 계속 대답했다. 심근경색으로 허망하게 죽은 나였기에 건강한 심장을 되찾은 이후 틈만 나면 뛰는 편이다.

"왜? 너도 시청률 내기할래?"

[그럼 저도 8프로?]

"그럼 내기 성립이 안 되지."

[그럼, 8.1프로!]

저승이까지 내기에 합류했다.

결과는 드라마가 끝나면 알 수 있을 거다.

상암동 TVX 본사에 도착했더니 민 대표가 먼저 도착해 있었다.

"최 대표!"

"빨리 오셨네요?"

"나는 네 발로 뛰어왔어."

[전생이 아직 몸에 배어 있는 모양이네. 쯧쯧.]

저승이가 왼쪽 눈을 가리고 민 대표를 바라본다.

나는 차마 볼 수 없어서 미소만 어색하게 짓고 나서 물었다.

"근데 들어가시지 않고 왜 밖에 있으세요?"

"강기영 씨피 때문에 그러지."

"아."

지난번 첫 촬영 때 찾아온 TVX 담당 씨피인데, 나를 시종일관 노려봤었다.

윤소림 캐스팅 때 내가 질질 끌어서 좋게 보지 않은 모양이다. 심지어 인사도 없이 고사 끝나자마자 서울로 쌩하고 올라가 버렸으니.

"그러니까 혼자 가기 싫어서 저 기다렸다 이거네요."

어쩐지 오늘따라 급하게 친한 척 굴면서 방송국에 같이 가자더니.

"근데, 고사 때 보니까 저랑 상종도 하기 싫어하는 것 같던데요?"

"그러니까 데려왔지. 화살받이 하라고, 흐흐."

"박세영 작가님은요?"

"박 작가는… 아이고, 양반은 못 되네."

치맛자락을 펄럭이며 박세영 작가가 걸음을 재촉해 온다.

앞만 보고 무작정 걸어온다. 바닥에 고인 비가 그녀의 구두에 밟힌다.

"나, 늦지 않았죠?"

"늦긴 왜 늦어요. 발 좀 들어봐요."

나는 뒷주머니에서 손수건을 꺼내고 무릎을 굽혔다. 구두코에 묻은 물기를 살짝 닦아주고 다시 일어났다.

"작가님 구두 하나 사드려야겠네."

"에이, 됐어. 나 구두 잘 안 신어."

"그러니까 자주 좀 신으라고요. 이렇게 예쁜데."

"뭐야."

하하, 웃으며 옆을 돌아보다가 깜짝 놀라서 사레들릴 뻔했다.

저승이와 민 대표가 게슴츠레 쳐다보고 있었기 때문이다.

흠.

아무튼 오랜만에 들른 TVX 드라마국을 둘러보면서 우리는 강기영 씨피 자리로 찾아갔다. 근데 자리가 비어 있다.

"민 대표님, 박 작가님!"

뒤를 돌아보니 머그컵을 손에 쥐고 있는 깡마른 남자를 볼 수 있었다.

얼굴에도 살집이 없이 인상이 날카로워 보였다.

저승이가 심각한 표정으로 그의 볼을 꾹꾹 눌러보는 바람에 피식 웃을 뻔한 걸 겨우 참았다.

"최 대표, 강기영 씨피님."

"두 번째 뵙겠습니다."

"고사 때 잠깐 봤었죠?"

500살 마녀의 담당인 강기영 씨피가 눈썹을 모으고 날 쳐다본다.

"N탑 부문장이 30대 초반이고 능력 있다더니, 사실이네요."

"과찬이십니다."

"칭찬 아닙니다. 한채희 사건 때, 캐스팅 문제로 민 대표님하고 저, 수명이 십 년은 줄었을 겁니다."

"죄송합니다. 저희도 그때는 쉽게 결정 내리기 힘든 상황이어서요."

판을 아니까 뛰어들었지, 모르면 뛰어들어서는 안 되는 난장판이었다.

"출연료 밀당하려고 그러신 거는 아니고요?"

거침없이 찌르는 강 씨피의 시선에 볼이 따갑다. 그때였다.

"그래, 최 대표 그때 너무했어!"

박 작가가 한쪽 눈썹을 찡긋하며 끼어들었다.

"내가 그때 최 대표한테 서운한 거 얘기하면 오늘 밤 새워야 해! 씨피님도 보셨죠? 저 그때 살 쪽 빠졌던 거?"

"죄송합니다, 제가 앞으로 더 잘하겠습니다. 우리 소림이도 열심히 할 겁니다."

"그래요, 잘 부탁합니다."

강 씨피가 한풀 꺾인 모습이다. 박 작가가 내 옆구리를 쿡 찌른다.

아무래도 진짜 구두 하나 사줘야겠다.

후후, 웃으며 방송국 주조정실로 향하려던 때였다.

"최고남이 왔다고?"

어딘가에서 큰 목소리가 들렸다.

*   *   *

두꺼비처럼 넙데데한 얼굴이 우리 쪽으로 다가온다.

저 사람 별명이 아마 우루사던가.

[어떻게 아세요?]

'노용길 TVX 드라마국 본부장이야.'

별명을 발음하면 입술이 자연스럽게 앞으로 나온다.

딱 그 형태로 항상 인상을 찌푸려서 우루사라는 별명이 붙은 양반이다.

"야, 최고남!"

노용길 본부장이 진격해 오는 모습을 나는 미소와 함께 바라봤다.

"오랜만에 뵙네요, 형님."

"자식!"

다가온 노용길 본부장은 내 목을 거칠게 끌어안았다.

헬스 마니아라서 팔뚝 굵기가 제철 맞은 방어 몸뚱이 크기다. 목이 졸려 파닥거리다가 새로운 저승사자와 안면 틀려고 할 때쯤에야 겨우 풀려났다.

그런 우리를 다들 놀라서 바라본다. 특히 강 씨피는 눈이 동그래졌다.

"두 분이 아는 사입니까?"

"야, 우리 아는 사이냐는데?"

"제 핸드폰에 번호가 있는 거 보니까 아는 사이 같은데요?"

"그러고 보니까 너, 캐스팅 문제로 강 씨피 괴롭혔다며? 나한테는 연락도 없고."

"형님 찾아가면, 그건 반칙이잖아요."

"암, 페어플레이 해야지!"

노용길 본부장은 내 등을 팡팡 두드리고, 우악스럽게 우리를 끌고 주조정실로 향했다.

"진짜 한채희 사건은 최악이었지 뭐야. 이 일 하면서 여배우들이 보이콧하는 드라마는 처음이었다니까?"

"왜 또 한채희 얘기세요, 기분 좋은 날."

"편집 다 끝났는데 무슨 상관이야. 아무튼, 솔직히 윤소림이 너무 기대돼. 오랜만에 등장한 라이징스타잖아? 난 이럴 때마다 이 일 하는 게 너무 좋더라고."

"고사 때 한번 오시지."

"종방 때 얼굴 보면 되는데 뭐하러? 아니지, 곧 죽어도 데려와서 인사시킨다는 얘기는 안 하네?"

"촬영 중이잖아요."

"그놈의 촬영은. 근데, 걔 문제없는 거지? 거 뭐야… 웬디즈 얘기가 댓글에 있던데. 뭐라더라…….."

윤소림이 배우 하고 싶어서 N탑에서 데뷔 안 하고 버텼다, 웬디즈는 진작에 데뷔 결정이 났었지만 윤소림 때문에 늦춰지다가 윤소림이 N탑을 나오고 나서야 데뷔한 거다…….

같은 그런 헛소리들.

엘리베이터 앞에서 모두가 나를 쳐다본다.

민 대표도 내심 묻고 싶었던 건지 눈썹꼬리가 올라갔다.

"제가 한 가지 특급 정보 알려 드릴까요?"

"뭔데?"

"웬디즈하고 윤소림이요."

"그 둘이… 진짜 뭐 있어?"

"진짜, 친해요."

"뭐라고?"

"친하다고요."

절친, 베프. 뭐 그런 거.

"그러니까 걱정하지 마세요. 그냥 찌라시일 뿐이니까."

윤소림 성격에 누굴 챙겨주면 챙겨줬지, 자기 잘되고 싶어서 다른 사람 피해줄 만한 성격이 못 된다.

늘 손해 보는 타입이지.

"그럼 다행이고. 내가 쓸데없는 걱정을 했네. 아, 민 대표님, MNC에서 우리 드라마 CG가 안 좋다는 얘기가 돈다는데 그건 무슨 소리예요?"

질문에 민 대표가 눈을 동그랗게 뜨길래, 나는 웃음을 참고 말했다.

"요즘 염탐꾼들이 우리 드라마가 망하나 안 망하나 살피려고 현장을 기웃거린다는 얘기가 들리더라고요."

이 업계가 은근히 좁으니까.

"그래서 제가 좀 묘안을 짜냈습니다."

"묘안?"

"우리 드라마 망한다는 소식을 궁금해하는 것 같길래, 원하는 답을 들려줬죠. 지난번 중국 투자가 물 건너가는 바람에 CG 예산 팍 줄여서 엉망이라고요."

"에?"

"심지어 와이어 처리도 제대로 못 해서 가편 때 난리 났었다는 말들을 속닥속닥 해줬더니, 밤에 피운 모닥불에서 피어오른 연기처럼 멀리멀리 퍼진 모양입니다."

"야, 이 악질… 근데 궁금하긴 하네. 방송 끝나고 그 염탐꾼들 표정이 어떻게 변할지."

노용길 본부장이 제 턱을 긁으며 웃는다.

다들 웃는데 민 대표의 눈시울이 젖었다. 당황한 세 남자의 시선에 그가 코를 훌쩍이며 말했다.

"정말 힘들게 여기까지 왔습니다. 한채희 사건 터졌을 때, 올해 사

주에 살이 끼었다는 말이 진짜구나 싶어서 가슴이 철렁했다니까요."

"사주요?"

"예. 유명한 무당이라는데, 제 올해 사주가 귀신이 붙지 않는 한 천 길 낭떠러지로 떨어질 사주라고 하더라고요. 한 5년은 고생할 거라는 얘기에 열받아서 밥상머리를 엎고 나왔지 뭐예요?"

진짜 저승이 효과가 있는 건가.

아무튼, 이제 광고가 시작됐다.

민 대표의 목울대가 파도처럼 크게 출렁거렸다.

나라고 다르지 않다.

드라마 첫 대본리딩일부터 시작된 기억들이 파노라마처럼 스쳐 간다.

"4프로에서 출발했습니다."

분당 시청률 그래프가 출렁거린다.

"타 방송국은?"

"MNC 한밤의 엽서는 5프롭니다."

"SBC는?"

KIS는 신규 드라마가 아니기 때문에 TVX, MNC, SBC 드라마 삼파전인 상황.

"SBC 주식의 신은 4프롭니다."

강기영 씨피가 나직이 숨을 고른다. 표정 변화가 별로 없어 보이는 사람이지만 지금은 입가에 살짝 미소가 어렸다.

"일단 SBC는 이기고 들어갔네요. 당연한 결과지만."

SBC는 드라마 제목처럼 로맨스 코미디 장르가 아니다. 그러니 엄밀히 따지면 MNC와의 진검승부가 남았다.

노용길 본부장이 예의 그 표정으로 있기에 나는 그에게 들으라고 속삭였다.

"시간은 충분하니, 마음 편히 보죠."

그가 고개를 끄덕인다.

모두의 기대를 안고 뚜껑을 연 드라마는 이제 시작일 뿐이었다.

*　　　　*　　　　*

「같은 시각, 500살 마녀 드라마 세트장」

"자자, 치킨하고 맥주 많으니까 실컷 드셔요!"

촬영을 일찍 끝내고 소소하게 파티가 이어졌다.

이동용 발전기의 시끄러운 소리 앞에서 스태프들과 배우들이 한데 모였다.

"자자, 시청률 내기 참여 안 한 분들, 아직 늦지 않았어요!"

왁자지껄한 소음 속에서 조감독이 박수를 치면서 돌아다닌다. 그런데 감독들은 정화수 떠 넣고 기도하는 것처럼 조용하게 있었다.

강주희가 끼어들긴 전까지는.

"지니한테 소원 빌어? 뚜껑 이미 열렸는데 왜 이렇게들 조용해요?"

"기도 좀 했어요. 나는 천주교지, 조명은 불교지, 최 감독은……."

"무교예요."

"근데 왜 기도했어?"

"다들 하시길래."

최한희 감독이 싱겁게 중얼거리고 맥주를 홀짝거린다.

"그래서 이 감독님은 몇 프로예요?"

이문철 카메라 감독은 강주희의 호기심 어린 표정을 보며 대꾸했다.

"15프로."

"미쳤네."

"미쳤지, 내 돈 5만 원. 야, 내 돈 돌려줘라!"

"낙장불입입니다!"

조감독이 콧방귀도 안 뀌고 대거리를 했다.

"너 입봉 할 때 내가 도와주나 봐라! 망해라!"

저주를 퍼부은 이문철 감독은 최한희 감독에게 마찬가지로 물었다.

"최 감독은 몇 프로 걸었더라?"

"전 이제 그런 거 안 한다니까요. 부정 타요."

"재미로 하는 거지! 해봐, 몇 프로야?"

강주희가 최한희 감독을 툭 치고 웃었다. 최한희 감독이 꿍 소리 내며 이마를 긁적였다.

"선배님은 몇 프로 거셨어요?"

"난 8프로."

"에이, 아무리 케이블이 커졌다고 해도 첫방에 그 정도 수치는 공중파 아니면 힘들어요."

"그래, 8프로는 오버지. 뭐 공중파 방송이라고 그런 수치가 쉽게 나오나? S급 스타 출연에 편당 10억은 넘는 텐트폴 수준의 드라마는 돼야 사람들의 관심을 받지."

감독들이 고개를 도리질한다. 하물며 15프로 걸었다는 이문철 감독도 고개를 좌우로 흔들었다.

"그래서 몇 프로야?"

"흠, 4프로? 그 정도는 나오겠죠? 관심도만 따지면 그동안 우리 작품이 잡음이 많아서 대중들 뇌리에 500살 마녀는 충분히 각인 돼 있을 테고… 4프로는 또 너무 적나?"

CG 퀄도 잘빠졌고, 우려했던 연기 구멍도 없고, 대본이야 포커한 캐스팅 이전부터 잘빠졌다고 소문난 박세영 작가에, 방송국 비딩 했을 때도 SBC와 KIS에서 제일 먼저 관심을 가졌을 정도니까.

최한희 감독이 도통 결정을 못 내리다가 되물었다.

"그러고 보니 최 대표님도 8프로 걸었다면서요?"

강주희가 씨익 웃는다.

"내가 비밀 하나 알려줄까?"

"뭐요?"

"최고남은 말이야. 내가 아는 역사에서, 시청률 내기에 진 적이 없어."

이상한 포인트에서 실실 웃는 강주희의 모습에 최 감독은 마른 침을 꿀꺽 삼켰다.

그럼 몇 프로를 걸어야 할까.

잠깐 고민하고 있을 때, 촬영장의 마스코트 은별이가 나타났다.

폴짝폴짝 뛰어서 직진해 온 꼬맹이가 최 감독을 향해 씨익 미소 짓는다.

"감독님! 저 애드리브 준비했어요!"

최한희 감독이 은별이에게 내일 촬영 때는 애드리브를 한 번 해보라고 했었다.

대충 이런 내용의 촬영 씬이다.

인간세계에서 마녀가 마법을 쓰는 경우는 크게 없지만, 한 달에 한 번 정기적으로 마법을 쓸 데가 있다.

바로 대저택을 청소하는 날.

마법이 걸린 대걸레가 바닥을 닦고, 먼지떨이가 허공을 둥둥 떠다니고, 세면대에서는 식기가 거품 목욕을 한다.

한바탕 노래를 부르면서 대걸레와 함께 춤을 추는 마녀를 어린 진우가 한심하게 바라보는 씬이었다.

은별이가 고심 끝에 그 장면의 춤을 완성한 모양인데, 양 허리 춤에 앙증맞은 주먹을 붙인 은별이가 한쪽 눈을 찡긋.

"거짓말이야, 거짓말이야, 거짓말이야! 아아!"

춤과 노래를 부르기 시작했다. 스태프들이 박수를 친다.

최한희 감독은 흐뭇하게 바라보며 속삭였다.

"20프로는 걸어야겠는데요?"

*　　　*　　　*

치킨 다섯 마리, 피자 세 판, 일렬로 늘어선 맥주들.

다이어트를 끝낸 퓨처엔터 직원들에게는 이 정도가 야식의 기본이었다.

"대표님은 촬영장에 계세요?"

은별이를 일찌감치 집에 보내고 온 김승권이 비닐장갑 낀 손으로 치킨을 잘게 쪼갠다. 500살 마녀 촬영장에 있는 유병재 팀장과 차가희 팀장을 제외하고 모두 한자리에 모였다.

미디어 홍보팀 김나영 팀장과 권박하, 그리고 스타일팀 배서희.

"대표님은 지금 TVX에 가계시니까, 거기서 시청률 추이 볼 거예요. 뭐, 촬영장에 있는다고 달라진 것은 없으니까."

"시청률은 대표님도 어쩔 수가 없는 거네요."

"미다스의 손이지, 신은 아니니까요."

"크, 저도 그 기사 봤어요. 역시 우리 대표님!"

김승권이 기름 묻은 엄지를 척 내밀었다.

김나영 팀장이 웃으며 맥주 하나를 따서 그에게 내민다.

허겁지겁 한 모금 마시고.

"기사 보니까 대표님이 장난 아니던데요? 특히 뭐야, 선구안? 그
게 엄청나다면서요?"

"승권 씨는 박세영 작가님 대본 봤을 때 어땠어요?"

권박하의 질문.

"솔직히 말하면, 이게 될까?"

그런 느낌이었다.

대본이 전체적으로 장난스럽다는 느낌을 받았기 때문이다.

"물론 500살 마녀는 작가님이 네임드고, 제작사도 화음이기 때문
에 선구안의 의미가 없었겠지만… 사실 박세영 작가 첫 장편은 장난
아니었거든요. 외계인이 지구에 추락해서 시작되는 로맨스였어요."

"아, 저도 그거 봤어요. 군대에 있을 때."

시청률 30프로를 넘기면서 센세이션을 일으킨 드라마.

"그때 초고가 한참 여기저기 돌았대요. 방송사마다 애매하다는 반
응이었으니까. 근데, 대표님이 그때 우연하게 어디 제작사 놀러 갔다
가 그걸 보고 이건 무조건 된다고 최서준을 꽂은 거였어요. 최서준은
대표님 얘기면 무조건 들을 때였으니까, 두말하지 않고 출연했고요."

"와, 대단하네요."

"그렇다고 선구안이 꼭 대본이나 곡에서만 국한되는 건 아니에요. 가장 중요한 것은 사람을 보는 눈이니까."

"사람……."

김승권이 고개를 끄덕인다.

그러지 않아도 퓨처엔터는 지금 새로운 얼굴이 필요할 때.

"저도 그런 눈이 있을까요?"

김승권의 질문에 김나영 팀장과 권박하는 웃기만 했다.

하지만 맥주 한 모금을 홀짝 마신 배서희는 명확하게 대답해줬다.

"없는 것 같은데."

의욕에 차 있던 김승권은 급격하게 시들며 자리에 앉았다.

*   *   *

"아리야! TVX 연상의 그녀는 500살 마녀 틀어줘!"

냉장고에서 아이스크림을 꺼낸 배우 정진모는 아이스크림 통을 품에 꼭 끌어안고 소파에 털썩 기댔다.

그러자 매니저가 맥주 한 캔을 홀짝이며 옆에 와 호들갑이다.

"야, 너는 자기가 나오는 드라마를 보지 않고 타 방송국 드라마를 보냐? 이러려고 대표님 손도 뿌리치고 집에 들어온 거야?"

"우리 드라마야 어떻게 전개되는지 아는데 뭐."

"그래도 그렇지, 인마. 시청률 올려줄 일 있냐? 이거 IPTV라서 유료 시청자 지표에 영향 간단 말이야."

매니저의 호들갑에 정진모는 눈을 가늘게 접었다.

"좀생이같이 왜 그러냐, 진짜? 어차피 우리 드라마랑은 결이 다른 장른데 뭐가 걱정이야. 우리는 웰메이드! 쟤들은 로맨스 판타지!"

"대단하십니다. 근데 준호는?"

"신입이 회사에 있지, 어디 있겠어! 개는 빽이 좀 쳐야 해."

"동생보고 빽이가 뭐냐. 준호한테 드라마 보라고 해야겠다."

"개는 윤소림 팬이야. 공서 때 확 맛이 갔어."

"이런, 적이 내부에 있었구만!"

투덜거린 두 사람은 금세 드라마에 몰입하기 시작했다.

대저택에 혼자 남은 어린아이가 소리가 들리는 부엌으로 터벅터벅 간다. 그때 갑자기 울린 괘종시계에 정진모와 매니저는 깜짝 놀라서 서로의 손을 맞잡았다가 다시 서로를 팽개쳤다.

그리고 등장한 마녀.

—아, 아줌마… 누구세요?

—아줌마 아니고 마녀.

마녀가 새침하게 웃는다. 마녀의 애굣살을 바라보는 두 남자의 입이 대책 없이 벌어졌다.

"한채희 빠지길 잘했네. 한채희 있었으면 저 대사 바꿔지. 마녀 아니고 아줌마로."

"형, 나 쟤 연락처 좀 따줘라."

"아, 예. 닥치시고요."

*   *   *

아이가 비명을 지르려는데 마녀가 포크를 내밀어 마법을 쓴다.

포크에서 반짝이는 파란 불빛이 쏟아진다.

그러자 아이가 입만 뻥긋뻥긋.

"오, CG 자연스럽네."

―밤에 소리 지르는 거 안 좋아. 숲이 놀라니까. 소리 안 지른다고 약속하면 다시 풀어줄게.

마녀가 새끼손가락을 내밀자 아이가 고개를 끄덕인다.

하지만 마법이 풀리자마자 아이는 소리를 지른다.

―아아!
―아아!

마녀도 제 귀를 꽉 틀어막고 같이 비명을 지른다.

스토리는 이어져 아이의 부모님이 돌아가신 것을 안 마녀가 대저택에 눌러앉게 된다.

"강주희 선생님이다!"

정진모가 아이스크림 통을 내려놓고 자세를 고쳐 앉았다.

감히 하늘 같으신 선배님이 나오는데 건방지게 아이스크림 통을 붙잡고 있을 수는 없지 않은가.

―아휴, 여기 오는 길이 이렇게 어려웠나? 굽이진 도로는 언제 생긴 거지?

아이의 고모가 넋이 반쯤 나간 얼굴로 저택에 들어올 때, 난생 처음 보는 여자가 그녀를 반긴다.

―누구?
―그러는 댁은 누구?
―어디서 반말이야, 나이도 어린 게.
―나 510살인데? 넌 몇 살인데?

두 사람이 한바탕 말다툼을 시작하자, 아이 우진우가 2층에서 내려온다.

―진우야! 너 누가 모르는 사람을 집에 들이래? 어?
―모르는 사람 아니에요. 어제부터 저하고 1일 한 마녀, 아니, 누나예요.
―뭐어? 뭐를 해?
―그리고 저 여기서 계속 살 거예요. 누나하고 같이.
―우진우! 너 좀 혼나야겠구나!

고모가 자신을 붙잡으려고 하자 어린 우진우가 후다닥 뛰어서 마녀의 뒤에 숨었다. 마녀가 말했다.

―꼬마, 눈 감고 귀 막아.

시키는 대로 하는 순간 마녀의 발끝이 대리석에서 떨어졌다. 몸이 두둥실 떠오른 것이다.

대저택 창 너머로 천둥 번개와 바람이 휘몰아치고 마녀의 주위로 스파크가 튀어 올랐다.

마치 터미네이터의 한 장면처럼.

"오오!"

두 남자가 호들갑을 떨 때, 마녀는 주문을 외웠다.

—개구리가 돼라, 얍!

"얍!"

"얍!"

두 남자가 저도 모르게 대사를 따라 하며 뒤로 자빠지는 시늉을 하고 다시 벌떡 일어섰을 때는, 대리석 바닥에 개구리가 된 고모가 껑충 뛰고 있었다.

마녀의 마법은 시작일 뿐이었다.

마녀가 마법을 쓰는 데 큰 이유는 없다. 그녀는 그냥 마법을 쓴다.

비가 많이 오면 그치라고 마법울 쓰고, 잠깐 그치면 덥다고 다시 비를 내리게 한다.

시간을 멈추는 것은 다반사다.

특히, 좋아하는 가수의 콘서트를 예매할 때는 전 세계의 시간을 멈추고 혼자 광클 해서 콘서트 티켓을 예매한다.

그게 아니면 슈퍼마켓 세일 행사에서 반값 계란 한 판을 먼저 차지하기 위해서라든지, 오로지 자기중심이다.

"오, 박신후다. 톱스타 역이네."

"쟤 이번에 터지면 진모 너 턱밑까지 쫓아올걸? 쟤 연기 욕심 장난 아니야."

"아예. 저기, 회사 이직하시려는 거죠? 사직서는 내일 받겠습니다."

"옛정 생각해서 퇴직금 좀 많이 챙겨주십쇼! 흐흐, 근데 쟤 소문 안 좋아. 배역 따려고 룸에서 재벌한테 술 따랐다는 얘기가 있어."

"뭐 그런 애들이 한둘이야. 나 정도 급이나 되어야 얼굴발로 배역 따는 거지."

톱스타 우진우는 매일 마녀와 투닥거린다.

정진모와 매니저처럼.

"오오, 저 꼬맹이 귀여운데?"

선글라스를 쓴 어려진 마녀가 우아하게 턴을 하며 부엌으로 들어갔다.

두둥 떠오른 마녀는 부엌 찬장에서 와인 잔을 딱 꺼내더니, 냉장고에서 꺼낸 쿨피스를 콸콸.

"쟤가 유튜브 하는 꼬맹이래."

"진짜? 요즘 유튜브 하는 애들 수익 장난 아니라며?"

"구독자가 15만이라더라."

"대박. 쟤는 그럼 MCN 소속이야?"

"아니. N탑 소속이래."

"N탑이 유튜브까지 진출하는 거야? 장난 없네."

정진모가 혀를 내두르는 사이, 전개는 훅 지나가서 마녀는 다시 눈부시게 아름다운 어른 마녀가 돼 있었다.

"형, 500살 마녀면 판타지 세계에서 레벨이 어느 정도야?"

"깨달음을 얻지는 못했을 테고, 초마스터라고 하기에는 좀 애매하다. 흠, 마스터 정도?"

자칭 판타지물 덕후인 매니저의 추측.

하지만 다음 순간 두 사람은 입을 쩍 벌리고 말았다.

갑자기 우주 밖으로 화면이 이어지더니 엄청난 운석이 지구를 향해 돌진해 오고 있었다.

"갑자기 웬 막장?"

"심지어 고퀄이야!"

두 사람이 당황한 사이, 대저택에서 청소 중이던 마녀는 갑자기 인상을 찌푸리고 선글라스를 벗었다. 하늘을 본 그녀는 거대한 운석 때문에 하늘이 어두워지고 있음을 알게 됐다.

이제 지구는 사라지는 것인가!

천천히 허리를 굽힌 마녀는 두 주먹을 땅에 붙였다. 이윽고 고개를 치켜든 그녀.

—얍!

"저건!"

*　　　　　*　　　　　*

주르륵.

〈한밤의 엽서〉를 맡고 있는 김욱찬 씨피는 타 방송국 모니터링 TV를 지켜보다가 마시던 주스를 줄줄 흘리고 말았다.

"나, 날았어?"

황당함을 금할 수 없다.

지구에 돌진하는 운석을 막기 위해서 마녀가 땅을 박차고 총알처럼 날아갔기 때문이다. 그것도 청소를 하는 중에 그냥 날아갔다.

"이런 개막장이 있나!"

근데 더 그를 짜증 나게 하는 것은 퀼리티였다.

우주, 지구, 운석, 날아가는 마녀까지 모든 시각 효과가 고퀄이었다.

저 멀리 운석처럼 아득하게 날아갈 것 같은 정신을 간신히 붙잡은 김욱찬 씨피.

그는 부들거리는 손으로 핸드폰을 향해 손을 뻗었다.

연출 피디한테 전화해서 시청률을 확인해야 하니까.

"분명 CG 개판이라고 했는데……."

넋이 나가 중얼거리던 김 씨피는 부르르 떨고 있는 핸드폰에 놀라서 손을 움츠렸다.

[사랑하는 국장님]

"난 이제 죽었다."

*   *   *

"어제 너 뭐 봤어?"

"나? 정진모 나오는 거 봤는데? 주식 하는 거. 재밌더라. OST도 좋고. 넌 뭐 봤는데?"

"난 처음에 주이래 나오는 거 봤거든? 그런데 엄마가 화장실 간

사이에 채널을 돌린 거야. 그래서 나 보고 있는 거라고 오두방정 떨면서 리모컨 빼앗았는데, 갑자기 운석이 지구에 떨어지지 뭐야?"

"뭐어? 영화야?"

"아니, 그거 있잖아. 포커한 하차한 거."

"아, 그거? 거기서 운석이 떨어져? 완전 막장이네."

"막장까지는 아니고 설정이 마법 쓰는 마녀라서 운석도 마법으로 박살 낸다니까?"

"이 영상이야?"

"응, 맞아!"

"헐. 댓글 장난 아니네."

└ㅋㅋㅋㅋㅋㅋ TVX 유니버스의 시작인가요?

└CG 퀄리티 실화냐?

└울 아들 마녀 날아갈 때 입 벌리고 쳐다봤어요, 깔깔.

└처음 보는 배우인데 마녀 진짜 연기 잘하네요!

└1시간 내내 깔깔거리며 봤습니다.

└각 가정마다 1마녀 보급이 시급합니다. 예뻐, 너무 예뻐!

카페 입구에 앉은 여자들은 뭐가 그렇게 재밌는지 핸드폰을 보며 꺅꺅거리고 있었다.

방금 들어온 남자 손님은 선글라스 콧대를 매만지며 그녀들을 힐끗 보고 나서 바로 카운터 직행했다.

"아메리카노 하나랑, 유자 시폰케이크 하나… 아니, 셋, 딸기주스 두 잔 주세요. 사이즈는 다 빅."

남자 손님은 카드를 꺼내서 계산을 마치고 빈 테이블에 잠깐 앉았다. 핸드폰을 꺼내 든 그의 손은 자연스레 포털사이트를 찾아 들어갔다.

[전일소식] 폭풍에 휩쓸린 지상파 드라마들. 신작 대전 피한 KIS는 안도의 한숨.

[단독] 시작부터 미쳤다! 네티즌?진짜가 나타났다!—

[투데이IS] 제작비 30프로가 CG에 투입됐다는 500살 마녀…….

[단독] 한채희 선배님, 다음에 또 뵐게요!

[단독] 혜성처럼 등장한 윤소림은 누구? 광고주들 예의 주시!

[부제] 힘 못 쓴 지상파 드라마.

MNC〈한밤의 엽서〉이 시청률 6.7%, SBC〈주식의 신〉이 6.2%를 기록했다. 반면 TVX〈연상의 그녀는 500살 마녀〉는 시청률 7.1%(순간 최고 시청률 8.0%)를 차지해 월화드라마의 최종 승자가 됐다.

"주문하신 음료와 유자 시폰케이크 나왔습니다."

흡족한 미소를 지으며 기사들을 읽어 내려가던 그가 다시 일어났다. 받아 들려는데, 카운터 여직원이 눈치를 살피며 물었다.

"혹시, 3인칭시점에 나오신 먹방 매니저님 아니세요?"

"아… 하하하!"

유병재는 못 이기는 척 선글라스를 벗었다.

요즘 거리에서 하도 알은척을 해오는 사람들이 많아져서 불가피하게 선글라스를 쓰지만 이렇게 해도 알아보는 사람들이 있었다.

"어머어머! 저 매니저님 팬이에요!"

여직원의 호들갑에 유병재는 뒷머리를 긁적이며 눈웃음을 보였다.

"매니저님 어쩜 그렇게 잘 드세요? 저 그날 매니저님 때문에 다이어트 실패했어요!"

"아이쿠, 그럼 안 되는데."

"짜장면을 그렇게 맛있게 드시는데 어떻게 참아요."

"재밌게 봐주셔서 감사합니다."

"또 3인칭시점 나오시는 거죠?"

"글쎄요, 일회성 출연이었거든요."

여직원이 세상 무너진 얼굴 표정을 하고 안타까워했다.

"아휴, 아쉽다. 계속 나오셨으면 좋겠는데."

그렇잖아도 제작진에서 러브콜을 계속 보내는 중이었다.

하지만 윤소림의 촬영 스케줄이 워낙 빠듯해서 그 외 촬영은 시기상 어렵다.

"괜찮으시면 어제 남은 쿠키 있는데 드릴까요? 상태 멀쩡해도 저희는 하루 지나면 안 팔고 직원들 나눠주거든요."

"어휴, 그래 주시면 저야 고맙죠."

여직원이 방긋 웃더니 쿠키를 한 아름 담았다.

"근데 매니저님, 먹방 하실 생각 없으세요? 요즘 유튜브 먹방 많이 하잖아요? 매니저님 하시면 잘하실 것 같은데."

"먹방이요?"

유병재가 허허 웃을 때였다. 카페 유리문이 열리고 마찬가지로 선글라스를 쓴 여자애가 들어왔다. 뒤에는 카메라를 든 사람도 함께였다.

"그 먹방, 굿 아이디어!"

구독자 수 15만 명을 넘긴 유튜버 고은별은 이제 실버 버튼을 넘어서 골드 버튼을 향해 달리기 시작했다.

콘텐츠에 목이 마른 유튜버에게 매니저의 먹방 콘텐츠는 매우 훌륭하고 매력적인 아이템.

"쟤 어제 500살 마녀에 나온 애 아니야?"

"맞네, 꼬마 마녀!"

은별이를 알아보고 웅성거리기 시작한 손님들은 하나둘 핸드폰을 꺼내 들었다.

"은별나라 은별공주 고은별입니다! 예쁘게 찍어주세요!"

은별이가 V를 그린다. 그중에는 가까이 다가와 셀카를 청하는 손님들도 있었다. 그들에게 은별이는 한마디씩을 꼭 해주었다.

"구독과 좋아요, 잊지 말고 꼬옥 눌러주세요!"

*   *   *

「MNC 사내 식당」

계란국, 소시지, 김치전, 멸치볶음, 쌀밥이 담긴 식판을 내려놓은 김욱찬 씨피.

한 손으로는 연신 통화 버튼을 누르고 있었다.

"김 피디 이 자식을 그냥!"

하지만 계속 부재중인 전화.

그때, 눈에 익은 얼굴이 마주 앉았다. 한때 〈두근두근〉이라는 예능 프로를 했으나 일련의 사건으로 메인 피디 자리에서 하차한 남자, 정윤찬 피디.

"얘기 들었어. 최고남한테 당했다면서?"

"당하긴 뭐가 당해."

"공서 피디가 최고남이랑 친하잖아. 딱 봐도 거기서 장난질 한 거지. 그런 줄도 모르고 국장한테 가서 호언장담했다며? CG가 구리네 어쩌네."

"염장 지르지 말고 저리 가."

"최고남 그 인간, 조심해야 해. 조작의 달인이야."

"달인?"

"윤소림 산소마스크 동영상. 그것도 짜고 친 감동이라니까!"

"뭘 그런 걸 짜고 치겠어?"

"피디란 새끼가, 각 잡고 한 거라고!"

흥분한 정 피디가 입에 문 밥풀을 쏟아낼 때, 두 사람의 눈에 식당 입구에 들어오는 남자들.

예능국 국장과 드라마국 국장.

두 사람은 재빨리 시선을 숙였다.

"흠, 계란국 맛있네."

후루룩.

따뜻한 계란국이 목을 적시고 들어간다. 눈이 절로 감길 만큼 풍미가 느껴지는 이 계란국을 만든 예쁜 영양사… 를 찾던 김욱찬 씨피의 눈앞에 식판을 들고 있는 평태수 국장이 보였다.

"밥이 넘어가?"

"아침을 못 먹어서……."

"그래, 먹어. 많이 먹고, 이따가 후식으로 나한테 욕 좀 먹자."

평태수 국장이 거칠게 식판을 내려놓자, 주위에 있던 피디들이 한 자리씩 떨어져서 앉는다.

김욱찬 씨피는 재빨리 마주 앉았던 정 피디에게 도움의… 시선을 보냈지만 그는 이미 꽁무니를 뺀 지 오래였다.

"이 사태를 어떻게 할 거야?"

"겨우 첫방 했습니다. 그렇게 큰 차이도 아니었고요."

"오호라, 큰 차이가 아니었으니까 오늘은 이기겠네? 아니면 뭐 대책이 있든가."

수저를 쪽 빨고 내려놓은 김욱찬 씨피.

"국장님, 저희 드라마의 강점이 시간 여행이잖습니까. 오늘이 그 날입니다."

"무슨 날?"

"감동이요, 감동! 주인공이 과거로 갔으니까, 과거의 회환을 마주하는 거 아닙니까. 오늘 시청률 무조건 저희가 먹는다니까요."

주섬주섬 핸드폰을 꺼낸 그는 곧바로 티저 영상을 틀었다.

일부러 감동에 초점을 둔 2화 예고편이었다.

과거로 시간 여행을 한 주인공이 사이가 소원했던 아버지를 만나는…….

*   *   *

"아빠는?"

"야근."

엄마의 대답에 윤소영과 윤지연 자매는 입술을 삐죽 내밀었다.

"아빠는 꼭 그러더라. 오늘 같은 날은 일찍 퇴근해서 같이 봐야지. 어제 첫방도 안 봤으면서."

"왜 그런 줄 알아?"

"왜?"

"너희 아빠가, 부끄러움이 많아서 그래. 나한테 고백할 때도 얼마나 질질 끌던지. 내가 술 먹이지 않았으면 너희들 태어나지도 않았어."

"아후! 싫어!"

"꺄아! 하지 마!"

도리질하는 두 자매를 보면서 엄마는 미소 지으며 말했다.

"아빠는 아빠대로 소림이한테 다가가고 있는 거야. 물론 엄마도 너희 언니한테 잘못한 게 많고. 그러니까 우리한테 시간을 주렴."

엄마가 흐뭇하게 웃으며 TV 위 시계를 바라봤다.

저녁 9시 50분이 지나고 있다.

"참 신기해. 드라마를 어떻게 찍고 어떻게 방송하는 건지, 우리는 이렇게 때가 되면 볼 수 있으니 말이야."

"찍는 건 카메라가 찍는 거고, 감독이 편집하고, 방송국 주조정실에서 송출하는 거지."

"주조정실?"

"응. 거기서 쏘면 전국으로 퍼지는 거래."

"그렇구나."

엄마가 고개를 끄덕인다. 시선은 TV에 고정돼 있었다.

단막극 드라마로 딸이 TV에 나오긴 했었지만, 이번에는 그때와 비교도 할 수 없이 엄청난 반응을 끌어왔기 때문에 기대치가 사뭇 달랐다.

다행히 첫방 시청률이 좋았는지, 슈퍼 가는 길에 딸을 아는 아파트 주민들이 알은척을 하면서 사인 한 장 받아달라는 말도 했었다.

"언제 한번 소림이 대표님 모시고 식사 한번 해야 하는데."

"대표님?"

"응, 그분이 소림이 믿고 여기까지 함께 온 거 아니니."

"하긴, 언니 거의 포기 상태였으니까."

거기다 집안에서 반대도 심했고.

"근데 엄마, 왜 마음 바꾼 거야? 엄마가 아빠 몰래 계약서에 도장 찍어준 거잖아."

딸의 질문에 엄마는 미소 지었다.

"실은, 대표님이 찾아왔었어. 그리고 한참을 얘기하더라."

"무슨 얘기?"

호기심에 두 눈 크게 뜬 자매.

"소림이에 대한 얘기. 근데… 어쩌면 그렇게 나도 모르는 우리 딸에 대해서 잘 알고 있는지. 내가 다 부끄럽더라."

그가 말하는 윤소림은 전혀 모르는 사람 같았다.

자신의 딸이 어떤 열정을 가지고, 어떤 노력을 했는지 그때까지는 전혀 몰랐다.

그런 말들, 말들을 최고남 대표는 힘주어 말했고 약속했다.

윤소림을, 꼭 배우로 만들겠다고.

이제 드라마가 할 시간이었다.

*   *   *

"술 깨는 약 10개 주세요."

신입 사원 정준호 씨는 회식이 무르익을 무렵, 인근의 약국에 들렀다. 선배가 카드를 꼭 쥐어주며 술 깨는 약 좀 사 와달라고 부탁했기 때문이다.

'하, 500살 마녀 2화 봐야 하는데. 어제 마지막에 뭐라고 한 거야?'

1화 엔딩에서 어려진 마녀는 시간을 멈추고 우진우에게 다가갔다.

주위에는 선반에서 쏟아진 접시들이 두둥 떠 있고, 우진우는 잔뜩 놀라서 굳어 있는 상태.

마녀는 그런 우진우에게 다가가 볼을 쓰다듬으며 뭔가를 속삭였다.

'궁금해 죽겠는데… 아니, 무슨 놈의 회사가 보름마다 회식이야. 그리고 1차만 하지, 무슨 2차까지 하고 난리야.'

정시 출근 정시 퇴근이 상식인 사회가 자리 잡으려면 대한민국은 이놈의 회식부터 없애야 한다.

그뿐 아니라 일도 딱히 자신과 맞지 않는 것 같았다.

사무직이지만 외근이 잦았다.

다행히 야근은 없는 편이지만 일 처리가 더뎌서 밤늦도록 처리한 적이 몇 번 있었다.

취업만 하면 모든 것이 해결될 줄 알았는데.

적금 통장 만들고 여행 계획도 짜고, 부모님 선물도 사고.

하지만 여기서 5년, 10년을 다닐 생각을 하니 우울증에 걸릴 것만 같았다.

"열 개, 10만 원입니다."

술 깨는 약 세트가 든 봉지가 묵직했다.

카드를 건네던 준호 씨는 고개를 돌리다가 눈을 번쩍 떴다.

"어? 저거 윤소림 아니에요?"

"윤소림이 누구예요?"

"저 포스터요."

준호 씨는 약국에 걸린 포스터를 가리켰다.

"아, 박카수 새 모델 말하는 거구나. 아까 납품받을 때 포스터도 주더라고요."

"아까요?"

"광고도 오늘부터 한다던데?"

"저기, 저 포스터 얻을 수 없죠?"

"아, 잠깐만요."

약사는 성큼성큼 뒤로 갔다가 포스터를 들고 왔다. 준호 씨는 눈을 번쩍 뜨고 말했다.

"박카수도 한 박스 주세요."

윤소림은 근래에 준호 씨가 꽂힌 여배우였다.

〈공서〉에서 극 중 한이준과 현아는 오피스텔에서 불편한 룸메이트 생활을 하게된다.

처음에는 서로 맞는 게 너무 없어서 다투다가 조금씩 서로를 이해하게 되고 맞춰주면서 고민도 보듬어주고 로맨스도 싹튼다.

칙칙한 형과 둘이 사는 준호 씨로서는 낭만일 수밖에 없는 독립생활, 거기다 현아같이 착하고 예쁜 룸메이트가 등장하는 드라마였다.

그때부터였다. 윤소림의 팬이 된 것이.

"가만, 이거 카페에도 안 올라온 정보잖아?"

어제 500살 마녀 첫방 이후에 카페를 계속 들락거렸던 준호 씨는 서둘러 카페에 포스터 사진과 글을 남겼다.

곧바로 반응들이 쏟아져 올라왔다.

약국에서 포스터를 받았다는 소식에 당장 옷부터 챙겨 입는다는 회원들도 있었다.

따끈따끈한 소식에 카페가 들썩인다.

.

.

.

"리빌딩 프로젝트의 성공을 위하여!"

칼칼한 닭칼국수에 시원한 소주 한 잔을 들이켠 회사원들은 업무 스트레스와 여름 더위를 잠시나마 잊고 웃음꽃을 피웠다.

"근데 연희 씨는 어제 소개팅한다고 하지 않았어?"

"부장님, 연희 씨 소개팅 파투 났대요."

"왜?"

"남자가 일이 생겼다는데, 제 생각에는 연희 씨 사진 보고 겁먹었나 봐요."

"대리님!"

"왜 그런 말을 해? 우리 연희 씨가 얼마나 예쁜데."

부장이 편을 들어주자 남자 직원이 무안한지 이마를 긁적인다.

"아니, 제 말은, 연희 씨가 자칫 잘못보면 성격이 좀 드세 보일 수 있다. 뭐 그런 거죠."

"그래? 난 연희 씨 처음 봤을 때 성격 좋아 보인다고 생각했는데. 실제로도 좋잖아? 착하지, 성실하지. 매사에 똑 부러지기도 하고. 안 그래, 연희 씨?"

"그럼요. 저 걸을 때마다 딸그닥 소리 나는 걸요? 하도 똑 부러져서. 안 그래요, 준호 씨?"

여직원이 부장과 티키타카를 하고 턱을 빼죽 내밀어 신입 직원을 쳐다봤다.

하지만 신입 직원의 시선은 가게 TV로 향해 있었다.

"무슨 CF인데 춤추는 게 나오지?"

여직원들도, 다른 남직원들도 TV로 시선을 돌렸다.

연습실 같은 장소에서 여자아이가 춤을 추고 있었다.

전신 거울에 비친 제 모습에 입술을 꽉 깨물기도 하고, 허리를 숙인 채로 숨을 몰아쉬기도 하고. 볼을 타고 흐른 땀은 바닥에 떨어진다.

무릎을 다쳤는지 붕대도 하고 있었다.

—이 아이는 무릎 수술을 하고도 꿈을 포기하지 않았습니다.

그래도 춤은 멈추지 않았고, 급기야 여자아이가 눈물을 흘린다. 너무 아픈지 입술이 바들바들 떨리는데도 춤은 멈추지 않았다.

—수차례 데뷔에 실패해서 좌절했을 때도 이 아이는 다시 연습실에서 춤을 췄습니다.

그러다 쿵, 쓰러지고 말았다. 그리고 일어난다. 몇 번이고.

급기야 일어서지 못할 지경에 이르자 여자아이의 눈은 흐릿해졌다.

—그만두라고 혼을 내도, 설득을 해도 이 아이는 꿈을 포기하지 않았습니다. 그리고…….

서서히 CF 배경음악이 사라진다.

이제는 허공을 보는 여자아이의 눈과 거친 숨소리만이 들렸다.

그러길 잠시, 또다시 여자아이가 이를 악물었다.

눈동자에는 힘이 돌아오고 무릎은 천천히 펴졌다.

힘찬 음악과 함께 윤소림은 거울 앞에 섰다.

—마침내, 꿈을 이뤘습니다.

이제 여자아이는 수많은 스태프들에게 둘러싸인 연기자가 됐다.

그녀가 산소마스크를 벗고 카메라 앞에 섰을 때, 마지막 내레이션이 잔잔하게 울렸다.

—저는 윤소림이 아버집니다. 미안하고, 고맙고, 사랑한다… 내 딸.

청춘을 응원합니다.

포기하지 않는 열정 박카수.

"우와, 박카수 CF 죽이네."

누군가 속삭였다. 일순 소리가 멈췄던 회식 테이블이 다시 웅성거릴 때, 누군가 속삭였다.

"근데, 저 목소리… 부장님 목소리랑 비슷하지 않아요? 어? 부장님 어디 가셨지?"

좀 전까지 부장님이 앉아 있던 자리에는 빈 방석만이 놓여 있었다.

"예, 아버님."

─광고 봤습니다. 오랜만에 소림이랑 전화도 했고요.

"다행입니다. 두 사람, 보기 좋네요."

나는 잠깐 하던 일을 멈추고 창턱에 기댔다.

─솔직히 영상 보기 전에는 소림이가 그렇게까지 열심히 했을 줄은 몰랐어요.

"아버님 생각보다, 소림이는 대단한 사람입니다."

─그런가요?

"흠, 언젠가 새벽까지 연습을 하더라고요. 뭐 흔한 일이라서 좀 보다가 들어가라고 하려고 했는데, 무슨 일이 있었는지 아세요?"

나는 그때를 기억하며 물었다.

─무슨 일이 있었나요?

"졸고 있더라고요."

─예?

"졸면서 노래 연습을 하고 있던 겁니다. 그 정도로 열심히 하더 라고요. 그때 생각했죠. 이 녀석은 뭐가 되든 될 놈이다. 회사에서 안 되면, 내가 만들어보자. 뭐 그런 거요."

나는 윤소림에 대한 기억들을 되새기며 창밖을 바라봤다. 달이 밝다.

"아버님, 드라마는 이제 시작입니다. 감동은 빨리 잊으시고 따 님의 빛나는 날들을 지켜보세요."

─감사합니다, 대표님.

나는 소림이 아버지와 오랜만에 진솔한 대화를 나눴다.

딸에 대한 미안함과 앞으로의 미래에 대해서 주로 얘기했지만, 일단은 현재부터 바라보는 것이 두 사람에게 필요한 일일 것이다.

아, 시청률 내기는 조명팀 막내 스태프가 정확히 맞췄다.

이슈와 이슈가 만든 시너지 효과였고, 지상파를 제쳤다는 사실에 제작사와 방송국은 크게 고무됐다.

물론 윤소림의 소속사인 우리도 만세 삼창을 해야 할 상황이지만 아직 한창 촬영 중이라서 자축하기에는 이르다.

윤소림은 촬영장과 강주희 집을 오가며 녹초가 되고 있었고, 스타일리스트와 매니저도 사무실에 돌아오면 반쯤 넋이 나간 좀비처럼 어슬렁거렸다.

미디어 홍보팀 역시 쉴 새 없이 울리는 전화를 받으며 광고와 다음 작품, 새로운 얼굴의 영입을 준비하고 있다.

그래, 새로운 얼굴의 영입.

퓨처엔터는 그걸 할 때다.

다만 조금 차이가 있는 것은 이번에 영입할 대상은 내게 불만을 가진, 아니, 저주를 퍼부을 정도로 나한테 원한을 가진 S급 운명들이어야 한다는 점이다.

업보를 해결하기 위해서 말이다.

하지만 그 전에, 오늘은 드라마를 보자.

"아버님, 죄송하지만 끊겠습니다. 2화가 시작할 것 같거든요."

나는 TV 볼륨을 높이고 에어컨을 켰다.

창문을 닫으려고 창가로 가다가 문득 이상함을 느꼈다.

"그러고 보니 이 자식은 어디 갔어?"

저승이가 보이지 않는다.

밖은 종일 내린 보슬비로 온 세상이 뿌옇게 변해 있었다.

또 어디 상갓집이라도 간 건가…….

스산한 밤이다.

*   *   *

종일 내린 보슬비, 그래서 뿌연 안개가 낀 날에 보름달이 만개했을 때, 이런 날에는 오래전부터 내려오는 속설이 있다.

"어후, 무슨 서울에 안개냐."

청년들은 흐릿한 시야에 눈살을 찌푸렸다.

아침부터 보슬비가 흩날리더니 저녁 무렵에는 온 세상이 축축해졌다. 습기가 뒤섞인 여름의 저녁이지만, 다행히 더위는 한풀 꺾였고 유난히 빛나는 보름달은 안개마저도 환하게 밝혔다.

"예전에 우리 옆집에 무당 아줌마 있었거든."

"뭐야, 뜬금없이."

"그때 그 아줌마가 그랬거든. 이런 날에는 귀신을 못 보는 사람도 귀신을 본다고."

"미친 소리 하네. 나도 귀신 좀 봤으면 좋겠다, 처녀귀신."

낄낄 웃던 청년들은 서로를 툭툭 치면서 걷다가 멈춰 섰다.

그들의 시야에 건물 앞에 앉아 있는 여자가 보였다. 술에 취한 건지, 아니면 머리가 아픈 건지 여자는 이마를 받친 채 힘들어하고 있었다.

"야, 얘 윤소림 비슷하게 생겼다."

"윤소림이 누군데?"

"걔, 마녀 있잖아."

"별로 안 비슷한데?"

"근데 예쁘잖아?"

"그러게."

서로를 쳐다본 청년들은 여자에게 가까이 갔다.

"이봐요, 괜찮아요?"

"…예, 괜찮아요."

여자는 힘겹게 고개를 들었다. 눈빛은 많이 흐렸다.

청년들은 서로 눈치를 보다가 말했다.

"여기서 이러면 안 돼요. 일어나요, 데려다줄게."

"친구 올 거니까 괜찮아요."

"아니, 걱정돼서 그러지. 자자……."

비릿한 미소를 짓던 청년이 그녀의 어깨에 손을 뻗었다. 그때였다.

"그 손 치워. 부러지기 싫으면."

겨울철 찬 공기를 들이마신 것처럼 폐부를 찌르는 목소리에 청년들은 흠칫 놀랐다.

제5장
—

최고남이라고 아십니까
아주 나쁜

뒤를 돌아보니 안개 사이로 흐릿한 형체가 있었다.

키가 컸고, 형체의 윤곽은 호리호리했다.

"뭐야?"

청년들은 험악하게 인상을 쓰며 안개 사이를 뚫어져라 쳐다
봤다.

하지만 흩어지는 안개 사이에서 나타난 사람은 굉장한 외모의
20대였다. 아니, 10대인가.

너무도 잘생긴 외모에 당황하던 청년이 머뭇거리다가 입을 열
었다.

"좋은 말로 할 때 그냥 가라."

"이 자식 보게. 꼴아보네?"

"야야, 꺼져."

그 순간이었다. 휘휘 젓던 청년의 손이 푹 꺾였다.

외마디 비명도 지르지 못하고 눈만 튀어나왔을 때, 옆에 있던 또 다른 청년은 누군가에게 잡히기라도 한 것처럼 옆으로 훅 날아갔다.

두 친구의 모습에 당황하던 청년은 이 모든 일의 원흉인 눈앞의 정체불명의 남자에게 달려갔다.

하지만 주먹을 뻗기 무섭게 그 자세로 굳어버렸다.

저승이는 굳어버린 청년의 옆에 붙어 낮은 한숨을 쉬었다.

"후우……."

안개보다 차가운 입김이 청년의 볼에 닿아 성에처럼 끼었다.

"운 좋은 줄 알아. 내가 지금은 저승사자 신분이 아니거든."

저승이는 청년을 스쳐 지나갔다. 그제야 몸이 풀린 청년들은 비명을 지를 새도 없이 정신없이 도망쳤다.

저승이는 턱을 비스듬히 하고 눈을 내리깔았다.

앞에 앉아 있는 여자는 안 좋은 일이 있었는지 많이 취해 있었다.

"누구… 세요?"

그녀가 물었다. 비몽사몽인 것 같았다.

"나는 아무것도 아닌 자다."

"아무것도… 아니라고… 훗, 나도 아무것도 아니었으면 좋겠다."

여자는 눈에 띄는 미인이었지만, 상당히 앳돼 보였다.

"너는 이런 데 있을 운명이 아니다."

"운명이요?"

"네 운명을 말한 거다."

"내 운명 최악인데… 부모님은 이혼해서 나 버리고… 할아버지는 치매 걸리셔서 나보고 아빠 찾아오라고 하고… 흐흑, 우리 할아버지 불쌍해서 어떻게 해."

갑자기 울기 시작하는 여자의 모습을, 저승이는 내키지 않은 표정으로 지켜보다가 속삭였다.

"아직, 늦지 않은 것 같네."

"뭐가… 늦지 않아요?"

"네 운명을 바로잡을 타이밍."

그 말을 하고 저승이는 고개를 휘휘 젓더니 다시 뒤돌아섰다. 안개 사이로 손전등 빛이 아른거렸다. 그 빛을 보며 저승이는 말했다.

"망자의 활약이 기대되는구나."

웃음소리와 함께 저승이는 안개 속으로 사라졌다.

여자는 그 모습을 보다가 자신을 비추는 손전등 빛에 눈살을 찌푸렸다.

"괜찮으세요?"

"누구세요?"

"경찰입니다."

여자는 경찰의 도움으로 자리에서 일어났다. 그러다가 문득 눈살을 찌푸리고 코를 킁킁거렸다.

"왜 그러세요?"

경찰의 질문에, 여자는 속삭였다.

"짜장면 냄새네."

　　　　*　　　　　*　　　　　*

「퓨처엔터테인먼트 기자간담회 초청」

일시 : 2018년 8월 3일 금요일 오후 2시.

장소 : 여의도 한식당.

　자사의 배우 윤소림의 드라마 촬영(연상의 그녀는 500살 마녀)와 관련한 소식 및 이번 박카수 CF의 비하인드 스토리를 기자님들과 공유하고자 합니다. 참석을 원하는 매체는…….

　"앞으로도 소림이 기사 잘 부탁드립니다! 박카수도 살짝 거론해 주시고요. 그래야 다음에도 한우 대접하지!"

　"알았어요, 알았어! 이거 밥 먹기도 전에 체하겠어요!"

　기자들의 웃음소리에 한식당이 들썩거린다.

　〈주식의 신〉 5.9프로(2화 시청률, 전국 기준).

　〈한밤의 엽서〉 6.9프로.

　〈연상의 그녀는 500살 마녀〉 8.5프로.

　방송 3사 월화드라마 대전 첫 주의 결과는 500살 마녀의 승리로 막을 내렸다.

　2회 차 시청률에서 소폭 상승한 8.5프로에 마무리되면서 1위로 첫 주를 마무리했으며, 광고주가 좋아하는 2040세대 지표를 비롯한 화제성에서도 단연코 1위를 차지했다.

　관련 기사마다 드라마 반응을 비롯한 네티즌들의 관심 댓글 수백 건이 달라붙었고, 연예계 소식을 접할 수 있는 관련 커뮤니티에는 드라마와 다양한 썰까지 쏟아졌다.

일부는 윤소림이 도대체 뭔데 이렇게 시청률이 높냐는 불만의 목소리도 있었지만, 기자들은 이번 사태가 한채희 논란의 반사이익과 박세영 작가의 탄탄한 세계관, 그리고 윤소림이라는 라이징 스타가 모여서 이뤄낸 시너지 효과라고 보고 있었다.

"식사 맛있게 하세요!"

김나영 팀장은 부지런히 테이블을 돌면서 기자들에게 얼굴을 비쳤다.

오늘은 그동안 신세 진 기자들의 배와 지갑을 채워주는 날.

나일강의 악어새는 먹이를 주지 않으면 일을 안 한다.

"오늘은 기사 써달라고 재촉 안 할 테니까, 맘 편히들 드세요!"

"아휴, 고기 먹기도 전에 체하겠어요!"

기자 한 명이 엄살을 피우자, 김나영 팀장이 눈주름을 좁힌다.

"마 기자님은 고기만 먹을 거구나? 오케이, 접수."

"말이 그렇다고!"

식당 안은 웃음소리와 숯불 연기가 가득 찼다.

기자들은 열심히 술잔을 부딪쳤다.

"최고남, 참 대단해. 어떻게 독립한 지 1년도 안 돼서 홈런을 치냐."

"퓨처엔터 대표가 최고남이에요?"

"아, 미안. 얘 우리 신입이야. 전에 걔 갔어."

"요즘 연예부 기자들 왜 이렇게 금방 관두냐. 우리도 집에 갔는데."

"힘들고 배고파서 그러지 뭐."

어쨌든.

"야, 신입."

"예?"

"최고남, 그 이름 기억해 둬. 앞으로 징글징글하게 듣게 될 테 니까."

신입 기자가 잠깐 벙찐 표정으로 바라본다. 그러거나 말거나.

"근데 한밤의 엽서가 의외로 첫 주부터 밀렸네. 주이래가 영 힘 을 못 쓰네."

"1, 2화가 설정 푸느라 조금 루즈하긴 했는데, 3회부터는 스피디 하게 진행된다니까 오르지 않을까?"

"떠오르는 라이징스타냐, 연기파배우 주이래냐."

"세월 좋아졌네. 주이래가 연기파 소리를 듣게."

잠자코 듣던 기자가 끼어들자, 신입 기자가 고개를 빼꼼히 들었다.

"주이래 연기 잘하잖아요?"

"지금은 개과천선한 거야. 걔 뮤직비디오로 데뷔했거든? 대사도 없고 컷만 이어 붙인 건데도 어색해서 뮤직비디오 다시 찍어야 되 는 거 아니냐는 말까지 나왔었다니까."

"그 정도였어요?"

"그래, 지금은 진짜 용 된 거야."

"아, 그러고 보니 주이래가 N탑이었잖아?"

다른 기자가 불현듯 생각난 듯 눈을 번쩍 떴다.

"깜빡하고 있었네. N탑에서는 메이저 영화나 드라마는 하나도 못 하고 독립영화만 전전해서 잊고 있었네."

"독립영화요?"

"응. 그때가 주이래한테 흑역사였지. N탑 시절 얘기하면 학을 뗄걸?"

"맞아, 그때 N탑에서 주이래한테 이상한 역들만 줬잖아. 결과만 보면 아주 쓰레기 롤은 아니었지만, 메이저로 키울 배우에게 줄 역할들은 아니었지. 한마디로 내버린 거지."

"나도 그런 얘기 들은 것 같아. 주이래가 촬영장에서 감독한테 깨지는데, N탑 부문장은 옆에서 조연출하고 노가리나 까고 있었다고."

"그때 부문장이면……."

때마침 김나영 팀장이 테이블에 들렀다. 털썩 옆에 앉은 그녀가 소주병을 들며 물었다.

"뭔 얘기들을 그렇게 속삭이면서 해요?"

"기자가 기사 얘기하지 뭘 해. 술 한잔 받아요. 첫 주 1위 축하해요."

"근소한 차이인데요 뭐."

김나영 팀장이 넙죽 받아 마셨다.

잔을 내려놓은 그녀가 기자들에게 한 잔씩 돌리고 입을 열었다.

"다른 드라마도 보시죠? 어떤 것 같아요? 저희 드라마랑 비교해서."

"글쎄요. 주식의 신은 나쁘지 않았고, 한밤의 엽서도 1화는 지루한 편이었는데, 2화는 괜찮더라고요. 그래도 아직까지는 500살 마녀가 더 재밌어요. 빈말 아니고."

김나영 팀장이 고개를 끄덕인다.

"그러는 김 팀장님은 한밤의 엽서 보셨어요?"

"봤죠. 그래서 이렇게 긴장하고 있잖아요."

"긴장까지 할 정도야?"

"그럼요. 우리 대표님은 한밤의 엽서가 10프로 넘기는 것도 순식간이라고 생각하고 계시던데."

"최 대표가?"

기자들의 눈이 반짝거린다.

* * *

"한밤의 엽서는 중반부터 뒷심을 발휘할 거야. 최종화 시청률은 나도 기억 안 나는데, 꽤 잘 나왔던 걸로 알고 있고."

궁금해하는 저승이를 보며 기억을 더듬어봤다.

처음에는 전개나 스토리가 올드하다는 평을 받은 드라마지만 중반부로 치달을수록 캐릭터들이 살아나면서 진가를 발휘하게 된다.

1, 2화 시청률에 앞섰다고 게임 오버가 아니라는 얘기다.

출발선에서 조금 빨리 앞섰을 뿐이다.

이대로 끝까지 완주하면서 한밤의 엽서보다 시청률이 앞서기를 바랄 수밖에 없다.

그 전에, 나는 진짜 문제를 마주해야 한다.

'또 다른 업보를 해결할 때.'

현재 전유라 작가의 업보 지수는 많이 낮아졌지만, 슬럼프에 허덕이는지 업보 지수가 매일이 다르게 오르락내리락하고 있고, 윤소림은 아직 생의 계획조차 보지 못했다.

다행히 은별이가 눈부시게 밝아졌지만 N탑이라는 불안 요소가 있기 때문에 안심할 수가 없다. 운명은 쉴 새 없이 꼬이니까.

"아, 근데 너 어제 어디 갔었냐? 안 보이던데."

[일하고 왔습니다, 일.]

간밤에 어디서 제삿밥이라도 얻어먹고 온 모양이다.

나는 저승이에게서 눈을 떼고 다시 모니터를 바라봤다.

최고남 <┘

과거로 돌아오고 나서는 연예계 종사자들이 많이 이용하는 사이트에서 내 이름을 종종 검색해 보곤 한다.

현재의 나를 알고 적을 알아야 이 싸움을, 아니, 업보를 해결하지.

―최고남, 이 인간 기사 뜬 거 본 사람? 아후, 그 상X의 새끼!

"이 자식 또 악플 달았네."

자주 보이는 아이디인데, 어떤 놈인지 날 잡아서 추적해 봐야겠다.

―윤소림이 7년을 데뷔 못 했다던데, 최고남 대단하네.

ㄴ3인칭시점에서 보니까 되게 젊던데. 그 사람이 최고남 대표 맞아요?

ㄴ예. 맞아요. 되게 잘생기지 않았어요?

댓글을 남기고 바로 다음 페이지.

―왜 N탑에서는 윤소림을 데뷔시키지 못했지?

ㄴ소문에는 부문장이 파벌 싸움에서 밀렸고, 그것 때문에 발언권이 약해지는 바람에 빡쳐서 윤소림 데리고 나왔다네요.

ㄴ그거 아닌데. 나 N탑에서(어디 부서라고 말 못 함) 일하는데, 최고남 부문장이 나간 이유는 아무도 모른다가 정석이야. 진짜 뜬금없이 그만둔 거고, 그 전에 이미 윤소림은 퇴출 결정이었어.

ㄴ진짜진짜?

ㄴ근데 최고남 부문장이 뭐 정의로운 사람은 아니지 않아?

ㄴ맞아, 아는 사람들한테는 진짜 욕 한 사발 먹지.

ㄴ오디션 때도 장난 아니라며? 최고남이 심사 위원으로 걸린 날은 합격자가 전주의 3분의 1로 떨어진대. 오디션 보고 현타 와서 꿈 포기한 애들도 꽤 있는 걸로 알고.

ㄴ기준점이 높으니까 깐깐할 수밖에. 실력 없는 걸 탓해야지.

ㄴ너 최고남이지?

흠칫.

[하, 그냥 지옥 가실 생각은 없으시죠?]

저승이가 한숨을 쉬고 묻는다.

나는 눈만 깜빡거렸다.

*   *   *

「스포츠브리핑 매거진 사옥」

"너 퓨처엔터 간담회 안 갔어?"

"퇴사하는 마당에 뭘 얻어먹겠다고요."

턱을 괴고 모니터를 바라보는 민지영 기자.

정의로운 언론인을 꿈꿨지만 실상은 연예인들의 민낯이나 캐야 하는 자신의 삶을 비관해서 올해 퇴직을 결심.

퇴근하려던 부장이 가방을 내려놓고 옆 책상에 엉덩이를 걸터 앉았다. 그러거나 말거나, 기자는 키보드의 스페이스 키를 툭 눌렀다.

한풀 꺾인 무더위, 매미 소리, 흐르는 구름들.

잠깐 멈춰 서서 하늘을 바라보던 남자애는 이내 고개를 숙여서 슬리퍼 신은 맨발을 바라본다.

걸음을 내디딜 때마다 발바닥과 슬리퍼가 달라붙으면서 쩍쩍 소리가 났는데, 지금은 아무 소리도 안 난다.

—왜요?

화면 밖에서 피디가 질문했다.

—아무 소리도 안 나서요.
—매미 소리 들리잖아요?
—연습실의 음악 소리가 안 들리니까…….

약간은 허망한 듯, 무표정한 얼굴을 든 남자애가 말했다.

—세상이 너무 조용하네요.

윤소림의 박카수 CF에 자료 영상으로도 들어갔던, 다큐멘터리 프로그램 〈꿈꾸는 연습생〉의 한 장면이었다.

"누가 기억할까, 저런 애들?"

부장이 제 턱을 긁적이며 심드렁하게 물었고, 기자는 쓸쓸히 미소 짓고 답했다.

"없죠."

"그래서 뭐 어쩌려고?"

*　　　　*　　　　*

"여기는, 〈스타두〉라고 오디션을 준비하는 아이들이 자주 찾는 사이트예요."

기자는 한 인터넷 커뮤니티 게시판을 찾아 들어갔다.

그리고 검색어.

오디션 탈락<┘

─오늘 오디션 탈락했다… 2시간 걸려 서울 올라와서 어제 찜질방에서 자고, 오늘은 1시간 동안 지렁이처럼 긴 줄에 서서 오디션 봤는데 겨우 3분 얼굴 보고 집에 가라더라… 충격인 건, 부문장이라는 사람이 나보고… 나보고……

└뭐라고 했는데? 그 상X의 새끼! N탑은 진짜 이럴 거면 오디션하지 마라! 심사 위원들 애들이 소 닭이냐? 졸라 소 닭도 그렇게 안 쳐다보거든?

└근데, 그렇게 해도 가고 싶어 하는 사람 많음.

ㄴ솔직히 매주 수백 명이 보는데 한 명 한 명 제대로 볼 수 없지.

ㄴ그럴 거면 하질 말아야지. 합격 컷 기준도 N탑이 제일 빡세잖아!

ㄴ그래도 지금은 좀 널널해진 거야. 작년까지 부문장이라는 사람 참여하면 합격률이 진짜 바늘구멍에 낙타 들어가기 수준이었으니까.

유통기한<ㄴ

—얘들아, 나 오늘 유통기한 끝났다. 오디션 합격하면 금방 데 뷔할 줄 알았는데… 부문장이 나한테 한 얘기가 아직도 기억난다.

ㄴ뭐라고 했는데? 그 상X의 새끼! 근데 어쩌다 그렇게 됐어?

ㄴ○○ 재능이 없다. 씨팍, 그럼 합격시키질 말든가. 3년을 묶 어두고! 나 이제 빵 공장 각이야!

악덕<ㄴ

—저 계약 끝내고 싶은데 어떻게 해야 하죠? 그냥은 회사에서 안 놔줄 것 같은데. 우리 회사 대표님 가뜩이나 무섭게 생겼는 데… 그렇다고 악덕 회사는 아니고… 사실 N탑 오디션도 봤었는 데, 그때 부문장이라는 사람이…….

ㄴ뭐라고 했는데? 그 상X새끼!

ㄴ지역법률공단 가봐. 근데 쉽지 않을걸? 소송한다 뭐 한다 하 면 몇 년 훅 지나가. 그렇게 계약이 최악이야?

ㄴ어… 연습생일 뿐인데 계약기간이 10년이야

ㄴ미친 거 이니야? 공정거래 기준 7년이 정상이야! 너 그거 진 짜 소송 각이다.

게시판은 말 그대로 난장판.

"퇴출당한 애들은 스스로를 유통기한이 다 됐다고 그런대요. 겨우 스물 몇 살 먹고. 이렇게 우리 사회가 외면하는 동안 어린 친구들이 핍박받고 있는 거죠. 꿈 가지고 장사하는 인간들 때문에."

"근데 비단 걔들만 그런 거 아니잖아. 누가 등 떠민 것도 아니고. 자기들이 선택한 거지."

"그러니까 현실을 알려주자는 거죠. 스타라는 화려한 빛이 전부는 아니라는 걸."

"취재 범위가 광범위할 텐데?"

부장은 턱을 긁적이며 좀 더 화면을 들여다봤다.

스타가 되고 싶은 아이들의 간절함이 손에 잡힐 것 같다.

"좁혀야죠. 일단 N탑이 3대 엔터회사 중에서 가장 크니까 여기를 중점으로 시작하려고요. 그리고 요즘 말 많은 퓨처엔터 대표, 거기도 한번 보려고요."

"최고남? 거긴 지금 잘되고 있잖아?"

드라마 시청률이 고공 행진 하는 이유도 있지만, 과거 연습생 시절 스토리가 담긴 박카수 CF가 대중에 큰 반향을 일으키고 있었다.

"7년을 해도 안 되던 애가 단 두 작품 만에 주연이 됐어요. 심지어 다음 주연 자리도 예약이 돼 있었고. 이게 정상적이진 않잖아요?"

"정상이 아니면?"

"뒷거래가 있거나, 눈속임이 있는 거죠. 부장님이 더 잘 아실 거 아니에요? 최고남이 어떤 사람인지."

기자는 윤소림의 성공 스토리가 석연치 않았다.

대체 어떤 과정을 거쳤기에 이런 말도 안 되는 행보를 걷는 걸까.

"오늘만 봐도 말이 간담회지, 김영란법 피하려는 꼼수잖아요? 질이 나빠."

"야, 그렇게라도 먹어야 우리도 살지."

"아무튼요. 듣자 하니 연습생들을 S급이니 A급이니 등급 나눠서 관리한다는데, 자기 소속사 애 방송 출연 시키려고 로비하고, 기자들 돈 먹이고, 협박도 일삼고. 그리고 여기 게시글들 보면 부문장이라는 말이 제일 많이 나와요."

흥분한 기자는 아랫입술을 깨물고 포털사이트에서 최고남을 검색했다. 의외로 꽤 많은 사진이 검색됐지만, 그중에서 선글라스를 틀릭.

"폭력을 쓰는데도 거침없는 사람이더라고요. 대학로에서 칼부림한 적도 있다면서요? 수틀리면 자해도 한 다던데."

"그거야 소문이 와전된 걸 수도 있고……."

"아무리 봐도 지금 윤소림 이상해요. 드라마 한번 찍으면 배우들 녹초 된다는데, 연속으로 영화를 또 들어간다는 것은 말 그대로 살인적인 스케줄이잖아요. 어쩌면 노예 계약일 수도 있고. 그러니 실체를 확인해야죠. 빛인지, '어둠인지.'"

"그래서 야마가 뭐야?"

"악덕 매니저의 실체요."

퇴직 전, 마지막 기사에 제 한 몸 바칠 준비가 된 기자의 눈빛은 전에 없이 활활 타올랐다.

*   *   *

여섯소년들.

국내 최정상 남자 아이돌그룹의 로드매니저 백승준 실장은 오늘 아주 고역인 일을 처리해야 한다.

똑똑.

노크 소리에 이어, 회의실에 스무 살 남짓의 연습생이 고개를 빼꼼 내밀었다.

"어, 하준아."

백승준이 자리에서 일어나 맞은편에 있는 의자를 가리키며 물었다.

"뭐 마실래? 커피?"

"음료수 마셔도 돼요?"

연습생이 회의실 한편에 놓인 직원용 냉장고를 가리켰다.

그 안에는 음료수 캔이 빼곡히 차 있었다.

"그럼, 마셔도 되지. 마시고 싶은 거 꺼내 마셔."

연습생이 냉장고에서 꺼내 든 것은 바나나우유.

피식 웃은 백승준은 서류 가방에서 초콜릿을 꺼내 건넸다.

요즘 윤소림 초콜릿으로 유명한 로체 회사 제품이었다.

N탑에서는 윤소림의 윤 자도 금기시되기 때문에 절대 드러나서는 안 될 제품이기도 했다.

"이거 원 플러스 원이더라, 너 하나 먹어."

"감사합니다."

백승준은 연습생을 잠시 바라보다가 입을 열었다.

"인마, 연정당했다고 무단으로 집에 가면 어떻게 해?"

"연습실도 못 들어가고… 마음도 싱숭생숭해서요."

"그만두고 싶다고 그랬다며?"

"예. 연습생 계약도 끝났잖아요. 그래서 미국에 돌아가기로 했어요."

"진짜 후회 안 할 거야? 너 데뷔조 멤버로만 2년 있었어. 원래 이번 3분기에 데뷔 예정이었고. 내부 사정으로 미뤄지긴 했지만 내년이면 가능할 거야."

"내년이라고 미뤄지지 않는다는 보장 없잖아요. 그리고 데뷔조여도 잘리는 경우 없지 않았고. 소림이 누나도 데뷔조에 내내 있었지만 결국 데뷔 못 했잖아요."

그렇게까지 얘기하니 더 막을 명분이 없었다.

하지만 백승준은 연습생의 재능이 안타까워서 아쉬운 마음이 컸다.

N탑에 소속된 수많은 연습생들.

치열한 경쟁과 인내의 시간을 견뎌내서 데뷔조에 들기까지, 녀석이 얼마나 고생했을지 누구보다 잘 아는 그였으니까.

"회사에서도 많이 아쉬울 거다.

"에이, 저 말고도 많잖아요, 연습생들."

자조적인 목소리에 백승준은 쓴 미소를 지었다.

권하준은 자신을 수많은 퍼즐 조각 중 하나 정도로 여기는 것 같았다.

"그래, 사회 나가서 어려운 일 있으면 연락하고."

"숙소는 이번 주 안에 나갈게요."

권하준이 일어났다.

윤소림 초콜릿을 주머니에 넣고 개구쟁이처럼 헤, 웃는 모습을 뒤로하고 사라졌다.

백승준은 계약서를 거칠게 찢어서 파쇄기에 밀어 넣었다.

저 모습을 이젠 볼 수 없다 생각하니 괜스레 씁쓸해져서, 찌푸린 얼굴로 핸드폰을 꺼냈다. 오전에 최고남에게 연락이 와서 부탁을 받은 게 있었기 때문이다.

"형님, 말씀하신 작년 오디션 참가자 프로필 이메일로 보냈습니다. 확인해 보세요."

—고맙다.

"고맙긴요. 오디션 녹화 영상은 일단 박은혜 것만 보냈습니다. 나머지도 찾으면 메일로 보낼게요."

통화를 끝낸 백승준은 책상에 놓여 있는 바나나우유를 물끄러미 바라봤다.

"자식이… 마시고 가지."

*   *   *

회사에 들어가기 전, 나는 잠깐 카페에 들렀다.

볕이 잘 들어오는 카페 구석으로 느림보 원숭이처럼 기어들어와서 백승준이 보내온 메일을 확인했다.

저승이가 왼쪽 눈을 가리고 프로필 사진을 확인한다.

[제 몸에 손대세요.]

나는 시킨 대로 저승이의 팔에 손을 댔다.

『박은혜 : 기묘(己卯)년 기사(己巳)월 갑신(甲申)일 출생』

『운명 : S』

『현생 : C』

『업보 : 100』

『전생부(前生簿) 요약 : 이전 생의 대가로 부잣집에서 태어났다. 부귀영화를 누리고, 천수를 다할 생이었다. 하나, 명계의 착오로 허무하게 명을 달리한다. 비행기 추락으로…….』

『명부(冥府) 기록 : 이번 생은 일찌감치 초년의 불행을 겪고 이십 대 이후 풀리게 돼 있었으나, 망자의 영향으로 인해 바람 잘 날 없는 생을 살게 된다. 하여, 이 역시 망자 최고남의 업으로 기록된다.』

저승사자가 보는 생의 계획은 명부 기록도 나온다.

일단 확인은 했으니 박은혜를 찾아가서 만나볼 생각이다.

[계획이 어떻게 되세요? 걸그룹 만드실 건가요?]

저승이가 마주 앉아서 나를 쳐다본다.

공과 사의 경계에서, 지금은 공인 것 같다.

"너 걸그룹 만드는데 돈이 얼마 드는지 아냐?"

적게 잡아도 깨지는 돈이 최소 억 단위다.

[죽은 마당에 뭘 그런 걸 걱정을 해요? 아저씨는 업보만 해결하고 환생 절차 밟으시면 되는 것을.]

"이 자식이 죽은 사람 기분 나쁘게. 야, 그러다 우리 회사 망하면?"

무리한 걸그룹 제작으로 회사가 휘청이면 윤소림하고 은별이한테 영향이 간다.

은별이야 아직 N탑 소속이니까 그리로 빠지면 된다지만, 윤소림은 지금 행보에 브레이크가 걸릴 수도 있다. 그리고 우리 퓨처엔터 직원들은 무슨 죄야.

"목적은 업보 해결이니까. 일단 재능이 있는지 보고 괜찮은 회사에 연계시켜 줄 생각이야."

데뷔시키지 못해서 S급 운명이 되지 못한 것뿐이라면, 그 문제만 해결해 주면 S급 태생이니 알아서 성장할 테고 업보는 해결될 거다.

사실상, 이 건은 누워서 식은 죽 먹기다.

윤소림이야 스캔들 때문에 대차게 꼬인 케이스였지만 이번에는 아니었다.

무려 네 명이다. 어쩌면 그 네 명을 끝으로 시소가 기울지도 모른다.

그런데…….

"왜 표정이 그래? 쉽게 끝내면 좋잖아."

[웬디즈 같은…….]

"웬디즈는 왜?"

[그런 걸그룹을 만들 생각은 없나요?]

"말했잖아, 돈이…….."

우르르 쾅쾅!

갑자기 카페 유리 너머로 보이는 마른하늘에 번개가 쳤다.

어휴 깜짝이야.

놀란 가슴 달래고 다시 저승이를 돌아보는데, 녀석의 표정이 음침하고, 어둡다.

[흥! 미다스의 손이라더니만! 무려 S급 4명인데, 이건 무조건 되는 건데, 왜 걸그룹을 못 만들어요?]

요게 우리 회사를 걸그룹 만드는 게임회사인 줄 아나.

요즘 TV에 웬디즈 나오면 열 일 제쳐놓고 보길래 이상하다 생각은 했는데. 걸그룹 키워서 성공한 덕후가 되겠다는 거야 뭐야.

"됐어. 안 만들어!"

[그러시면 저도 앞으로 협조 못 합니다! 혼자 업을 해결하든 말

든 알아서 해보세요! 홍!]

"그래, 알았어!"

빈정상한 건 피차 마찬가지다 이거야.

나는 저승이를 무시하고 핸드폰을 들어서 은별이의 영상을 체크했다.

500살 마녀 촬영으로 바쁠 텐데도 〈은별나라 은별공주〉에는 정기적으로 영상이 올라오고 있다.

주로 일상 콘텐츠라서 편집에 시간이 걸릴 뿐이지 소재 걱정은 없었기 때문이다.

—안녕하세요, 언니 오빠 이모 삼촌들!

은별이가 토끼장 앞에서 앙증맞은 두 손을 흔든다.

아이고, 내 딸.

—소개하겠습니다. 저희 학급에서 키우고 있는 토끼랍니다. 이름은 토토!

드디어 토토의 정체가 밝혀지는 순간.

은별이는 토토에게 토끼 사료와 건초를 주었다.

지난번 은별이 말대로 토토가 입술을 오물거리면서 건초를 먹는다.

—토토야, 많이 먹고 빨리 커야 해!

은별이의 손이 털을 쓰다듬는다. 토끼는 거부 반응 없이 앞니와 앞발만 부지런히 움직였다.

―토토야, 내가 요즘 고민이 있어. 무슨 고민이냐고?
―무슨 고민인데?(자막)
―우리 구독자가 15만이 넘었거든. 이제 곧 20만이야.
―우와, 대박!(자막)
―근데 은별이는…….

이때 은별이가 카메라를 보면서 주먹을 불끈 쥔다.

―아직도 배가 고프단 사실!
―여기서 만족하는 게 어때? 너에게는 수많은 언니 오빠 이모 삼촌들이 있잖아.(자막)
―흠, 네 말도 일리는 있어. 하지만, 나는 더 많은 언니 오빠 이모 삼촌들이 필요한걸.

은별이가 손가락을 얼굴에 붙여 눈물 자국을 그린다.
훗.

―그럼 어쩔 수 없네. 험난한 여행이 될 거야.(자막)
―응, 가보려고. 골드 버튼을 향한 여정을…….

'두둥!'이란 자막과 은별이의 결의에 찬 표정.

—그럼 방법은 하나뿐이네.(자막)

—그래, 그 사람의 도움이 필요해.

—그 사람?(자막)

—대표니임〜!!

화면이 디졸브되면서 운동장에서 달리는 내 모습이 나타났다. 그리고 자막.

[to be continued.]

제6장

―

꿈을 파는 장사꾼들

골드 버튼이라니.

역시 투에스 등급의 목표는 원대하다.

나는 싱글벙글 미소짓고 은별이의 영상을 돌아봤다.

이렇게 보고만 있어도 미소가 나오는데, 왜 그때는 몰랐을까.

반성, 후회, 그리고 한 가지 아쉬움.

'물음표.'

아직 은별이의 업보 중에 물음표로 보이는 구간이 있다. 은별이와와 상관없는 업보거나 표시할 수 없을 정도로 많거나, 아니면 내게 허락되지 않은 중요한 항목일 경우 물음표로 보인다고 했다.

하지만 관계가 발전하면 물음표 내용도 볼 수 있다고 했는데, 그게 언제쯤일지. 또 어떤 내용일지.

'은별이를 N탑에서 데려와야 하는데.'

퓨처엔터에서는 은별이의 매니지먼트만 해주고 있는 상황이다.

은별이를 또다시 N탑으로 보낼수는 없다.

N탑에게 은별이는 소속 아티스트 중의 한 사람일뿐이다.

아이의 성장에 관심을 두고 관리할 정도로 인간적인 시스템이 아니기 때문에 아이는 실적에 따라서 취급받게 될 거다.

재밌어야 할 촬영이 점차 스트레스가 될 테고, 슬럼프가 되고, 악플이 늘어나고, 악플을 견딜 수 없을 정도로 정신적으로 코너에 몰리게 되면… 부푼 풍선은 터지고 말겠지.

업보 해결을 위해서라도 이 문제를 해결해야 한다.

물론, 그 전에 이 아이들부터.

'박은혜, 스무 살, 168센티미터. 연습생 경험은 있지만 고등학교 졸업하면서 계약 해지.'

나는 유유 매니저가 보내 준 박은혜의 프로필을 상세히 읽어 내려갔다.

업보를 해결할 이유가 아니었다면, 이 아이는 내게 스타를 꿈꾸는 많은 아이들 중 하나일 뿐이었다.

기억을 되새기던 나는 눈을 질끈 감았다.

오디션장에서 소리를 지르던 내 모습, 인상을 찌푸리던 내 얼굴이 선명하게 떠오른다. 그런 내 앞에는 항상 안절부절못하면서 뭘 어떻게 해야 할지 모르는 오디션 참가자들이 있었다.

"젠장."

또 나란 놈이 싫어진다.

머리를 감싸고 괴로워하는 나를 보며 저승이가 혀를 쯧쯧 찬다.

[그렇게 좀 부드럽게 살지.]

저승이가 딴 곳을 보고 투덜거린다.

"야, 내가 그래도 일에 있어서 어쩔 수 없는 면이 있긴 했지만, 나도 부드러울 때는 한없이 부드러운 사람이야. 솔직히, 모두가 나를 싫어했겠냐? 개중에는 내게 좋은 감정을 가진 사람도……."

"정혜 얘도 N탑 오디션 보지 않았었어?"

한창 감수성에 젖어 들어갈 때였다.

옆 테이블의 여자들 사이에서 N탑 얘기가 나왔다.

낯익은 단어였기에 신경이 곤두섰다.

"정혜 그때 광탈했잖아."

"진짜?"

"야, 광탈 아니거든? 2차까지 갔거든?"

발끈한 여자애가 노랗게 염색한 눈썹을 찌푸린다.

흠, 추가 오디션까지 받았을 정도면 그래도 외모 등급은 합격한 모양인데.

힐끗 보이는 옆모습만 봐도 괜찮은 편이다.

"N탑은 오디션 어떻게 봐?"

"지금은 모르겠는데, 그때는 매주 토요일에 했어. AR팀 직원들하고 임원들이 돌아가면서 심사 위원으로 나왔을걸?"

"분위기 어때?"

"완전 살벌하지."

"뭐라고 하는데? 심사평 같은 거 해?"

"거의 안 하지. 오디션 참가자가 한둘인가. 근데, 나는 받았어."

저 테이블의 주인공 여자애는 노란 눈썹에 이어서 이번에는 입술까지 한 움큼 깨물었다. 그런데, 나도 모르게 귀를 쫑긋 세우는 이름이 나왔다.

"내가 아직도 기억해 그 이름."

"무슨 이름?"

"최.고.남!"

응?

"그 인간이 나한테 퍼부은 독설!"

꿀꺽.

"뭐라고 그랬는데?"

"날 한참 보더니 그러는 거야. '저 춤 어디서 봤나 했더니, 한동이네서 봤구나'라고."

"한동이네?"

"그래! 그래서 속으로 '뭐야? 한동이가 누구야?' 하고 있는데, 옆에 있던 사람이 물어보는 거야. '한동이네가 누구야?'라고."

"누군데?"

"하! 그랬더니, 그 인간이 그러는 거야. '한동이네 몰라요? 요 앞 된장찌개 잘하는 집. 거기 앞에 풍선 배너 있잖아. 막 바람 들어가서 춤추는 거'라고!"

"풉!"

"그래! 딱 니들처럼 다들 웃었다니까!"

흠… 그랬구나, 내가. 그런 말을 했네.

[하. 하. 좋은 감정이요?]

뭐, 상황을 유하게 만들려는 나름의 조크 아니었을까?

"내가 그 인간 얼굴 아직도 기억나. 길에서 보기만 해봐라. 내가 그냥 얼굴을 확!"

주인공 여자애가 열 손가락을 쫙 폈다. 네일아트로 꾸민 날카로운 손톱들을 보니 어딘가에서 고양이 울음소리가 들리는 것 같다.

야옹.

문득 은별이가 떠오르는 이유는 뭐지?

"슬슬 일하러 가볼까?"

할 일이 많다. 박은혜도 만나러 가야 하고, 소림이한테 전화도 한 통 하고, 은별이랑 영상통화도 하고.

아니다. 몰래 찾아가서 깜짝 놀라게 할까.

갈 길이 바빠 서둘러 나가려는데, 누군가와 부딪쳤다.

"어머, 죄송해요!"

"아닙니다."

"정말 죄송……."

젠장.

"한동이? 맞죠, 한동이?"

저승아, 일단 튀자.

*　　　　　*　　　　　*

「N탑 토요 오디션 참가자 6번 박은혜」

"이게 아직도 있었네."

가방 안에서 색바랜 스티커가 나왔다.

박은혜는 잠깐 스티커를 바라봤다. 그날의 기억이 새록새록 떠오른다.

그날은 아침 일찍 일어나서 미리 현장에 도착했다.

두 시간을 기다려서 현장 접수를 했고, 직원의 안내를 받아서 신청서를 작성했다.

기다리다가 열 명씩 짝을 지어 건물 3층으로 올라갔고, 여기저기에 붙어 있는 스타들의 사진과 로고에 잔뜩 주눅이 든 채로 심사위원들과 카메라 앞에 섰다.

숨이 막히는 기분이었다.

"은혜야, 뭐 하고 있어? 와서 TV 봐!"

"예!"

"은혜야, 김치전 가져가!"

"예."

박은혜는 가방을 손에서 놓고 주방으로 달려갔다.

주방 이모가 해놓은 김치전을 들고 TV 앞에 합류했다.

사장님과 이모들이 TV에 시선을 두고 젓가락을 든다.

"요즘 저거 재밌더라."

"그지? 볼 만해."

"소리 좀 키워봐."

박은혜가 리모컨을 들었다. 볼륨을 올렸더니 천장 TV에서 배우들의 목소리가 둔진하게 들려왔다.

요즘 화제인 드라마 〈연상의 그녀는 500살 마녀〉.

마녀와 우진우의 썸 같지만 썸은 아닌 나날이 이어지는 가운데, 방해자가 나타난다.

바로 나쁜 마녀.

혹마법으로 사람들을 꼭두각시처럼 이용하고, 동서남북을 기준으로 네 명의 수족들이 이 땅에 악한 기운을 뿜고 있었다.

—우오오!

500살 마녀의 몸이 두둥실 떠오른다.
그녀의 몸에서 파란 불길들이 피어나기 시작했다.
"와, 요즘은 진짜 같다니까."
"은혜야, 저게 그래픽인지 뭔지 하는 거지?"
"CG요."
한없이 커진 불길들이 마녀를 둥글게 감쌌다.
지금 마녀는 심안으로 나쁜 마녀의 수족들을 찾는 중이었다.
그녀의 심안이 대한민국을 이 잡듯 뒤진다.
빠르게 바뀌던 화면이 멈춘 순간, 불길이 사방으로 뻗어 사라졌다.
마녀는 찬찬히 내려와 대리석 바닥에 발을 디뎠다.

—찾으셨습니까?

올빼미가 물었다. 마녀는 작게 고개를 끄덕였다.

—그 네 명, 어떻게 하실 생각이십니까?
—잡아서 정화해야지.
—쉽지 않을 겁니다.
—훗, 이거 왜 이래. 나 마녀야.

화면에 꽉 찬 마녀의 얼굴.

주방 이모는 넋 나가 보고 있는 박은혜의 옆구리를 쿡 찔렀다.

"입에 침 떨어진다."

"너무 예쁘지 않아요?"

"식당에 쟤보다 예쁜 애가 있는데 무슨 소리야."

피식 웃는 박은혜의 어깨를 사장님이 탁 내려쳤다.

"은혜 너, 회식 날 경찰서에 갔었다며? 그러게 애한테 술을 그렇게 먹여서 말이야!"

"아휴, 내가 먹였나. 지가 먹은 거지."

"헤헤."

"웃기는. 너 그날 기억은 나니?"

"흠"

박은혜는 눈동자를 치켜뜨고 잠깐 그날을 떠올렸다.

"어떤 남자랑 얘기했던 것 같은데⋯⋯."

"남자? 남자 누구? 잘생겼어?"

"모르겠어요."

피식 웃자, 사장님이 이모들을 타박했다.

"다음부터 은혜한테 술 먹이지마. 애가 미련해서 주면 거절 못하는 거 알면서."

"저 안 미련해요."

"미련해, 너. 얼굴만 예쁘지."

"그래, 우리 은혜 예쁘지. TV 나오는 애들보다 은혜가 더 예쁜데."

"아니에요."

"말 나온 김에 은혜 너도 연예인 만들어주는 회사 같은 데 들어가는 거 어떠니?"

"들어가려고 했는데, 거기 오디션에서 이상한 새끼가 퇴짜 놨대잖아."

사정을 아는 사장이 구시렁거렸다.

물론 박은혜는 이상한 새끼라는 말은 한 적이 없었다. 그냥, 어떤 사람이, 노래 부르지 말라고 했다… 정도였는데.

"어떤 상놈의 자식이 우리 은혜를 퇴짜 놔?"

"몇 살이나 처먹은 것 같은데?"

"젊었어요. 김 대리님보다 젊어 보이던데."

김 대리는 술 납품하는 회사의 직원인데, 박은혜에게 속칭 작업을 하다가 이모들에게 소금 벼락을 맞은 적이 있다.

"심사하는 사람 중에 그렇게 젊은 사람이 있어?"

"예. 되게 카리스마 있었어요. 그 사람이 얘기할 때는 다들 조용해지더라고요."

"염병. 어떤 놈인지 내 앞에 오기만 해봐. 감히 우리 은혜를 까? 내 소금 바가지를 그냥."

이모들이 팔을 걷어붙이자, 박은혜는 실실 웃기만 했다.

그때 마침 손님들이 들이닥쳤다.

"이모, 닭볶음탕이요. 소주도 한 병 주시고요."

큰 소리로 주문한 남자들에게 박은혜가 얼른 소주 한 병을 건넸다.

남자는 그녀는 힐끗 보더니 이내 TV로 시선을 돌렸다.

"아, 초장부터 기분 잡치게."

"예?"

"아니에요, 그쪽한테 한 말."

옆에 있던 남자가 서둘러 손을 흔들었다.

"이모, MNC 건물 앞에서 타사 드라마를 보면 어떻게 해. 한밤의 엽서 봅시다!"

남자가 구시렁거리며 소주병을 기울인다.

박은혜는 한밤의 엽서로 채널을 변경하고 반찬을 챙기려고 주방으로 다가갔다.

"으휴, 저 싸가지 없는 새끼."

"꼴에 피디래. 두근두근인가 뭔가."

"잘보고 있었건만."

이모들 인상이 험해지는 사이, 박은혜는 서빙을 마치고 이모에게 속삭였다.

"저, 쓰레기 버리고 올게요."

박은혜는 홀을 벗어나서 주방을 가로질렀다.

한편에 놓인 쓰레기봉투를 질끈 동여매서 주방 뒷문으로 빠져나왔다.

저녁 시간이지만 백야 현상처럼 하늘이 밝았다.

'근데 그 사람, 진짜 누구였지?'

작년에, 정말 마지막이라고 생각하고 본 N탑 오디션에서 박은혜는 노래하지 말라는 말을 들었다. 겨우 한 소절 불렀을 뿐이었는데.

"나쁜 사람!"

다시 보면 발로 확 그냥.

*　　　　　*　　　　　*

"이거 봐, 이럴 줄 알았어."

민 기자는 인터뷰이를 기다리는 동안 최고남에 대해서 조사한 것들을 다시 한번 훑었다.

업계에서 그를 향한 평가는 극과 극이었다.

어메이징 하다는 평도 있는 반면, 악독에 악덕한 매니저라는 평도 많았다.

일을 하다 보면 어쩔 수 없이 부딪치는 부분이 있다고 해도, 평이 너무 극을 달린다면 추측할 수 있는 것은 한 가지밖에 없었다.

"이 양반, 사람 가리네."

강자에게 약하고, 약자에게는 강한 사람.

딱 그런 타입이지 않을까.

기자로서 취재 대상에게 선입견을 가지는 것은 좋지 않지만, 자꾸만 그쪽으로 야마(기사 주제)가 움직이는 것은 어쩔 수가 없었다.

"근데 왜 안 와."

손목시계를 다시 매만질 때였다. 문이 열리고 오늘의 인터뷰이가 카페에 도착했다.

야구 모자에 후줄근한 티셔츠 차림의 그는 뭔가를 단단히 결심한 사람 같았다.

오늘 아주 폭탄을 들고 왔다는 표정이다.

민 기자는 자신의 명함을 꺼내서 내밀었다.

"스포츠브리핑의 민지영 기자입니다."

그도 명함을 건네며 말했다.

"MNC 정윤찬 피딥니다."

정 피디.

그는 얼마 전까지 〈두근두근〉이라는 MNC 예능프로그램을 이끌다가 하차했다. 정확히는 출연자의 스캔들로 인해서였지만.

모자챙 아래 서린 눈빛이 독기를 제대로 품었다.

*   *   *

'첫 번째 인터뷰이 정윤찬 피디.'

민 기자는 입꼬리를 끌어 올리며 녹음기를 켰다.

"그럼 바로 인터뷰 시작하겠습니다."

"예."

정윤찬 피디의 턱 주름이 씰룩거린다.

어금니를 깨무는지 까드득 소리가 난다.

"최고남 대표에게 향응을 대접받은 적이 있으신가요?"

"있습니다. 하지만, 저는 한사코 거절했습니다. 그런데도 계속, 계속 저를 끌고 가서 어쩔 수 없이 룸살롱에서 술 한잔했습니다. 아, 저 익명으로 나가는 거 확실하죠?"

"물론이죠. 허심탄회하게 다 얘기하세요."

"룸살롱에서 그렇게 부탁을 하더라고요. 윤소림 좀 저희 프로에 넣어달라고."

"그럼 청탁을 받고 윤소림이 들어간 거네요? 두근두근에."

훅 들어간 민 기자의 질문에 정 피디는 정색했다.

"아니죠! 청탁 때문에 들어간 것이 아니라, 일단 캐스팅은 됐어요. 조건이 충족됐으니까. 뭐, 지금 윤소림 잘나가는 거 보면 내 눈이 틀린 것도 아니고. 그러니까 내말은 그 자리는 잘 부탁한다,

뭐 그런 일종의 대접?"

"아, 청탁은 아니고 대접?"

"그, 그렇죠."

시원하지 않은 대답에 민 기자는 눈살을 찌푸렸다.

아무래도 인터뷰이는 자신이 뇌물을 받았다는 사실을 교묘하게 피하려는 듯하다.

"예, 좋습니다. 그런데 왜 출연을 하지 않은 거죠? 여러 기사를 보면 직전에 출연 계약을 번복했어요. 그리고 바로 〈공서〉 출연을 하게 된 거고."

그다음이 윤소림이 두근두근을 이용해서 언론플레이를 했다는 논란이 일었고, 바로 이어서 지남철과 남여울의 스캔들이 터지면서 윤소림이 누명을 벗고 재조명을 받았다.

"내 말이요!"

정 피디가 테이블을 세게 두드렸다.

"거기서부터 설계였던 겁니다."

"설계요?"

"최고남은 처음부터 윤소림이 언플로다가 네티즌들에게 두들겨 맞기를 원했던 겁니다. 왜냐, 최고남은 알았으니까요."

"뭘요?"

"지남철과 남여울이 연애를 하고 있다는 사실을요."

"흠, 최고남이 둘의 연애 사실을 알았고, 그래서 윤소림이 하차했다 이건데… 그럼 그 뒤에 남여울이 캐스팅된 것은 최고남이 수를 쓴 건가요? 피디님이 말하는 어떤 그림을 유도하려고?"

"거의 그렇다고 보면 되죠."

"거의요?"

"생각해 보세요. 출연자가 촬영 직전에 하차했습니다. 우리로서는 당장 또 다른 출연자를 섭외해야 하는데, 기자님도 아시잖아요? 섭외가 얼마나 어려운지. 그때 지남철 쪽에서 남여울을 들이민 거예요."

"흠, 그럼 최고남이 유도한 건 아니네요?"

정 피디의 검은 눈썹이 가파르게 치솟았다.

"아, 아니, 내 말은 그게 아니라… 일련의 과정에 최고남에게도 책임이 있다! 이거죠!"

인터뷰이는 뭔가 명확한 답을 피하고 있다.

"그러니까 포인트는 남여울이 캐스팅된 과정에 있겠네요."

"그렇죠! 내말이 딱 그거야. 캐스팅된 과정을 캐면, 최고남의 흔적이 묻어날 겁니다. 범인은 자신의 흔적을 남기게 마련이니까요."

민 기자는 잠깐 인터뷰이를 심각하게 바라봤다.

'코난이야, 뭐야.'

결국, 이런 식으로 계속 질문과 답이 오갔다.

인터뷰이는 최고남에 대해서 불만을, 자신에 대해서는 억울함을 쏟아내면서, 그러나 어떤 것도 명확하게 증거를 제시하지 못했다.

민 기자는 답답함을 견디며 정 피디의 진술, 아니, 이야기를 경청했다.

모든 질문이 끝나고 나자 정 피디는 후련한 표정으로 마지막말을 덧붙였다.

"기자님, 꼭 정의를 실현해 주세요!"

*　　　　　*　　　　　*

"여긴가?"

칠이 벗겨지고 색이 바랜 초록색 대문이 제일 먼저 눈에 들어왔다.

"함께 사는 가족이 할아버지밖에 없네."

박은혜의 자기소개서에는 부모님의 이혼 후에 할아버지 밑에서 자랐다고 적혀 있다.

붙어 있는 증명사진은 동네 사진관에서 찍었는지 그 흔한 뽀샵 처리도 안 되어 있었다.

초인종을 누르자 띵동 소리가 아련하게 퍼지고, 잠시 뒤 여자 목소리가 들렸다.

—누구세요?

"실례합니다. 박은혜 양 집이 맞나요?"

—맞는데, 누구시죠?

"저는 엔터테인먼트 회사 대푭니다. 캐스팅 관련해서 얘기 좀 나누려고 왔습니다."

잠시 뒤에 문이 열렸다.

파마머리의 중년 여성이 나왔다.

"은혜 지금 없는데. 일 갔어요."

"가족이세요?"

"저는 자원봉사자예요. 은혜 할아버지 도와드리는."

그녀는 나를 안으로 안내하며 이 집의 과거사를 남김없이 얘기했다.

자식들은 얼굴도 비추질 않고, 할아버지 혼자서 손녀를 키웠는데 이제는 치매가 와서 되레 손녀의 짐이 되고 있다는 얘기를 믹스커피가 식을 동안 얘기했다.

그래서 나 역시 오래된 살림살이로 정신없는 부엌을 돌아보며 이것저것 물었다.

그동안 저승이는 방문만 뚫어지게 바라봤다.

"그럼 박은혜는 지금 일하러 간 겁니까?"

"예, 일하러 갔어요. 애가 성격이 싹싹해서 이모들이 잘 챙겨요. 아, 저기 나 슈퍼 좀 잠깐 갔다 와야 하는데… 할아버지 잠드셨거든요?"

아줌마가 눈치를 보면서 말했다.

"그럼 다녀오세요."

"아이고, 그럼 후딱 끝내고 올게요."

후다닥 신발을 신은 그녀가 사라지고 대문이 열렸다가 닫히는 소리가 들렸다. 그런데.

[아저씨.]

"왜? 말 걸지 말라며?"

저승이를 돌아보는데, 방문이 열리고 할아버지가 나왔다.

당황해서 자리에서 일어났다.

"아, 안녕하세요, 은혜 할아버지."

인사를 건넸다.

하지만 할아버지는 나를 돌아보는 대신 초점 잃은 눈을 들고 냉장고로 다가갔다.

주름진 손이 냉장고 문을 연다.

내가 일어나서 컵을 건네자 무심하게 받아 들고 물 한 잔을 따라 마신다.

"처음 뵙겠습니다, 할아버지."

"누구요?"

"아, 저는 퓨처엔터테인먼트 대표 최고남입니다."

명함을 건네고 소개를 했다.

할아버지가 흐릿한 시선으로 나를 쳐다본다.

"은혜 양의 미래에 대해서 얘기하려고 왔습니다."

"우리 은혜를 어떻게 알고?"

나는 박은혜가 작년에 N탑 오디션을 봤고, 그때 그 회사에 있었는데 지금은 독립을 했고, 그래서…….

죽 설명을 덧붙였지만 실컷 설명을 들은 할아버지가 눈을 깜빡이고 되물었다.

"당신 누구요?"

"예?"

"누군데 남의 집에 있어?"

[쯧쯧, 망각의 병에 걸렸네.]

저승이가 혀를 찬다. 할아버지는 눈만 찌푸리다가 방으로 다시 돌아갔다.

문도 닫지 않은 그는 바닥에 깔린 이불 위에 바르게 앉았다.

얼핏 보인 방 안에는 기저귀가 산더미처럼 쌓여 있고, 퀴퀴한 냄새가 배어 있었다.

[아저씨, 왼쪽 눈을 가려보세요.]

왜 그러나 싶지만 일단 따라 해봤다.

하지만 눈을 가리기 무섭게 나도 모르게 윽! 소리를 냈다.

내 앞에 또 다른 할아버지의 형체가 있었기 때문이다.

분명 할아버지는 아까의 그 자리에서 미동도 않고 있는데…….

[망각의 병이 짙어질수록 혼과 육신이 분리돼서 그래요.]

저승사자도 본 나지만, 너무 놀라서 마른침을 삼켰다.

[말을 한번 걸어보세요. 반응할 겁니다.]

'너무 쉽게 말하는 거 아니냐?'

솔직히 나 역시 영혼의 모습으로 있어 봤기 때문에 낯설진 않다.

그래도 대화를 하는 건 별개의 문제잖아.

[그럼 지옥 갈 거예요?]

'한다, 해!'

조심히 다가갔다. 왼쪽 눈을 가린 채로 그를 부른다.

"할아버지."

[누구요.]

처음 저승이의 목소리를 들었을 때 그 느낌이다.

울림이 귀에 꽂힌다.

나는 명함을 바닥에 내려놓고 다시 소개했다.

"은혜 양의 미래에 대해서 얘기하려고 왔습니다."

[우리 은혜를 어떻게 알고?]

"실은 작년에 제가 N탑이라는 곳에 있었습니다. 그때, 은혜 양이 저희 회사 오디션을 보러 온 적이 있는데……."

순간, 할아버지의 눈빛이 험악해졌다.

[너구나! 네놈이 우리 은혜한테 노래 부르지 말라고 했구나!]

*   *   *

「일 년 전 오늘」

"늦나 본데? 그냥 우리끼리 하지."

홍보 이사는 시계를 확인하며 중얼거렸다.

N탑에서는 매주 토요일에 오디션 스케줄이 정해져 있는데, 각 파트 직원들과 임원이 순번대로 돌아가며 심사 위원으로 참여한다.

그런데 오늘 참여하기로 한 부문장이 늦고 있었다.

더 기다릴 수 없어서 진행하려는 찰나에, 문이 열리고 청 재킷을 흩날리며 최고남 부문장이 들어왔다. 공항에서 바로 온 건지 평상복 차림이었다.

"늦어서 죄송합니다."

"공항에서 바로 온 거야?"

"예."

"어떻게 하기로 했어?"

"그냥 진행하기로 했습니다."

최고남의 말에 홍보 이사는 고개를 끄덕였다.

여섯소년들 정규앨범이 출시를 앞두고 일부 음원이 유출됐다.

그렇지만 정작 문제는 유출 곡 중에서 표절 논란이 나왔다는 점이었고, 그보다 더 큰 문제는 이미 사전 판매 물량 수십만 장이 공장에서 출고됐다는 점이다.

"어떻게 AR 애들은 그걸 몰랐어?"

탓한들 달라지는 것은 없다.

문제를 해결하는 게 우선이지.

"일단 원곡자랑 컨택해서 허가받은 거로 마무리하기로 했습니다."

"애먼 데 돈 쓰는 구만."

"죄송합니다. 제가 몇 번 더 체크했어야 했는데."

"그게 왜 네 탓이냐."

아무튼 겨우 한숨 돌릴 수 있게 된 것은 사실이었다.

다만 그 일을 처리하려고 원곡자를 찾아서 뉴욕까지 갔다 온 최고남 부문장은 스트레스가 극에 달해 있었다.

도저히 오디션 심사를 볼 기분이 아니었지만 연차 높은 홍보 이사가 있어서 참여한 것이었다.

"오디션 시작하시죠."

매주 N탑 오디션을 보기 위해서 몰려드는 인원이 수백.

전국에서 온 아이들은 10분도 안 되는 짧은 시간 안에 자신을 어필해야 한다.

그걸 감안해서 심사 위원들도 짧은 시간 안에 매력을 파악하기 위해서 집중한다.

하지만……

"그만."

오디션 참가자가 놀란 토끼 눈으로 최고남을 바라본다.

한 소절밖에 안 부른 마당에 멈추라고 했으니 당연했다.

최고남은 프로필을 들춰보며 말했다.

"그 목소리로 무슨 노래를 해요?"

"예?"

"본인이 성대결절인 거 알아요?"

최고남의 지적에 참가자는 흠칫 놀란 표정이다.

입술을 머뭇거리다가 실토한다.

"병원에서 다 나았다고 했습니다."

"다 나은 것 같나요? 아직도 고음에서 갈라지는데? 통증도 있을 것 같고. 어디 병원인지 돌팔이네."

"……."

"계속 노래하고 싶으면 노래는커녕 입도 뻥긋하지 말고 지내요."

더 말하려는 찰나에 최고남에게 전화가 왔다.

받지 않으면 안 되는 중요한 전화였다.

"잠깐 전화 좀 받고 오겠습니다. 실장님, 저 애 춤추는 거 한번 보고 다음 일정 잡아주세요."

그렇게 말하고 밖으로 나가서 전화를 받았다.

한 주 동안 최고남을 괴롭힌 전화의 연장선이었다. 짜증을 억눌러 가며 전화를 받고 다시 돌아왔을 때, 다른 참가자의 오디션이 한창이었다.

"아까 그 애, 춤은 어때요?"

"기초는 잡혔는데, 많이 배워야 할 것 같아요."

"오디션 추가 일정 잡았죠?"

"이따가 전화해야죠. 어라, 핸드폰 번호가 없네."

프로필에 집 전화밖에 없었다.

"찾아보셔서 추가 일정 잡으세요. 그 애, 목부터 치료해야 해."

"근데, 그거 듣고 성대결절인 걸 어떻게 알았어요?"

AR팀 팀장이 고개를 내저으며 물었다. 엿들은 홍보 이사도 나직이 속삭인다.

"귀신같은 놈. 그 한 소절 듣고 어떻게 바로 알았어?"

"아니, 난 다 아시는 줄 알았죠. 아무튼 연락해 주세요."

그렇게 신신당부를 했는데, 이후에 최고남은 그 일을 까맣게 잊었다.

.

.

.

"그렇게 된 겁니다."

그러니까, 나도 이번에는 진짜 억울하다고!

    ＊   ＊   ＊

[그래서 억울하다는 거야?]

"무슨 그런 말씀을. 다 제 탓입니다."

이렇게까지 하는데도 할아버지 영혼의 표정은 좀처럼 풀리질

않았다.

[우리 손녀가 그때 오디션 보고 와서 한동안 우울증에 시달렸

어! 말도 안 하고! 입 닫고 살라고 그랬다며?]

"아니, 닫으라는 게 아니라 말을 아끼라는 뜻에서……."

[그거나 이거나!]

아니, 말이 아 다르고 어 다른 건데.

"죄송합니다."

결국 고개를 푹 숙인 채 할아버지 영혼의 잔소리를 들어야 했다.

멘탈이 반쯤 흐려질 때쯤, 할아버지가 물었다.

[저건 뭐야?]

"저거요?"

손가락이 가리키는 곳에는 저승이가 황당한 표정으로 서 있다.

[내가 지금 잘못 들은 것 같은데. 저거라고 들렸는데… 진짜예요?]

저승이가 콧잔등을 긁으며 물었다. 왠지 일러바치는 것 같지만, 나는 고개를 끄덕였다.

"어."

[하하, S급도 아니고, 한낱 혼 주제에 명계의 사자(使者)에게 저거라니.]

저승이에게 알 수 없는 기운이 넘실거렸다.

더운 공기가 출렁이는 기분이었다.

어딘가에서 불어온 바람에 저승이의 검은색 셔츠 자락이 휘날린다.

깜빡 잊고 있었다. 저승사자의 위엄을.

정확히는 나를 관리하느라 영(靈)으로 신분이 전환됐지만, 능력은 그대로인 저승사자다.

"할아버지, 사과하시는 게 좋을 것 같습니다. 제가 좀 같이 지내보니 싸가지는 없는 것 같지만, 비위만 맞춰주면 그런대로 괜찮은 놈이거든요."

[사과? 옛끼, 이놈아! 네가 사자면 사자지, 아직 살아 있는 나를 어쩔 건데?]

[뭘 어쩌지는 뭣하지. 사자는 심부름꾼일 뿐이니까. 하나 그대의 마지막 가는 길을 배웅하는 자가 사자임을 명심하라. 저승길이 가시밭길보다 더 고통스럽기를 원치 않으면.]

[그럼 내가 언제 죽는데?]

저승사자가 왼쪽 눈을 가리고 할아버지 영혼을 바라본다.

눈이 가늘어지고 속눈썹이 바스락거렸다.

그런데 다음 순간, 저승이의 주위를 휘몰아치던 알 수 없는 기운들이 순식간에 사라졌다.

저승이가 밖으로 나간다.

"왜?"

뒤쫓아가서 물었다.

저승이가 팔짱을 낀 채로 창가에 기댄다.

[생각을 엿봤는데, 자기가 언제 죽는지 궁금해서 저랬던 거예요. 속은 벌벌 떨더라고요.]

저승이의 시선이 문으로 향했다.

그곳에 할아버지 영혼이 서 있었다.

아까와 달리 머뭇거리는 모습으로 나와 저승이를 바라본다.

궁금한 걸까. 살아 있는 내가 저승사자와 함께 있는 것이.

그런 질문을 예상했는데, 의외의 말이 나왔다.

[저승사자 양반, 내 부탁이 있는데.]

[흠.]

저승이가 짐짓 고개를 추켜든다.

[내 몸뚱이가 정신이 좀 돌아오게 해줄 수… 있습니까?]

[불가하다.]

[내 부탁…….]

[불가하다.]

재차 저승이가 불가를 천명하자 할아버지 영혼이 나를 쳐다본다. 그러더니 주름진 얼굴의 눈썹을 끼적끼적댄다.

아니, 나를 그렇게 보시면.

"제가 끼어들 영역이 아닌 것…….."

[우리 손녀가 그날 얼마나 울었는지…….]

하, 이 또한 내 업.

별수 없이 저승이를 돌아봤다.

"어떻게, 안 되겠냐?"

[저승사자가 끼어들 일이 아니에요. 이자의 생이고, 마침표니까.]

재차 선을 긋는데, 할아버지 영혼이 바르르 떨리는 입술을 열었다.

[내, 내 뭘 하겠다는 게 아니야. 그냥, 그냥… 청소를 좀 하고 싶어서 그러니까.]

"청소요?"

[집 안 꼴을 봐. 자원봉사자가 온들 그냥 핸드폰만 만지작거리다가 갈 뿐이라니까? 내가 우리 손녀 방 한번 치워주고 싶어서 그래.]

[사정은 딱 하나, 이 또한 질서를 어지럽히는 일…….]

저승이는 살짝 망설이는 눈빛이고, 할아버지 영혼은 눈을 말똥말똥 뜨고 저승사자를 바라본다.

흠, 이 방법까지는 안 쓰려고 했는데.

"오케이, 할아버지 부탁 들어주면 내가 한번 쏜다. 짜장면 곱배기!"

[하, 망자가 그동안 사자의 배려로 인해서 겁을 상실했구나. 사는 사, 공은 공! 고작 음식으로 사자의 능력을 사려 하는 것이냐!]

소름 돋는 웃음소리와 함께 식탁이 들썩거리기 시작했다.

찬장의 접시가 흔들린다. 그때였다. 할아버지 영혼이 급하게 외쳤다.

[사자님, 제게 좋은 술이 있습니다! 한번 맛보시겠습니까?]

[술?]

그러고 보니 저승이가 술은 한 번도 안 마셔봤겠구나.

나도 최근에 마신 기억이라고는 전 작가 집에서 맥주 한 캔 마셨을 때하고 회식 때 정도였으니까.

[와인입니다. 내가 이래 봬도 와인을 좋아합니다.]

[와인… 그게 뭐예요?]

저승이가 내게 속삭여 물었다. 하긴 와인이 제사상에 올라오진 않지. 정종이나 막걸리만 마셔봤겠지.

나는 유병재한테 배운 맛 평가를 여기서 써먹어보기로 했다.

"흔히 좋은 와인을 두고 신의 눈물이라고 하지."

[신의… 눈물?]

최고급 와인은 순수한 맛 때문에, 혹은 사연이 깃든 와인이라는 이유로 수천만 원에서 수억을 호가하기도 한다.

가뭄으로 출하량이 적었던 해의 와인.

살얼음이 끼어서 포도 농사가 망한 줄만 알았던 해의 와인.

전쟁 통에 어느 노부부가 해방되면 마시려고 감춰뒀던 와인.

때로는 상쾌하고, 때로는 쌉쌀하고, 때로는 묵직한 와인의 목 넘김은 그 맛과 스토리의 향연 속에서 깊은 여운을 남기기도 한다는…….

내 설명에 저승이의 눈동자가 별처럼 빛난다. 지진이 난 듯 흔들리던 식탁도 고요해졌다.

저승사자를 잘 대접하면 수명을 연장할 수 있다는 설화가 있다.

죽기 전, 집 앞에 새 옷과 신발을 두고 음식을 융숭하게 대접했더니 저승사자가 한번 눈감아줬다나.

[이런 거 해주면 안 되는데. 망자가 주는 음식 함부로 먹다가는 코 꿴다고, 선배들이 그랬는데…….]

장고 끝에 저승이는 알 수 없는 단어들을 중얼거리기 시작했다.

주방의 전등, 화장실의 전등, 밥솥, 냉장고 같은 전자제품들이 켜졌다 꺼졌다를 반복하면서 난장판이 벌어졌다가 소란이 잠잠해진다.

[이런다고 할아버지의 명이 바뀌진 않습니다. 하지만, 정리할 시간은 될 겁니다.]

저승이의 표정과 말투가 훨씬 부드러워졌다.

다음 순간, 앉아 있던 할아버지의 몸이 눈을 번쩍 떴다.

일어나서 바로 화장실로 향했다. 깨끗이 씻고 나온 그는 말끔한 옷으로 갈아입고 머리도 곧게 빗었다.

기억을 찾으니 얼굴에 생기가 돌고 중후해진 모습이다.

젊었을 적에는 제법 인기 좀 있을 법했다.

이제 우리에게 대화는 필요 없었다. 정신이 유지되는 시간은 세 시간 남짓.

할아버지에게 무척 짧은 순간이다.

"에그머니나!"

"아줌마, 오늘은 이만 가도 될 것 같아요. 나중에 또 봅시다."

할아버지는 슈퍼에서 돌아와 깜짝 놀란 아줌마를 돌려보내고 팔을 걷어붙였다.

귀신 본듯 쳐다보던 아줌마가 뒤로 주춤 사라진다.

"뭐 하고 있어?"

"아, 당연히 도와드려야죠."

눈만 깜빡이고 있던 나도 얼른 일어났다.

저승이는 바람을 불러와 먼지를 흩날렸고, 나는 무거운 것들을 옮기고, 할아버지는 버릴 것들을 모았다.

잡동사니들이 쓰레기봉투에 가득 차자 집안이 한결 가벼워 보였다.

할아버지가 뒷짐을 쥐고 집안을 둘러본다.

무거운 짐을 내려놓은 듯, 주름 깊은 미소를 보이던 그가 내게 물었다.

"그럼, 우리 은혜 가수 되는 거야?"

"그렇게 만들 생각입니다."

나는 빙긋 웃었다.

*　　　*　　　*

「민지영 기자, 두 번째 인터뷰」

―이거 왜 이래. 나, 이대 나온 여자야.

배우 한채희는 데뷔작 '이대 나온 여자'로 일약 스타덤에 오른다.

충무로는 연기와 스타성을 두루 갖춘 천재 스타의 등장에 열광했다.

그중 영화인들이 꼽는 명장면은, 모든 것을 잃고 감옥에 수감된 한채희가 미소인지 찌푸림인지 모를 표정을 짓고 혼잣말을 하는 장면이다.

―패를 섞을 때는 흐린 날의 구름처럼 유유히 섞어야 하지. 구름이 있는지도 모르게, 언제 흘러갔는지도 모르게…….

한채희의 얼굴을 클로즈업했던 카메라앵글은 점점 멀어져서 그녀를 두고 떠난다. 그녀를 쓸쓸한 세상에 남겨두고.

"하."

민 기자는 한때 영화인을 꿈꾼 적이 있었다. 비록 꿈을 포기하고 언론 고시를 봤지만, 영화를 사랑하는 마음은 변하지 않았다.

그래서 한채희 사건이 참 안타까웠다.

정말 좋아하고, 사랑하던 배우였으니까.

그리고 이제 그토록 흠모했던 여배우를 만날 시간이었다.

민 기자는 크게 심호흡을 하고 핸드폰을 무음으로 돌려놓았다.

녹음기를 재차 만질 때였다.

또각, 또각, 또각.

한채희였다. 그녀는 새하얀 원피스에 붉은색 재킷을 걸치고 사무실로 걸어 들어왔다.

규칙적으로 이어지던 구두 굽 소리는 민 기자의 바로 앞에서 멈췄다.

선글라스를 벗는 손길은 이대 나온 여자의 한 장면 같았다.

"민지영 기자님?"

"안녕하세요, 처음 뵙겠습니다."

"반가워요."

민 기자는 그녀를 서둘러 회의실로 안내했다.

현재 한채희는 포커한 사건으로 검찰 조사를 받고 있었다.

법조계는 징역형까지는 아닐 거라고 예견하고 있었고, 한채희 역시 부장판사 출신의 전관 변호사에게 변호를 맡긴 것으로 알려져 있었다.

"그럼, 녹음기 켜겠습니다."

"녹음기는 안 돼요."

"아, 예."

민 기자는 녹음기를 내려놓고 한채희를 바라봤다.

문득, 그녀가 500살 마녀가 됐다면 어땠을까 하는 생각이 스친다.

윤소림과는 다른 분위기니까.

"그럼, 질문······."

입을 떼려는데, 한채희가 민 기자의 손을 덥석 잡았다.

"기자님, 나 정말 억울해요."

"아, 예. 그러니까 오늘 그 억울함을 풀기……."

"모든 것이 윤소림 소속사와 그 대표가 꾸민 거예요."

"꾸몄다고요?"

"그럼요! 제가, 제가… 흐흑."

한채희의 눈에 눈물이 핑 돈다.

그녀는 손부채질을 하면서 눈물을 겨우 참고 다시 입을 열었다.

"생각해 보세요. 제가 뭣 때문에 필리핀에 갔겠어요?"

"그거야, 도박… 이 아니라, 여행차 가셨던 거죠?"

"사실 도박은, 제가 필리핀에서 셋업을 당한 거고요. 셋업 아시
죠? 나쁜 사람들이 타깃 정해놓고 범죄 저지르는 거요."

다시 한번 손부채를 하고.

"중요한 건, 제가 왜 필리핀으로 떠나야 했냐는 거죠."

"왜 가셨어요?"

"그게 다 윤소림 소속사하고, 그 대표의 함정이었어요."

"함정이요?"

"갑자기 찾아와서, 500살 마녀 제작진에게 자기 소속사 애를 밀
어 넣은 거예요. 협박이 있었다는 거죠."

"협박이요?"

"예! 협박! 박세영 작가님은 배우 청탁 같은 거 안 받는 사람이
란 말이에요. 나랑 얼마나 친한데! 그랬는데, 협박을 받으니까 어
쩔 수 없이 은별인지 똥별인지를 받았고, 결국에는 윤소림까지 받
게 된 거죠."

인터뷰이는 지금 흥분한 상태다.

"채희 씨, 진정하시고요."

"내가 어떻게 진정해! 구치소 가봤어요? 내가, 내가, 구치소를 들어가 봤어요! 최고남 때문에!"

많이, 흥분한 상태다.

"물 한잔 드세요."

"하아."

한채희는 물 한 모금을 급히 마시고 흥분을 가라앉혔다.

그런데 이때, 회의실에 기자 하나가 불쑥 들어왔다. 핸드폰을 보고 걷다가 미처 사람이 있는 것을 확인하지 못한 탓이었다.

"아, 미안합니다."

기자는 나가려다가 한채희를 발견하고 핸드폰과 번갈아서 힐끗 쳐다봤다.

한채희가 미소를 띠고 그에게 말했다.

"예, 저 한채희예요. 사인해 드려요?"

이때, 남자가 손에 든 핸드폰에서 들려오는 소리.

—개구리가 되어라, 얍!

한채희의 얼굴이 일그러진다.

*　　　　　　*　　　　　　*

「500살 마녀, 방송 3회 만에 시청률 10% 돌파!」

「화제의 500살 마녀 네티즌 관심 UP!」

500살 마녀가 쾌속 순항 중인 가운데 오늘 촬영장은 서울에 있
는 남녀 고등학교였다.

캠퍼스가 예뻐서 드라마 촬영지로 자주 섭외되는 학교인데, 이
곳에서 톱스타 우진우의 고등학교 시절을 촬영한다.

어린 마녀도 잠깐 나오기 때문에 은별이도 촬영지로 이동하는
중이었다.

"취직한 지가 언젠데. 나 요즘 회사 다녀. 드라마 연상의 그녀는
500살 마녀 알지? 거기 윤소림하고 내 조카 있는 곳. 나 거기 다
녀. 매니저야."

핸들을 부드럽게 돌리면서, 김승권은 블루투스 이어폰을 착용
한 귀를 꿈틀거렸다.

"동창회? 글쎄. 나 요즘 바쁜데. 촬영 중이잖아. 어, 그래. 봐서
전화할게."

전화를 끊은 그는 눈치껏 룸미러를 살폈다.

조카 은별이가 차창에 머리를 기대고 있었다.

아기자기한 똥 머리를 한 덕에 예쁜 이마가 훤했지만, 작은 얼굴
에는 먹구름이 달라붙어서 보이지 않는 비를 흩뿌리고 있었다.

"은별이는 슬퍼. 너무 슬퍼!"

"은별아, 대표님이 요즘 너무 바빠서 그래."

최고남 대표는 요즘 너무 바빠서 스튜디오에 얼굴을 비치지 못
하고 있었다. 어제는 잠깐 들렀다는데, 마침 은별이가 학교에서 선
생님하고 상담하는 바람에 마주치지 못했다.

"거짓말이야, 거짓말이야."

그리고 아까부터 카메라를 보며 무한 반복하는 저 멘트는 500살 마녀의 18번 곡.

입에 착 달라붙는지 요즘 심심하면 부르고 있었다.

아무래도 화제를 돌려야 했다.

"은별아, 이번에 구독자 이벤트 뭐 할까?"

〈은별나라 은별공주〉 채널 구독자 이제 곧 20만!

"흠."

은별이가 작은 턱을 요리조리 매만지며 고민하기 시작했다.

이제 곧 20만 구독자를 넘길 유튜버는 새로운 도약을 준비하고 있었다.

100만 구독자를 달성해야만 받을 수 있는 골드 버튼.

"할머니, 우리 뭐 할까?"

"글쎄다. 할미는 모르겠는데? 그 실버인가 뭔가 하는 거 뜯어봐야 한다며? 아니면 장난감?"

현재 은별이의 주력 콘텐츠는 장난감 리뷰, 직업 체험, 일상 라이브 방송, 500살 촬영 현장 소식인데, 그중 가장 큰 인기를 끌고 있는 콘텐츠는 장난감 리뷰였다.

"은별아, 삼촌 생각에는 말이야. 우리 길거리 캐스팅 해볼까?"

"캐스팅?"

"응. 우리 회사에서 너하고 소림 씨처럼 새로운 스타를 만들려면 캐스팅을 해야 하거든."

잠깐 고민하던 은별이가 작은 어깨를 으쓱했다.

"대표님한테 물어봐야지! 할머니 핸드폰!"

할머니는 핸드폰을 건넸다. 작은 손가락이 번호를 꾹꾹 누른다.

—예, 은별이 할머님!

"대표님!"

—어, 은별이구나! 어디야? 촬영장?

"은별이는요, 슬퍼요."

—왜에?

"대표님이 안 오니까요."

—어휴, 그러면 안 되는데. 은별이 슬프면 마녀가 촬영을 못 하는데?

"치이, 배드민턴도 같이 안 하고."

—은별이가 이제 나보다 잘하니까.

"아니거든요!"

—흠, 그러면 나 오늘 은별이 보러 갈까?

"진짜요? 대표님 그럼, 이따가 우리 찌찌뽕 해요!"

—찌찌뽕? 그게 뭐야?

"제가 알려 드릴게요."

은별이는 씨익 웃었다.

—그래, 촬영 잘하고 있으면 이따 은별이 보러 갈게.

"예!"

은별이 차가 학교 입구로 진입한다.

학생들은 연예인을 보기 위해서 창문 밖으로 고개를 빼죽 내밀었다.

"차 들어온다!"

검은색 카니발 한 대가 먼지를 일으키며 들어온다.

드르륵.

문이 열리고 내린 스타의 모습에 폭우처럼 함성이 쏟아졌다.

"꺄아, 은별이다!"

"와, 너무 귀엽다!"

"으으, 주머니에 넣고 싶어!"

서둘러 운전석에서 내린 김승권은 손을 흔들고 있는 은별이에게 마법의 지팡이를 건넸다.

당연히 VJ 카메라가 옆에서 은별이를 담고 있었다.

"은별나라 은별공주 언니오빠삼촌이모들! 오늘도 안녕!"

한 바퀴 휘리릭 돌고.

"오늘은 고등학교에 촬영 나왔어요. 이 소리 들리시나요?"

은별이가 귓가에 손을 가져가는 동안 학생들은 은별이를 연호했다.

고은별! 고은별!

"여러분, 은별이가요! 이거는 비밀인데, OST 곡을, 부른답니다! 무슨 곡인지 궁금하시죠?

"그건 오늘 방송에서 보실 수 있답니다! 그러니까 오늘도 500살 마녀 본.방.사.수!"

아, 살짝 보여달라고요? 안 되는데. 나 그럼 감독님한테 혼나요.

"근데 오늘은 제가 제일 일찍 왔나 봐요! 앗! 말씀드린 순간, 차 한 대가 정문을 통과했습니다!"

하얀색 카니발이 정문을 통과했다.

같은 시각.

은빛 고등학교 뒤편의 쓰레기 분리수거장에는 큰 나무가 있다.

그 아래 벤치에 버섯 머리의 여고생과 짧은 머리의 여고생이 나란히 앉아서 핸드폰을 보고 있었다.

"오늘 박신후 온대. 이따 보러 갈까?"

일주일 전부터 드라마 촬영을 한다는 공지가 있었는데, 아침에 학교 올 때부터 방송차가 있었다.

"최애께서 강림한 것도 아닌데 별로."

"그래도 박신후 정도면 팬아저 아니냐?"

"인정. 근데 난 핸드폰으로만 볼래."

버섯 머리 여고생이 다리를 쭉 뻗으며 핸드폰을 두드렸다.

드라마가 다시 재생됐다. 어제 방송한 500살 마녀 3화였다.

—꺄아! 우진우!

—오빠, 사랑해요!

톱스타가 된 우진우는 어디서든 팬들을 몰고 다녔다.

시상식에서 스포트라이트를 받고, 야구장에서 시구하고, 공항 패션을 선보이며 해외 팬 미팅을 떠나고, 해외 스타들과 어깨를 견주기까지 한다.

하지만 우진우는 자신의 기사보다 다른 기사에 관심을 쏟았다.

—이거 봐, 이거 봐! 또 찍혔어!

달 근처를 촬영 중이던 NASA가 미확인 물체를 촬영했다는 기사를 보는 우진우.

흐릿하지만 분명 마녀가 틀림없었다.

엊그제인가 바람 좀 쐬고 온다고 하더니만.

핸드폰을 꾹꾹 누른 우진우는 마녀가 전화를 받자마자 소리쳤다.

—기사 봤어? 달에 가던 거 또 찍혔잖아! 이러다가 끌려가서 인체 실험 당하면 어쩌려고 이러는 거냐, 진짜!

—거참, 바람 좀 쐬러 잠깐 갔다 온 거 가지고 애처럼 징징거리냐?

—달에 무슨 바람이 분다고 그래! 달은 무중력이라서 바람이 안 불 거든?

—어이구, 그렇게 똑똑하신데 학교 다닐 때 과학 점수는 왜 맨날 빵 점이었니?

—빵점 아니었어!

—됐고! 그러는 너는? 또 스캔들 터질 뻔한 거 알아?

—무슨 소리야?

—디스파스에서 너하고 신애리 만나는 거 찍었거든?

—신애리? 무슨 신애리. 신애리랑 나랑 찍힐 만한 일을 한 적이…….

우진우는 잠깐 생각한다.

그러고는 제 기억에 화들짝 놀랐다.

드라마팀 회식 때 진탕 취한 신애리가 불시에 볼에 뽀뽀하던 기억이 떠올랐기 때문이다.

—그거 아니야! 그거 아니라고! 나 억울해! 걔가 억지로 한 거야!

—억울하긴. 네가 틈을 보인 거지. 아무튼 내가 그거는 처리했어.

—어떻게?

화면이 바뀌고, 마녀는 피식 웃으며 거실 한복판에 있는 컴퓨터 서버를 바라본다.

 씬이 바뀌고, 톱스타 우진우가 시구하는 날.

 몸을 푸는 그의 모습과 중계석.

—폼이 아주 그럴싸하네요.

—우진우 씨가 중학교 때 야구부였다고 하네요.

—포지션이 뭐였는데요?

—투수였다고 하네요.

—오, 이거 기대되는데요? 말씀드리는 순간, 톱스타 우진우가 마운드에 올라옵니다.

 바닥을 다지는 우진우.

 공을 쥔 손을 미트 속에서 꼼지락거리며 포수와 눈빛을 맞춘다.

 자세를 잡고, 송구를 하려는 이때.

 관중석에 있던 마녀가 손가락을 내밀며 얍!

—팡!

 엄청난 스피드로 포수 미트에 꽂힌 야구공.

—1, 170km예요!

—우리가 지금 뭘 본 겁니까?

—장 아나운서님, 이거 실화입니까?

—보셨잖아요! 스피드건에 분명 170km가 찍혔어요!

—여기 KBO예요!

—근데 일어났잖아요?

중계석이 들썩이고, 경악에 찬 관중들과, 놀라 자빠진 야구선수들.

그리고 누구보다 황당한 표정의 우진우가 카메라에 비친다.

다시 장면이 바뀌었다.

밤이 찾아오고 힘든 하루를 보낸 우진우는 매니저의 차에서 내렸다.

터벅터벅 대저택으로 들어온 그의 시선이 소파로 향했다.

마스크팩을 하고 소파에 누워 있는 마녀.

우진우의 시선이 발가락 패드를 하고 있는 그녀의 발가락에 고정됐을 때, 마녀가 손을 흔들었다.

—오, 메이저리거.

—너 때문에 진짜.

—너?

—그래 너!

우진우는 화를 씩씩 내다가 잠깐 뭔가를 생각했다.

그러더니 마녀의 곁에 찰싹 달라붙었다.

—나 이번에 오디션 심사 위원으로 참가하는데, 마법 좀 걸어주면 안 돼?

—무슨 마법?

—사람 능력치 보는 거. 그거 눈에 걸면 보이는 모든 것에 등급이 표시된다며? 그래서 너…….

—너어?

—후우, 마녀님.

—계속해 봐.

—그래서 장 보러 갈 때 마법으로 신선한 것만 사 오잖습니까?

—재수 없다. 그냥 반말해.

우진우는 코를 한번 씰룩거리고 심호흡을 길게 했다.

—그러니까 나 그날만 마법 걸어줘.

—안 돼.

—아, 제발. 톱스타 우진우의 명예가 걸려 있다고!

—그걸로 보면, 너무 많은 게 보여서 안 돼.

—뭐가 보인다고 그래?

—그 사람의 등급, 앞으로의 가능성, 과거의 기억, 심지어 속마음까지.

—속마음까지?

—응.

잠시 우진우가 눈썹을 긁적이다가 고개를 갸웃하고 마녀를 다시 봤다.

—그럼, 내 마음도 봤겠네?

그러자 마녀가 마스크팩을 살짝 떼어냈다.
우진우를 바라보다가 빨간 입술을 열었다.

—못 봐.
—왜? 볼 수 있다며?
—나 이제 그 마법 못 쓰거든. 봉인했어.
—왜에? 봉인을 왜 해?

빤히 들여다보는 우진우의 시선에 마녀는 체념한 듯 소파에서
벗어났다.
쓰레기통을 향해 성큼성큼 다가가서 마스크팩과 발가락 패드
를 집어 던지듯 버리고 속삭인다.

—자꾸 궁금하잖아!

"네 마음이라고 해야지! 네 마음이 궁금하다고!"
"이모, 여기 설탕 한 포대 추가요!"
동동 발을 구르던 여고생들이 서로 눈을 마주쳤다.
꼬르륵.
"아라야, 떡볶이 먹고 싶지 않냐?"
"나도 그 생각 하고 있었는데."
"오케이!"
벌떡 일어난 버섯 머리 여고생은 제 키만 한 담을 올려다봤다.

한두 번 해본 담 넘기가 아니었기에 두 손을 탁탁 털고 올라가려할 때, 어딘가에서 나비 한 마리가 살랑살랑 날갯짓을 하며 날아왔다.

"와, 나비다."

"진짜네."

나비는 마치 잠깐 기다리라는 듯 앉아 있다가 날아갔다.

이제 넘어갈 시간이었다.

짧은 머리 여고생이 낑낑대며 버섯 머리를 먼저 올려줬다.

"연우 너, 살좀 찐것 같은데?"

"부은 거야, 부은 거!"

힘겹게 올라간 버섯 머리가 두 팔을 쫙 벌려서 균형을 찾았다.

그 상태로 아래를 보고 빙긋 웃는다.

"아라야, 우리 오디션 다시 볼까?"

"싫어."

"왜?"

"우리 같은 애들 널렸다고 했잖아. 그 오빠가."

"N탑 말고 딴 데 가지 뭐. 그 무서운 오빠는 나도 사양이네요. 근데 그 오빠 진짜 누구지? 연습생인 줄 알았는데 그것도 아니고, 가수도 아니고."

"정신 차려. 너 그러다 떨어진다."

"이보게, 권아라 선생. 내가 발레 인생 10년이야."

"진짜 넘어진다니까, 바보야."

담 위에서 윙크를 하는 버섯 머리의 모습에 여고생이 소리를 질렀다.

그 순간이었다. 버섯 머리의 몸이 휘청였다.

"연우야!"

외마디 비명과 함께 버섯 머리가 사라졌다.

놀란 짧은 머리는 뒤로 물러났다가 도움닫기로 담벼락 위로 휙 올라갔다.

＊　　　　＊　　　　＊

"여기 정문이 어디야."

마침 500살 마녀 촬영 장소에 권아라와 소연우가 재학 중이었다.

어쩌면 이런 우연도 운명이 이끄는 건지 모른다.

그래서 우리 배우들도 볼 겸 서둘러 왔는데, 담벼락만 늘어서 있다.

[이 정도면 길치 아니에요?]

"내 평생 처음 듣는 소리다."

[못 들었겠죠. 죽었으니까.]

자식이 꼭 기분 잡치게 하는 데 뭔가 있다니까.

"네 말대로 운명이 정해져 있다면, 내가 여기서 길을 헤매는 것도 운명 아니겠냐?"

[그럴 수도.]

저승이가 짧게 대꾸했다.

나는 잠시 담벼락에 기댔다.

"그래서, 그 둘은 어떻게 된다고?"

나한테 원한을 가진 권아라와 소연우의 인생 그래프가 궁금해서 물었다.

내 명부에는 업보와 관련한 그녀들에 대한 기록이 간략하게 나와 있다고 한다.

　[권아라는 꿈을 포기하고 유학을 가지만, 늘 가슴 한편에 가수에 대한 꿈이 남아 있었죠. 그리고 소연우는 담벼락에서 떨어지면서 어깨뼈가 부러졌고요. 그 때문에 학교도 휴학하게 되고, 권아라와도 연락이 뜸해지게 되네요.]

　"담벼락에서 떨어져?"

　어느 정도 높이에서 떨어졌길래.

　나는 무심코 앞에 있는 담벼락을 바라봤다. 그러다가 문득 어제 본 유유의 모습을 떠올렸다.

　"옛날 생각이 나네."

　[무슨 생각이요?]

　"유유 캐스팅했을 때."

　계약하자는 날 피해서 녀석이 담벼락을 넘은 적이 있었다.

　몇 번 당하고 나서는 일부러 담벼락 앞에서 기다렸다가 녀석을 잡았었지.

　나는 피식 웃으며 무심결에 고개를 들었다가 잠깐 눈을 깜빡였다.

　내 눈에 바람에 흩날리는 교복 치마 속 체육복 바지가 비쳤다. 어어, 할 새도 없어 그림자가 추락했다.

　얼떨결에 받았다.

　으, 지끈거리는 허리 통증을 견디며 눈을 떴을 때 내 품에는 여고생이 안겨 있었다.

　우리는 눈이 마주쳤고, 여고생은 소리를 질렀다.

　"꺄아!"

　경찰 아저씨, 저는 죄가 없습니다.

＊　　　　＊　　　　＊

『권아라 : 신사(辛巳)년 신묘(辛卯)월 계미(癸未)일 출생』

『운명 : S』

『현생 : B』

『업보 : 90』

『전생부(前生簿) 요약 : 초로의 산에서 홀로 어머니를 모시며 살았다. 어느 날 과거 보러 가던 한 선비가 물 한 바가지를 청했고, 급히 먹다 체할까 봐 버들잎 하나를 띄워 건넸다. 본디 물먹고 체해서 죽을 운명이었던 선비는 과거에 급제해 암행어사로서 훌륭한 덕을 쌓았으니, 이로 인하여 이 망자 역시 큰 덕을 얻게 됐다.』

『명부(冥府) 기록 : (중략) …하여, 이 역시 망자 최고남의 업으로 기록된다.』

『소연우 : 신사(辛巳)년 임진(壬辰)월 무신(戊申)일 출생』

『운명 : S』

『현생 : B』

『업보 : 90』

.

.

.

'이야, 전생부도 읽는 맛이 있네.'

[아, 여기 또 버들잎 나왔네.]

저승이가 삐뚤어진 입술 틈으로 헛바람을 흘린다.

'그게 왜?'

[이거 여자 저승사자들 레퍼토리에요. 감수성 예민한 애들 있어요. 별거 아닌 일에 감동하는 애들 있죠? 어디서 물 퍼주다 나뭇잎 하나 떨어진 걸 가지고 버들잎이 어쩌고. 삼도천 건널 때도 그래요, 아주 우수에 찬 눈빛으로…….]

'너 좋아하는 저승사자 있구나?'

[에? 무슨 소리를.]

저승이가 질색하고 물러났다.

'그럼 우수에 찼는지 안 찼는지 어떻게 알아?'

[마, 말이 그렇다는 거죠! 저승사자가 무슨 감수성이야.]

'그게 어때서? 너도 좀 그런 거 키워봐. 다 큰 녀석이랑 같이 붙어 다니는 내가 불쌍하지도 않냐?'

티격태격하다가 얼굴이 따가워서 정신 차리고 앞을 바라봤다.

두 꼬맹이가 날 지켜본다.

[우와, 떡볶이 벌써 다 먹었어!]

그러지 않아도 빈 접시를 본 나는 살짝 손을 들고 외쳤다.

"아주머니, 순대 더 주세요. 튀김도 1인분만……."

강렬한 눈동자들이 나를 쳐다본다.

"3인분 주세요. 떡볶이 국물도 더 주시고. 오뎅 국물도 주고… 그냥 더 먹고 싶으면 또 말해."

다시 열심히 먹기 시작하는 아이들을 지켜봤다.

저승이도 옆에서 턱을 받치고 쳐다봤다.

한창 클 때라서 그런가. 4인분이나 먹었는데도 성에 차지 않는 모양이다.

그러고 보면 유유 녀석도 떡볶이로 꼬셨는데.

그때는 연예인 같은 거 안 한다더니.

[맛있겠다.]

당연히 맛있겠지. 식욕을 자극하는 달콤 짭조름한 빨간색 양념이 부드러운 밀떡과 어울려 입안에서 질겅질겅 씹히는데 맛없을 리가 있나.

그런데 문제가 하나 생겼다.

암만 들여다봐도 나는 이 아이들을 모르겠다는 거다.

박은혜는 기억이 나는데, 얘들은 아무리 생각해도 기억이 안 난다.

하긴, 박은혜를 떠올린 것 자체가 신기한 일이다. 나에게는 십수 년 전의 기억이니 말이다.

그럼 대체 얘들하고는 무슨 일이 있었던 거지?

오디션에서 어떻게 말을 했길래 이 아이들의 운명이 바뀔 정도였던 말이지?

[얘들은 아저씨 아는 것 같은데요?]

'그래?'

[흐흐흐.]

'왜 웃어?'

[직접 들어보세요.]

저승이가 내 어깨에 손을 얹었다. 그러자 마치 통화하듯 이 아이들의 마음의 소리가 들렸다. 대충 이런 내용이었다.

─그때 그 사람인데. 왜 왔지?

─변태는 아니겠지?

뭐? 변태라니!

심지어 오늘은 스타일팀 막내한테 부탁해서 청춘 콘셉으로 스타일도 맞췄다. 청바지에, 셔츠로 30대 청춘의 모습으로 탈바꿈했는데 변태라니!

[원래 망자들 기운이 음습해서 그래요. 그리고 아저씨 눈빛은 좀 음흉하긴 하죠. 사람을 너무 똑바로 관찰하듯 보니까.]

'음흉한 걸로 치면 너 따라가겠냐? 머리부터 발끝까지 온통 검은 놈이.'

[이게 단벌 같아도 매일 갈아입는 겁니다!]

눼눼.

─우리가 뭐 잘못했나.

─아, 그날 욕한 거 CCTV에 찍힌 거 아니야?

─메롱 한 거 걸렸나 보다.

나한테 한 소리 듣고 나서 나올 때 욕을 한 바가지 한 모양인데. 이제 어떻게 할까.

갑자기 나타나서 '너 스타로 만들어줄게!' 같은 멘트를 날릴 수도 없는 노릇이고.

[굳이 어렵게 갈 필요 있어요? 그냥 솔직하게 털어놓죠. 스타 만들어준다는데.]

'그게 되겠냐?'

[저승에 이런 말이 있죠.]

'뭐?'

[밑져야 본전.]

아, 그런 거구나.

시커먼 놈한테 뭔가를 기대했다는 사실이 이토록 부끄러울 줄은 이제 알았네.

고민하다가 정석대로 가기로 했다.

일단 얘기를 들어보는 거 말이다.

"너희 지금도 꿈이 가수니?"

"아니요, 저는 발레 다시 하고 있고요, 얘는 외교관이요."

"왜? 계속해 보지."

떡볶이를 먹던 속도가 잠깐 줄어들었다.

나를 향한 네 개의 눈동자가 눈꺼풀 속에 숨었다가 나타나길 반복하더니 고춧가루 묻은 입술 하나가 살짝 열렸다.

"하지 말라면서요?"

"내가?"

"그랬어요. 그렇지, 아라야?"

"그런 자세로는 백날 해봤자 안 된다고 했었지. 여기는 학교가 아니다, 장난할 거면 집에 가서 거울 앞에서 춤추라고도 했었고."

"평생 만화영화나 보라는 말도 덧붙였어요. 그리고 솔직히 저희 노래 부르는 거, 춤추는 거 제대로 안 보셨잖아요? 핸드폰만 만지작거리고 계셨고."

뭐, 그날 많은 일이 있었지.

아무튼, 실력은 둘째 치고 외모만 봤을 때 이 아이들은 N탑이 좋아할 만한 얼굴상이다.

오디션에서 최악의 실력이 아니었다면 커트라인은 무난히 통과했을 거다.

외모 또한 재능이니까.

"미안하다. 그때 내가 정신이 없었어. 회사에 일이 생겼었거든. 잠깐만."

사과를 하는데, 문자가 도착해서 핸드폰을 꺼냈다.

[형님, 부탁하셨던 오디션 영상 찾아서 보냅니다.]

유유 매니저가 작년 오디션 영상을 보내왔다.

영상을 재생하자 내 앞에서 떡볶이를 먹고 있는 녀석들이 춤추며 노래를 부르는 영상이 시작됐다.

그런데 이건······.

오만상을 찌푸린 나는 호랑이 울음소리를 내진 않았지만, 호랑이처럼 두 녀석을 노려봤다.

이 녀석들이 부른 곡은 발라드도 팝송도 아니었다.

'만화 주제가라니!'

간혹가다가 튀려고 기상천외한 행동을 하는 애들이 있긴 한데, 이건 눈살이 절로 찌푸려질 정도였다.

유치원 학예회도 이보다는 낫겠다에 내 돈 전부를 걸겠다!

볼은 또 왜 그렇게 빵빵하게 부풀리는 거야?

―최악이다.

―왜 저래? 귀여운 척하지 마!

내 앞에서 분주히 움직이던 포크가 멈추고, 녀석들의 얼굴이 점점 빨갛게 달아오르면서 마음의 소리가 들려왔다.

―혼날 만했었구나. 흑역사네.

―그랬어! 확인 사살하러 왔어!

—그날 CCTV 본 게 확실해.

여학생들의 영혼이 반쯤 날아가서 생기가 먼지처럼 사라질 때쯤, 나는 핸드폰을 내려놓았다.

분노가 치솟는다.

이 녀석들이 아니라, 저승이를 향한 분노다.

'야, 이걸 보고 뭐라 안 하는 게 이상한 거 아니냐?'

[어쨌든 그것 때문에 애들 운명이 바뀐 건 사실이니까.]

저승이도 난감한지 볼만 긁적이며 딴청을 했다.

그래, 어쩌겠는가.

까라면 까야지. 업보를 없애지 못하면 지옥이라는데.

"지금 보니까… 나쁘진 않네."

—이 아저씨 지금 또 화났어. 화나니까 무서워!

—얼굴이 굳었다.

"그래서 말이지… 가능성이 보인다."

솔직히 보이는 게 이상할 정도지만, 그래도 S등급이라니까 뭐가 있긴 하겠지.

—거짓말!

—거짓말.

"요 율동이 말이야, 그러니까… 귀엽네, 귀여워."

저승이가 날 사기꾼 보듯 보고 있지만 상관없다.

나는 지금 양심, 그리고 신념과 씨름하면서 이 상황을 헤쳐 나가야 한다.

"너희 그때 지정곡 뭐 준비했었어?"

"힘을 내!"

여섯소년들의 1집 앨범 수록곡 '힘을 내'.

유유가 처음 작곡한 곡인데, 녀석의 피로회복제 광고 CM으로 실린 곡이기도 했다.

팬들의 설문조사에도 좋아하는 여섯소년들 곡 중에서 항상 첫 번째로 꼽는 곡이다.

근데 아마 그 곡 불러도 큰 의미는 없었을 거다.

[왜요?]

뺑 조금 보태서 N탑에서 매주 여는 오디션의 참가자들의 3분의 1이 '힘을 내'를 부르거든.

그러니 오디션을 보러 갈 때는 유명한 곡은 좀 피하자.

유명한 대사도 좀 피하자. 하도 들어서 지겨우니까.

"그래 떡볶이 마저 먹… 다 먹었구나."

"잘 먹었습니다."

"그래."

"근데, 저희 왜 찾아오신 거예요?"

"내가 독립해서 회사 차렸거든."

나는 명함을 꺼내서 내밀었다.

권아라와 소연우가 인상을 찌푸린다. 주름 하나 없는 이마에 억지 주름이 잡혔다.

두 아이는 모이를 앞에 둔 병아리처럼 고개를 갸웃갸웃하며 건네받은 명함을 들여다봤다.

—퓨처엔터?

—이런데 들어가면 백방 노예 계약이라던데

—나 다큐에서 봤어. '악덕 사장한테 붙잡힌 연습생들'

—위험한데.

저승이는 옆에서 제 일 아니라고 낄낄거리고 있고, 두 녀석의 상상은 이미 저 멀리 어딘가로 팔려 가고 있고.

"그래서 말이야… 너희들……."

[얘기해요! '너 스타 되고 싶니?'라고!]

"너희들……."

못 하겠다.

나는 재능충들의 나태함은 견딜 수가 없으니까.

생의 계획은 이 녀석들이 S급 운명이라고 얘기한다.

그렇다면 조금만 노력해도 남들보다 모든 것에 수월할 것이다. 만화 주제가에 율동을 할 시간에 더 철저히 준비했으면, 그날 오디션에서 분명 내 시선을 잡았을 거다.

[현생은, 이전 생의 덕으로 얻은 보상이에요. 이 아이들이 자신의 생을 헌신짝처럼 쓰든, 귀하게 쓰든, 아저씨 말대로 노력하든, 이 아이들의 것이라고요.]

저승이의 말이 맞다.

[편하게 가자고요. 노력이 뭔 상관이에요. 재능충인데. 아저씨가 만든 S급 중에서 노력 없이 떵가떵가 하면서도 S급 된 사람 많잖아요?]

'그래, 쓰레기도 있었지.'

상품.

"잠깐 나 화장실 좀 갔다 올게. 먹고 싶은 거 있으면 더 시켜 먹어."

의사를 빌어내고 일어났다.

화장실에서 세수를 하고 거울을 본 나는 기분이, 무척 더러웠다.

[왜 그런지 알아요? 전유라, 윤소림, 은별이와 함께하면서 아저씨가 좋은 사람이 된듯한 착각에 빠진 거예요.]

[복잡할 것 없어요. 업보만 생각해요. 아저씨한테 저들을 상품으로 대하지 말라는 얘기 한 적 없어요. 편한 대로 계속 상품으로 대하세요. 조심히 다루면 굴러가든 옆으로 가든 무슨 상관이람. 우리는 목적만 달성하면 된다니까요?]

나는 고개를 끄덕이고 화장실을 나왔다.

[이제 가서 얘기하세요, 스타 만들어준다고!]

'아니.'

저승이의 눈빛이 가늘어진다.

'내가 같이할 거야.'

[뭘요?]

'노력.'

내 사전에 더는 상품 따위는 없다.

저 아이들이 노력을 알고, 그래서 제대로 S급이 되게.

나는 결심을 굳히고 아이들 앞에 앉았다.

소녀들이 나를 바라본다.

*   *   *

"제비상 맞다니까! 여자 많이 울렸지?"

"할아버지, 저 그런 소리 처음 듣습니다. 제 얼굴이 제비상이라니요."

[아저씨 몰랐어요? 똑같이 생겼는데.]

"으허허!"

저승이와 할아버지가 날 놀리느라 바쁘다. 둘이서 죽이 잘 맞는 것 같다.

아무튼 정신이 돌아온 할아버지와 함께 우리는 밖으로 나왔다.

"그런데 시장은 왜요?"

"시장을 왜 가겠어. 장 보러 가지."

"그걸 누가 몰라서 물어보나요. 뭘 사러 가시나 이거죠."

"잔말 말고 따라와."

멀쩡한 할아버지를 따라서 시장을 돌았다. 마주하는 사람들이 신기하게 쳐다본다. 엊그제만 해도 정신이 흐린 상태로 다니던 사람이 몸도 머리도 말짱해져서 돌아다니니 이상할 수밖에 없을 거다.

할아버지는 아랑곳 않고 필요한 물건을 샀다.

정육점에서는 좋은 소고기를 샀고, 행상에서는 잘 마른 미역과 참기름을 샀다.

그런데 물건 사는 것보다 만나는 사람들하고 수다 떠는 시간이 더 길다.

"은혜 생일은 다음 달 아닙니까?"

할아버지가 슈퍼에서 마늘과 국간장을 사는 것을 보고 궁금해서 물었다.

프로필상으로는 다음 달이 박은혜의 생일이니까.

*　　　　*　　　　*

"생일이야 미리 챙길 수도 있는 거지."

맞는 얘기다.

"요리 좀 하세요? 미역국 만드는 거 은근히 어려운데."

"내가 오늘 맛있는 거 해줄게. 사자 양반 뭐 먹고 싶은 거 있어?"

[와인과 곁들일 만한 것으로.]

와인 맛이 아주 끝내준 모양이다.

저승이는 그날, 할아버지의 몸에 빙의해서 와인을 음미했다.

"크림파스타 같은 거 좋아하나?"

[크림파스타?]

"환장할걸요. 얘는 몰라서 못 먹어요. 근데, 그런 것도 하실 줄 아세요?"

"우리 손녀가 그거 얼마나 좋아하는데."

자주 해봤던 모양인지 재료를 사는 움직임에 거침이 없다.

할아버지는 물건을 잔뜩 샀고, 나는 양손에 짐을 가득 들었다.

이럴 때는 또 빙의의 빙 자도 안 꺼내지.

저승이를 노려보며 낑낑대며 집으로 돌아오는 길에 옷가게 앞에서 할아버지가 멈춰 섰다.

"겨울옷이나 살까?"

"겨울옷이요?"

계절을 논하기에는 너무 땡볕인데.

매미 소리와 늘어진 그림자를 뒤로하고 매장에 들어갔다.

할아버지가 이것저것 만지작거리다가 가격표를 보고 슬그머니 내려놓는다.

"겨울 점퍼가 뭐 이렇게 비싸."

"할아버지, 이거 메이커예요. 그리고 30프로 디씨고."

가게 아줌마가 호들갑이다.

"좀 깎아줘."

"안 돼요."

"아이고."

요리의 달인인지는 몰라도 흥정의 달인은 아니시네.

"주세요, 그거."

나는 할아버지가 집었다가 내려놓은 점퍼를 달라고 했다.

"이거 비싼데."

"걱정 마세요. 은혜 계약금에서 깔 거니까."

"쪼잔하기는."

"쪼잔해야, 직원들이 편하죠."

점퍼값을 계산하고 시간을 확인했다. 할아버지에게 허락된 시간은 세 시간이니까.

서둘러 짐을 들고 나오는데, 매장 TV에 피로회복제 광고가 나온다.

춤추는 소림이는 나비 같다.

쉴 새 없이 날갯짓을 하지 않으면 땅에 곤두박질치는 작은 생명체.

최소한 내게는 그렇게 보였다.

"누군데?"

"제 업보요."

가게를 나온 우리는 마지막으로 한 곳을 더 들렀다.

사진관이었다.

*   *   *

"왜 안 오지? 무슨 일 생긴 거 아니야?"

민 기자는 손목을 매만지다가 결국 카페에서 나왔다.

N탑 오디션에서 최고남에게 악담을 받고 떨어진 연습생을 만나기로 했는데, 오지 않고 있었기 때문이다.

바쁜 걸음으로 연습생이 현재 소속돼 있다는 회사로 향했다.

머릿속이 어지럽다.

첫 번째 인터뷰이는 시종일관 변명을 했다. 모든 것이 최고남 탓이었다는 게 그의 주장이었다.

두 번째 인터뷰이는……

"한채희가 그런 표정을 지을 줄이야."

어쨌든 몇 가지 확인된 바, 절대 소속 배우나 가수의 말을 믿지 않으며, 오로지 상품으로만 취급하고, 소문으로만 떠돌던 사람을 등급으로 나눈다는 얘기도 사실인 것 같다.

오로지 결과만 중시하는 악덕 매니저.

그래도 아직까지는 최고남에 대한 명확한 결론을 도출하지 못한 민 기자였다. 두세 명은 더 만나봐야 이 안개 자욱한 길을 벗어날 수 있을 것 같다.

"여긴가."

민 기자는 허름한 건물 입구의 간판을 보고 안으로 들어갔다. 그런데, 사무실이 소란스럽다.

"뭔데 이렇게 시끄러워?"

고개를 갸웃하며 들어갈 때였다. 그녀는 눈을 동그랗게 뜨고 말았다.

최고남이 제 몸뚱이보다 훨씬 큰 괴물 같은 놈의 멱살을 쥐고 있었다.

순간, 최고남의 어깨에서 아지랑이 같은 뜨거운 열기가 올라오는 듯한 착각이 든다.

'폭력!'

민 기자는 곧바로 핸드폰 카메라를 들었다.

*   *   *

「사건 발생 30분 전」

이름 송지수, 나이 스물.

자신의 프로필이 유리테이블에 놓여 있는 것을 본 송지수는 피리리 한숨을 쉬었다. 하얀 손안에 쥔 핸드폰에서는 문자음이 계속 들렸다.

[너 빨리 정리하고 집으로 내려와.]

[엄마하고 약속했지? 1년만 해보기로.]

[잘하는 공부 놔두고 무슨 연예인이야?]

[내려와서 내년에 복학하는 거야.]

[알았지?]

"하."

대구에서 올라올 때, 엄마에게 딱 1년만 해보겠다고 했었다.

엄마로서도 사실 청천벽력 같은 소리였을 거다.

공부 잘하는 딸이 대학에 입학하자마자 휴학하고 싶다고 했으니까.

결국 지지고 볶은 끝에 1학기가 끝나자마자 서울에 올라왔지만 N탑 오디션은 탈락하고, 그나마 여기 원엔터에 들어왔지만 아무리 연습을 해도 노래 실력은 늘지가 않았다.

가장 큰 문제는 성격.

소심한 성격을 고쳐보고 싶었지만 쉽게 바뀌지가 않았다.

숙소에서도 이리 치이고 저리 치이는 편이었다.

정확히 말하면 왕따였다.

연습생들은 그녀를 피하기 일쑤였고, 이제는 연습할 때도 말을 걸지 않았다.

'알았어, 가.'

결국 눈을 질끈 감고 답문을 보냈다.

또다시 문자가 오긴 했지만, 송지수는 보지 않고 시계를 바라봤다.

'기자님 기다리겠네.'

하지만 그 전에 대표님을 뵈어야 했다.

계약서를 찢어야 하니까.

대표님을 만날 생각에 가슴이 파르르 떨린다.

처음 연습생 계약서를 썼을 때 한 번 보고 이후로 본 적이 없었다. 그날 봤을 때 무서워서 혼이 나는 줄 알았다.

'계약서 찢어주지 않으면 어떻게 하지?'

송지수는 잠깐 눈을 감았다. 평소에도 상상력이 뛰어난 편이었다.

쾅!

상상 속 대표님이 책상을 걷어찼다. 구겨진 얼굴은 마치 저승사자 같았고, 사무실은 일순 조용해졌다. 거친 숨소리와 이 사달을 만든 연습생의 흐느낌만 들렸다.

'대구 촌년을 데려와서 기껏 사람 만들어놨더니만 어디서 배운 망덕하게.'

'죄, 죄송합니다.'

'그만 처 울어!'

이번에는 재떨이가 벽으로 날아갔다. 상상 속 송지수는 목을 바르르 떨었다. 흔들리는 눈으로 직원들을 바라보지만 직원들도 시선을 피하기는 마찬가지.

'너 막말로 우리가 계약서 넘기면 섬으로 팔려 갈 수도 있어.'

'예?'

'너 지금 빚이 얼만 줄 알아?'

'빚… 이요?'

'너 1년 동안 쌓인 게 8천이야, 8천! 이자 빼서 8천이라고!'

'저 그런 돈… 쓴 적… 없어요.'

띄엄띄엄, 딸꾹질까지 섞으며 반박하는 그녀의 이마에 대표님의 검지가 날아왔다. 머리를 밀어젖히며 그가 말했다.

'야, 이 병신아. 너 헤어, 옷, 연습 비용, 숙소. 그런 게 다 돈이야, 인마!'

'계약서에는… 그런 거… 없었는데.'

'얘 보게. 순진한 척하면서 회사를 사기꾼으로 만드네. 야! 누가 계약서 가져와, 당장!'

대표가 가져온 계약서를 하나하나 짚으면서 돈을 연관 짓는다.

송지수는 눈물을 주룩주룩 흘리면서 계약서를 바라볼 뿐이었다.

상상은, 비극이었다.

'아…….'

눈을 뜬 송지수는 마른침을 꿀꺽 삼켰다. 그때, 문이 열리고 대표님이 들어왔다.

처음 봤을 때보다 더 무서운 얼굴이었다.

머리를 빡빡 밀었고, 검은 셔츠 안으로 금목걸이가 보인다. 짝 붙은 스판바지도 검은색이다. 코끼리 발 같은 손에는 여자 주먹만 한 시계가 채워져 있다. 영화에서 보면 저런 시계를 손에 쥐고 사람을 패던데.

또다시 마른침이 꿀꺽 넘어갈 때, 대표님이 마주 앉았다.

"너, 연습생 그만두고 집에 내려가고 싶다고 그랬다며?"

"예."

송지수는 입술을 바르르 떨었다.

눈을 어디다 둬야 할지 몰라서 헤매다가 무심코 재떨이를 보고 아까의 상상이 떠올라서 눈을 질끈 감았다. 그때였다.

스윽.

머리에 두툼한 손이 올라왔다. 그리고 들린 목소리.

"많이 힘들었니?"

송지수는 찬찬히 눈을 떴다.

무서운 인상과 달리 대표님은 인자하게 웃고 있었다.

"보고는 받고 있었어. 적응을 잘 못 했다며?"

"그게……."

눈시울이 붉어진다.

"네 탓 아니야. 애들이랑 성격이 좀 안 맞았던 것뿐이지."

"흑흑."

닭똥 같은 눈물이 송지수의 손등에 떨어졌다.

대표는 잠깐 지켜보다가 말했다.

"내가 아는 사람이 있는데, 거기서 널 키워보고 싶다고 하네. 한번 얘기나 해볼래?"

"저를요?"

송지수는 눈물 자국을 새긴 얼굴을 들었다.

대표님은 고개를 끄덕이고 입구를 향해 시선을 돌렸다. 그리고 잠시 뒤, 정장을 입은 남자가 들어왔다. 이 와중에도 송지수의 상상 회로는 어김없이 작동했다.

느릿느릿한 장면이 이어졌다.

로맨스 드라마 속 실장님처럼 그가 다가와 말했다.

"안녕, 네가 송지수구나?"

"…예."

"만나서 반갑다."

악수를 하고.

이번에는 대표님이 말했다.

"지수야, 이 사람은 예전에 내가 잠깐 N탑에 있을 때 팀장님이었어. 나보다 어린데도 일을 엄청 잘했거든."

"팀장님이요?"

"지금은 대표야. 그리고 네가 우리 회사에 왔으면 좋겠고."

실장님, 아니, 로맨스 대표님이 맑게 웃으며 말했다.

"저를요?"

"그래, 너 데려가려고 내가 크게 한턱 쏘기로 했거든."

"내가 아깝지만 대승적 차원에서 양보하는 거야."

대표님과 로맨스 대표님이 서로 주거니 받거니 하며 웃는다.

"아, 명함."

퓨처엔터테인먼트 대표 최고남.

"형님, 둘이 커피숍이라도 가서 얘기하고 싶은데, 그래도 괜찮죠?"

"그래."

"알겠습니다. 그러면… 아이고, 단추를 몇 개나 풀고 계신 거예요? 인상도 험악한 분이."

.

.

.

"하아, 하아!"

사진 한 장 찍고 도망치듯 건물을 빠져나온 민 기자는 거친 숨을 토해냈다.

"아, 송지수!"

한숨 돌리고 나서야 인터뷰이가 걱정된 그녀는 서둘러 핸드폰을 들었다. 112에 신고하려는 찰나, 핸드폰 화면이 전화 수신 중으로 바뀌었다. 부장이었다.

"예, 부장님."

—너 어디야?

"저 지금 인터뷰하러 나왔는데."

—네가 지난번에 부탁했던 거, 그쪽에서 인터뷰하기로 했다.

"정말이요?"

—1시간 뒤에 보자네. 시간이 없다니까 가봐. 주소는 문자로 보내줄게.

"예."

곧바로 문자가 도착했다.

민 기자는 건물에서부터 도망쳐 온 길과 핸드폰을 번갈아 보다가 미간을 찌푸렸다.

＊　　　　＊　　　　＊

"송지수는 해결했고."

다행히 송지수가 가까운 곳에 있어서 일이 잘 풀렸다.

어떤 녀석일지 궁금했는데, 얼굴을 본 지금도 여전히 오리무중이다.

운명은 S급이라는데, 내 눈에는 기껏해야 B급이었기 때문이다.

얼굴이 특별히 잘나지도 않았다. 관리받으면서 개선할 수 있겠지만 딱히 무언가를 끌어당기는 면이 없었다. 성격도 소심한 편이라고 하고…….

"궁금하네."

[뭐가요?]

"대체 어떤 재능이 있길래 S급이야."

나 때문에 운명이 꼬였다는 것을 보면 연예계에서 두각을 나타낼 운명은 확실하다.

그렇다면 내가 모르는 재능이 있다는 거다.

노래일까? 춤일까? 혹은 다른 무엇?

곤란하다. 지금까지 만나본 네 명의 여자아이들이 아직 내 머릿속에서 한데 뭉치지 않고 있다.

팀명은 정했지만.

[그래도 만드실 수 있잖아요, 걸그룹.]

저승이가 섬뜩한 미소를 짓는다.

지나가던 지박령이 봤으면 심장이 얼어붙었을지도 모르겠다.

그래, 나는 만들 수 있지.

하지만 그럴 생각이 없다니까!

[노력한다면서요?]

저승이가 흐흐 웃는다.

게슴츠레한 내 시선에 저승이는 기침을 한번 하고 시선을 돌렸다.

"그거는 좀 더 생각해 보자. 만들면, 까짓것 만드는 거지."

나는 최고남이니까.

[최고남!]

저승이가 주먹을 불끈 쥐고 외친다.

아, 진짜 꼴보기 싫네.

나는 핸드폰을 꺼내 유유 매니저에게 전화를 걸었다. 결과도 알려주고, 유유 소식도 좀 듣고 싶어서였다.

—예, 형님!

"고맙다. 덕분에 일이 잘 풀렸어."

—잘됐네요

유유 매니저의 목소리가 펑크 난 타이어 같다.

"무슨 일 있냐? 목소리에 왜 그렇게 힘이 없어?"

—아니요, 오늘 연습생 하나 짐 쌌거든요.

데리고 있던 연습생이 회사를 나가는 게 좋을 리가 없다.

물론 당사자는 더 비참할 것이다. 타인은 금방 잊어버리니까.

며칠 지나면 유유 매니저의 머릿속에서도 그 녀석의 이름은 사라질 것이다.

"누군데?"

—권하준이요. 걔 이번에 데뷔 또 미뤄졌거든요. 마침 계약도 만료됐는데, 본인이 더는 하기 싫대요.

순간, 나는 눈을 부릅떴다.

"무슨 소리야? 권하준 오복성이잖아?"

오복성의 리더 권하준.

여섯소년들에 이어 N탑의 다음 세대 아이돌.

—오복성이요? 아, 팀명에 그것도 포함되어 있었는데. 근데 그걸 어떻게 아셨어요? 형님 나가고 나서 나온 건데.

백승준의 말이 귀에서 엥엥거린다.

그사이 나는 시간을 곱씹어봤다.

[아저씨가 온 영향으로 팀명이 바뀐 거 아닐까요?]

글쎄, 내가 N탑이랑 최근 엮인 것은 남여울 건밖에 없는데.

"권하준이 나갔으면, 이춘성, 차은혁, 콴, 박서준은 어떻게 됐어?"

—걔들은 아직 계약기간 남아 있습니다.

설마…….

혹여 남여울 건으로 3, 4분기 데뷔 일정이 취소됐다면.

N탑에서는 큰 스캔들이 터지면 향후 계획이 축소되는 경향이 있다.

각 부서들이 몸을 사리기 때문이다.

거기다 백대식도 아카데미로 쫓겨났고.

'바보 같은 자식들. 그렇다고 S급을 내보내?'

아무리 연습생이 널리고 널렸다지만,

[이거야말로, 길에 버려진 S급이군요.]

저승이의 속삭임에 목의 솜털이 바싹 선다.

버린 건, 주운 사람이 임자다.

나도 모르게 미소가 절로 나온다.

그래, 만들지 뭐. 걸그룹이든 보이그룹이든!

*　　　　　*　　　　　*

「민지영 기자, 네 번째 인터뷰」

[기자님 죄송해요. 일이 생겨서 못 나갔어요.]

'너 괜찮은 거니?'

[예, 괜찮아요.]

송지수에게서 온 문자에 민 기자는 안도의 한숨을 고르고 핸드폰을 뒤집었다.

'최고남!'

너무 파고든 걸까.

그 이름만 떠올려도 불안한 기분이 엄습했다.

'실수였어. 그때 경찰을 불렀어야 하는 건데.'

인터뷰가 끝나면 당장 가서 확인해 봐야 할 것 같았다.

송지수가 정말 무사한 건지. 협박을 당하고 있는 건지도 모르니까.

민 기자는 숨을 다시 한번 고르고 녹음기를 꺼냈다.

세팅을 마무리하려는데, 문이 열리고 대기실에 마침내 세 번째 인터뷰이가 들어왔다.

톱 여배우 주이래.

현재 인기리에 방영 중인 MNC 드라마 〈한밤의 엽서〉에 출연 중인 그녀가 매니저와 함께 들어왔다.

"30분밖에 시간 없습니다. 메이크업 수정하는 동안 질문해 주시면 될 것 같아요."

여자 매니저는 둥근 미소와 달리 날카롭게 말했다.

민 기자는 괜스레 마음이 급해졌다.

"처음 뵙겠습니다. 스포츠브리핑 민지영 기잡니다."

"죄송해요, 기자님. 스케줄이 너무 빠듯해서 이렇게 급하게 오시라고 했어요. 식사는 하셨어요?"

"저 신경 쓰지 마시고요. 메이크업 먼저 하세요."

주이래는 여러 명의 스태프에게 둘러싸여 메이크업을 받기 시작했다.

눈을 감은 채로 질문과 답이 오가야 했고, 주이래는 답을 하는 중에 틈틈이 밖의 상황을 체크 했다.

"언니, 사람 많이 왔어?"

"당연하지. 톱스타 주이래가 왔는데."

수천만 원의 행사비를 지불한 만큼 백화점도 홍보에 열을 올렸기 때문에 사인회를 찾은 팬들과 손님으로 백화점 로비가 인산인해였다.

"아, 기자님 시작하세요."

"먼저 이 질문을 드릴게요. 이래 씨가 처음 데뷔했을 때가 블로썬엔터였잖아요?"

"예."

"하지만 블로썬이 부도나면서 N탑으로 가셨단 말이에요."

"기자님."

주이래가 입을 열었다.

입술 라인을 그리던 스타일리스트의 손이 잠깐 멈춘다.

"N탑으로 간 게 아니라, 블로썬 대표가 절 팔아먹은 거였어요."

"예?"

민 기자는 눈을 동그랗게 떴다. 주이래의 매니저도 처음 듣는 얘기인지, 구부러진 앞머리가 그녀의 눈썹에 튕겼다.

주이래는 잠깐 눈을 떠서 그 모습을 보고 얘기를 계속했다.

"N탑에서 절 데려가면 거기서 얻는 모든 수익의 일정 부분을 주고받는 계약이었거든요."

"현재 퓨처엔터 최고남 대표가 이래 씨를 데려왔다고 하던데요? 저 얼마 전에 N탑 본부장하고도 인터뷰했거든요."

"아니요, 최 대표님은 그 일과 전혀 관계가 없었어요. 오히려 N탑 직원이 일종의 브로커였죠. 중간에서 연결해 주고 커미션 먹는. 그리고 N탑 본부장이라고 하셨나요?"

"예, 백대식 본부장이요."

민 기자의 대답에 주이래가 피식 웃는다.

"하여간 그 사람, 백대식 본부장은 브로커에게 이용당한 거였어요. 이런 좋은 배우가 있으니까 네가 영입해라. 뭐 그런 식으로 설득당해서 절 데려간 거죠. 돈은 블로썬 대표하고 브로커가 챙기고."

"언니, 눈 감으세요."

조심스러운 스타일리스트의 지시에 주이래는 눈을 감았다.

그때의 기억이 눈앞으로 확 다가온다.

·

·

"너는 몰랐다는 걸 나보고 믿으라고?"

"전 정말… 몰랐어요. 그런 거래가 오갔는지."

블로썬 대표와 부모님의 합작품이었다.

N탑 계약서에 도장을 찍었을 때만 해도 아무런 문제가 없었다.

하지만 이적 후 첫 번째로 본 오디션에서 모든 것이 드러났다.

주이래의 연기가 도마에 오르면서 N탑 AR팀에 제보가 들어왔기 때문이다.

그래서 백대식에게 감언이설을 풀어서 주이래를 데려오게 만든 홍보팀 곽 팀장은 쫓겨났고, 백대식은 윗선에 여러 차례 불려가 진땀 빼는 해명을 해야 했다.

쾅!

"앞으로 내 눈에 띄지 마. 회사에도 오지 마. 3년 동안 쥐 죽은 듯이 지내!"

주이래는 눈을 아래에 두고 바들바들 떨며 백대식의 사무실을 나왔다.

.

.

.

"기자님, 이 얘기는 기사 내지 말아주세요. 부탁입니다. 여기 있는 사람들, 다 이 얘기 못 들은 거야!"

너무도 솔직한 주이래의 고백에 매니저가 놀라서 주위를 단속했다.

그러자 메이크업 담당이 소곤거려 말했다.

"누가 얘기해요. 얘기할 사람 없어요. 언니, 눈 감으라니까."

.

.

.

불 꺼진 연습실 한편에서 주이래는 캐비닛에 둔 개인 물건을 챙겼다.

N탑 계약서에 도장을 찍으면서 앞으로 모든 게 잘 풀릴 줄 알았는데.

부족한 연기도 N탑에서 열심히 배우면 극복할 수 있을 거라고 생각했는데.

"으, 으."

웅어리진 신음이 가슴 언저리를 맴돌았다.

답답함에 눈물이 고였다. 그때였다. 연습실 문이 덜컹 열린 건.

"누구야?"

"아, 죄, 죄송합니다!"

연습실 불이 켜지고, 주이래의 눈에 들어온 남자는 N탑 최연소 부문장이라는 사람이었다. 젊다 못해 제 또래 같기도 해서 처음에 보고 무척 놀랐었던 기억이 있었다.

그가 잠깐 물끄러미 보다가 물었다.

"주이래 씨, 여기서 뭐하세요?"

"죄송합니다. 제 물건 챙기고 있었는데⋯⋯."

말을 채 끝내지 못하고 또다시 울음이 터져 나왔다.

그 모습을, 부문장이 무언가를 생각하듯 쳐다봤다.

"앞으로 어떻게 할 건데요?"

"저요?"

"그럼 여기 누가 있어요?"

"저, 저……."

눈물을 겨우겨우 참다가, 주이래는 끝내 참지 못하고 바닥에 쏟아내며 말했다.

"연기가… 하고 싶어요."

.

.

.

다시 눈을 떴더니, 매니저가 눈을 피한다. 홀쩍거리는 소리.

기자도 놀라서 눈만 깜빡이고 있자, 주이래는 웃으며 말했다.

"다들 왜 그래?"

"아니야, 먼지 들어가서 그래."

"무슨 먼지가 단체로 들어갔나."

정작 그러는 주이래도 눈에 눈물이 고여 있었다. 스타일리스트가 홀쩍거리며 타박한다.

"에이, 메이크업 다시 해야 하잖아."

그 바람에 다들 웃음을 터뜨렸다.

"우리 성인이니까 울다 웃으면 어디어디에 털이 나네 그런 얘기는 하지 않기?"

주이래는 농담을 하고 기자를 바라봤다.

기자는 오기 전 예상했던 것 전혀 다른 얘기였는지 머뭇거리다가 물었다.

"그래서, 그 사람이 뭐라고 그랬는데요?"

"저한테 제안을 하더라고요."

"무슨 제안이요?"

"앞으로 3년동안 자기만 믿고 따라올 수 있냐고. 돈 벌 생각 하지 말고, 유명해질 생각 하지 말고, 진짜 힘들 수도 있을 거라고."

그렇게 하겠다고 했고, 이후로 연극판과 독립영화를 전전했다.

배우 중심인 연극 연기와 스토리 중심인 영화 연기는 결이 다르지만, 주이래는 그 차이를 고려할 상태가 아니었다.

무조건 많이 연기하고 무조건 많이 욕을 먹는 게 목표였다.

처음에는 학을 떼던 감독들도, 눈살을 찌푸리기 바쁘던 관객들도 시간이 흐를수록 인정해 주기 시작했다. 그 시간이 3년이었다.

"그럼, 왜 N탑이랑 재계약 안 한 거예요? 처음에 괄시를 당해서?"

"최고남 대표가 말했거든요."

기자는 귀를 기울였다.

"세상에 나가서, 훨훨 날아보라고."

주이래는 그때를 회상하듯 눈을 감았고 다시 눈을 떴을 때, 화장대 거울 속에는 완벽한 여배우 주이래가 있었다.

자리에서 일어난 그녀는 스태프들을 이끌고 대기실을 빠져나왔다.

로비에 기다리던 수많은 팬들의 환호성이 그녀를 맞이한다.

*　　　　　*　　　　　*

"사장님, 저 퇴근할게요."

"어, 그래. 수고했어. 이거 가져가서 할아버지 드려."

"항상 감사합니다."

반찬 봉지가 담긴 쇼핑백을 챙겨 밖으로 나온 박은혜는 핸드폰을 보며 걸었다.

그러다가 지하철 입구의 편의점에 들어가서 편의점 직원에게 버스카드를 내밀었다.

"충전 좀 해주세요."

충전이 되길 기다리는 동안 눈을 돌리던 그녀의 눈에 계산대에 놓여 있는 초콜릿이 비쳤다. 케이스에는 교복 입은 윤소림이 새겨져 있었다.

초콜릿을 좋아하는 할아버지 생각이 문득 스쳤다.

'잠깐 나 버카 충전 좀.'

[구랭구랭 ㅋ]

박은혜는 핸드폰을 내려놓고 초콜릿을 손에 집었다.

"이것도 주세요."

"윤소림 초콜릿은 원 플러스 원 제품인데."

직원은 무심한 말투와 달리 하나를 더 챙겨서 건넸다.

포스기가 띡 울리고, 손에 쥔 편의점 봉투가 출렁이면서 유리문이 열렸다.

더운 공기가 확 달려든다.

서둘러 아이스크림 하나를 입에 물었다.

[은혜야, 너 예전에 오디션에서 성대결절 지적한 사람 있잖아.]

'응.'

[이 사람 맞지?]

박은혜는 핸드폰을 보다가 놀라서 잠깐 멈춰 섰다.

여섯소년들 유유가 그 남자에게 껌딱지처럼 붙어 있는 사진이었다.

'어, 맞아.'

[이 사람 요즘 엄청 잘나가나 봐. 윤소림도 이 사람이 키운 거래.]

"뭐지… 이 사람?"

그래서 궁금해서, 최고남에 대해 검색하면서 집에 도착한 박은혜는 제일 먼저 할아버지를 찾았다.

"할아버지! 식사하셨… 어? 웬 파스타?"

박은혜는 식탁에 앉자마자 두 손을 모았다.

할아버지표 파스타는 그녀가 제일 좋아하는 음식이었기 때문이다.

며칠 전부터 할아버지 정신이 조금씩 돌아오는 것 같았다.

그래서 요즘 같은 날이 계속됐으면 하고 바라던 그녀였다.

"우와, 미역국도 있네? 나 생일……."

다음 달이라고 말하려다가 멈칫했다.

그 정도는 실수할 수 있는 거니까.

그래서 빙긋 웃었더니, 할아버지가 박은혜의 이맛머리를 치워주며 미소 짓는다.

"생일 축하한다, 우리 손녀."

"응!"

박은혜는 할아버지표 파스타를 순식간에 해치웠다. 할아버지는 죽을 때 마신다던 와인을 음미했다.

"할아버지, 언제 그걸 다 마셨어?"

"내가 마신 거 아니야. 귀한 분한테 대접했지."

"귀한 분?"

할아버지는 알 듯 모를 듯한 미소만 보였다.

설거지는 박은혜가 했다. 그녀는 두 팔을 걷어붙이고 후다닥 설

거지를 끝냈다.

그런 다음 할아버지 방에 들어가 할아버지 옆으로 꼼지락꼼지락 기어 들어가서 TV를 바라봤다.

"할아버지 17번, 17번."

"뭔데?"

"드라마. 500살 마녀."

마녀가 나오고, 톱스타가 나오고, 마법이 나오는 드라마.

그리고 따뜻한 방바닥과 할아버지의 체온.

박은혜에게는 참 행복한 시간이었다.

*　　　　　*　　　　　*

영원한 것은 없다. 끝은 오게 마련이다.

나는 저승이와 다를 바 없는 칠흑같이 어두운 정장을 입고 병원을 찾았다.

장례식장 앞의 전광판에서 할아버지의 이름을 확인했다.

상주는 박은혜였다.

사람들로 붐비는 다른 빈소와 달리 할아버지의 빈소는 을씨년스러울 정도로 고요했다. 오히려 옆 칸에서 들리는 곡소리에 위안이 될 정도였다.

"박은혜?"

"…누구세요?"

상복을 입은 박은혜가 핏기 없는 얼굴을 들었다. 나는 왼쪽 눈썹을 쓸며 슬며시 눈을 가렸다가 바로 손을 내렸다.

"할아버지한테 내 얘기 못 들었니?"

"아."

박은혜는 무언가를 주섬주섬 꺼내 들었다. 메모지였다.

서툴지만 큰 글씨로 '우리 은혜 잘 부탁합니다, 대표님.'이라고 적혀 있었다.

"앞으로의 네 거취는 우리 천천히 얘기하고, 우선은 할아버지 잘 보내 드리자."

박은혜는 많이 운 듯했다. 눈두덩이가 퉁퉁 부어 있다.

나는 할아버지에게 절을 올렸다. 그리고 영정 사진을 바라봤다.

저 사진 찍겠다고 동네에서 제일 실력 있다는 사진관을 찾아갔으니까.

[후회는 없을 겁니다. 마지막에 할 건 다 했으니까.]

그렇겠지.

손녀를 위해서 모든 준비를 마치고 떠날 수 있었으니까.

[저는 망자를 배웅하고 오겠습니다. 그쪽 지역 사자가 누구더라. 나보다 기수가 낮았으면 좋겠는데.]

'처음에는 티격태격하더니.'

[미운 정도 정이라.]

나는 멀어지는 저승이를 보며 핸드폰을 꺼내 유병재에게 몇 가지를 지시했다.

화환을 들이고, 일이 끝나면 장례식장에 들르라고 했다.

제일 먼저 김나영 팀장이 도착했다. 오늘은 검은색 스카프네.

"대표님, 병재 팀장은 소림이 촬영 마치면 들른답니다."

"그래, 김 팀장이 수고 좀 해줘."

미리 김나영 팀장에게는 언질을 해뒀기 때문에 왈가왈부 설명
할 필요는 없었다.

곧바로 병원 원무과에 가서 장례식장 비용을 처리하고 온 그녀
가 주위를 둘러보며 말했다.

"그나저나 너무 쓸쓸하네요."

그렇다고 내 장례식도 아닌데 사람을 부르기는 애매하다.

연습생 조부 장례식장에 오라고 전화할 수는 없으니까.

"우리라도 한구석 차지하자고. 오랜만에 나영 씨랑 고스톱도 한
판 치고."

"그럼 오늘 실력 발휘 좀 해야겠는데요?"

"나영 씨가 잘 모르나 본데, 내가 이 일 안 했으면 타짜야."

"대표님이야말로 모르시네요. 저 한채희 팬이었어요. 이대 나온
여자, 제가 제일 좋아하는 영화였거든요."

흠칫, 놀라는 내 모습에 김나영 팀장이 미소 지었다.

하지만 그 미소는 무언가를 보고 사라졌다.

뒤를 돌아봤더니, 조문객으로 보이는 중년의 여자들이 있었다.

누군가 하고 보는데 박은혜가 엉엉 울면서 그녀들에게 다가갔다.

"사장님……."

*　　　　　*　　　　　*

"아이고, 우리 은혜 얼굴이 왜 이렇게 푸석해!"

여러 사람의 손이 박은혜의 얼굴을 감싼다.

위로하고, 안아주고 눈물을 닦아준다.

뒤늦게 알았지만 그녀들은 박은혜가 아르바이트하는 식당의 사장님과 직원들이라고 했다.

조문객은 계속 찾아왔다.

"여기야? 아이고."

시장에서 봤던 사람들이 줄지어 들어온다.

텅 비어 있던 빈소가 이제는 말 그대로 시장통이 돼버렸다.

그 모습을 지켜보는데 김나영 팀장이 속삭였다.

"다행이네요."

"그래, 다행이야."

걱정했는데, 박은혜는 혼자가 아니었다.

화환까지 일렬로 늘어서는 모습을 보고서야 나는 마음이 흡족해져서 영정 사진을 멀리서 바라봤다.

사진 기사에게 잘 부탁한다는 말을 열 번쯤 하며 찍었던 그 사진이었다.

'할아버지, 어떻습니까.'

나 좀 괜찮은 대표 같습니까?

지금쯤 할아버지는 저승이와 만났으려나.

사자 인맥이 있는 영혼이니 저승 가는 길이 험난하진 않겠지.

이런저런 생각을 할 때였다.

밖이 소란스럽다. 소림인가 싶었지만, 녀석은 새벽에야 촬영이 끝날 텐데.

고개를 갸웃하며 나오는데…….

"이래야?"

"잘… 지내셨어요?"

주이래는 주변 시선에 개의치 않고 내게 살짝 눈인사를 했다.

"너, 여길 어떻게 알고 왔어?"

"오늘따라 대표님 생각이 나서 유유 매니저한테 연락처 물어보려고 전화했더니, 여기 있다기에."

"많이 바쁠 텐데."

"바빠도 와야죠. 대표님은 내 은인인데. 안 좋은 소식을 어떻게 모른 체해요."

은인······.

조문을 마친 주이래를 데리고 식장을 빠져나왔다.

"와줘서 고맙다."

"죄송해요. 더 있다 가고 싶은데, 촬영이 있어서."

"그래, 조심히 가."

뒤돌려는데, 주이래가 물었다.

"그때, 왜 저 도와줄 생각을 하신 거예요?"

이제야 궁금해진 건가.

"내가 제일 싫어하는 타입이 뭔지 알아?"

"뭔데요?"

"재능이 있는데 그 재능을 썩히는 애들이야."

"······."

"그럼 두 번째로 제일 싫어하는 타입은 뭔지 알아?"

"······."

"재능은 별로 없어 보이는데, 끝까지 포기하지 않는 눈을 가진 애들이야."

그날, 간절한 눈빛으로 나를 바라봤던 주이래였다.

그래서 지금 얘기가 무슨 뜻인지 알 것이다. 그러니까 저렇게 웃지.

"좋아하는 타입은 없어요?"

주이래는 농담을 던지고 나를 바라봤다.

서로의 닿은 눈빛 사이에는 많은 말 대신 기억이 교차했다.

누군가는 지켜봤고, 누군가는 노력했던 그 시간들.

주이래는 다시 한번 내게 머리를 깊이 숙이고 뒤돌았다.

"주이래!"

"예?"

"이제 훨훨 날고 있나?"

주이래가 빙긋 웃는다.

"제트기처럼요."

달빛 아래 주이래와 내 환한 미소가 만연한 밤이었다.

*　　　　*　　　　*

「1개월 후, 연상의 그녀는 500살 마녀 방송 6주 차」

Warning!

Warning!

―기장님, 계기판이 먹통입니다! 제어가 안 됩니다!

―승객들 벨트 매라고 하세요!

갑자기 벨트를 매라며 돌아다니는 승무원들의 모습에 어수선해진 비행기 안.

불안에 떠는 승객들에게 승무원이 기상 악화라는 짧은 설명만
해주고 지나가자 승객들의 얼굴은 사색이 된다.

불안은 일등석에도 어김없이 퍼진다.

―무슨 일이에요?

―별일 아닙니다! 앉아계세요!

―별일이 아니긴? 비행기가 흔들리잖아!

―앉아계세요!

―야, 너 내가 누군지 알아?! 나 국회의원이야, 국회의원!

일등석 손님이 갑질 횡포를 시전하려는 바로 그때.

비행기가 거칠게 흔들리면서 승무원이 뒤로 밀려 몸이 휘청였다.

다행히 옆 좌석에 앉아 있던 우진우가 가까스로 그녀를 붙잡을
수 있었다.

―괜찮으세요?

―고맙⋯⋯.

승무원이 겨우 중심을 잡고 고맙다는 말을 꺼내려는데, 비행기
동체가 완전히 직각으로 꺾이면서 추락하기 시작했다.

승객들의 비명 소리가 사방에서 휘몰아치고 배경음악이 긴박하
게 흐른다.

창밖의 구름이 정신없이 흩어지면서 우진우의 머리로 피가 쏠렸다.

우진우는 눈을 질끈 감았다.

과거의 기억들이 주마등처럼 스쳐갔다.

긴박했던 음악이 느려지고 서정적으로 변하면서 마녀와의 추억들이 하나둘 떠오른다.

부모님이 돌아가시고 대저택에 찾아온 마녀는 어린 우진우에게는 선물이었다.

그녀는 늘 그의 곁에 있었다.

학교 운동회 때도, 중학교 배정 때도, 고등학교 졸업식 때도, 군대에 갔을 때도 마녀는 늘 한결같은 모습으로 곁에 있어줬다. 돌이켜 보면 모든 순간이 행복했다.

삶의 마지막은 때로 예고 없이 찾아온다.

부모님의 죽음이 그랬고, 비행기 추락이 그랬다.

아직 좋아한다는 말도 못 했는데… 마지막으로 한 번만 그녀를 보고 싶었다.

어느 날 봤던 마녀의 미소가 선명하게 떠오른 순간.

우진우는 몸에 강한 충격을 느꼈다.

하지만 눈을 떴을 때 그의 몸은 아무런 이상도 발생하지 않았다.

승객들뿐 아니라 승무원들도 멍하니 주위를 둘러볼 뿐이었다.

장면은 바뀌고, 비행기를 받치고 있는 마녀가 보였다.

비행기가 아주 느리게 지상으로 내려온다. 운동장에 비행기를 내려놓은 마녀는 비행기 문을 뜯었다.

슈퍼맨처럼.

그리고 안으로 들어가고, 우진우는 그녀를 보고 굳어버린다.

다시는 돌아오지 않을 것처럼 떠났던 그녀였으니까.

—괜찮으세요?

질문은 사람들에게 했지만, 마녀의 시선은 우진우였다.
우진우는 볼에 눈물을 주르르 흘렸다.
사람들이 마녀와 우진우를 번갈아 쳐다봤다.
우진우가 젖은 입술을 열었다.

—왜 이렇게 늦게 왔어? 보고 싶었잖아!

훌쩍.

—너 때문에 폐인처럼 살았어! 너 때문에 잠도 못 자고, 밥도 못 먹
고, 너 때문에……
—어휴, 우리 진우 그랬어요?
—나 지금 장난 아니거든?

마녀의 몸이 둥실 떠올랐다. 아주 천천히 우진우에게 다가가 볼
에 손을 얹었다. 그리고 속삭인다.

—나도 장난 아니거든?

입맞춤이 이어졌다.
둘의 달달한 입맞춤을 보던 승무원이 손에 든 것을 떨어뜨렸다.

데구르르 굴러서 바닥에 탁 멈춘 물건이 화면에 비친다.

피로회복제 박카수!

*   *   *

「드라마 〈주식의 신〉 촬영장」

"정진모 씨, 그러면 안 돼. 주연배우가 우리 드라마를 봐야지,
자꾸 타 방을 보면 어떻게 해?"

칭얼거리는 감독의 모습에 정진모는 어깨를 으쓱했다.

"재밌는 건 인정해야죠. 어차피 시청률로 로코 못 눌러요. 우리
는 웰메이드로 남으면 되는 거라고요. 맞잖아? 웰메이드!"

감독이 다시 한숨을 쉬고 정진모 매니저에게 물었다.

"내가 전부터 묻고 싶었는데, 어떻게 살아야 저렇게 속이 편할
수가 있습니까?"

"저 얼굴로 살면 돼요."

반박할 수 없는 말이었다.

고개를 끄덕인 감독은 테이블을 탕 내려쳤다.

"뭐, 괜찮아! 우리 드라마는 OST가 끝내주니까! 차트 1위니까!
암, 웬디즈가 부르는데!"

"그렇죠? 감독님, 좋아요. 우리 그런 마인드로 마지막 한 회까지
으쌰으쌰 하자고요!"

감독과 그새 손발을 착착 맞추는 정진모를 보면서 그의 매니저

는 고개를 내저었다.

저 둘은 그냥 웬디즈 덕후일 뿐.

·아무래도 정상인은 자신밖에 없는 모양이었다.

그나마 다행인 건, 배우와 감독이 저래서인지 몰라도 촬영장이 무슨 놀이터처럼 매일 와자지껄이었다. 카메라가 돌아갈 때를 제외하고는 고등학교 쉬는 시간의 분위기를 항상 유지한다.

어느 날은 촬영 중에 감독과 배우가 경찰서에 끌려가서 촬영을 접은 적도 있었다.

그날 감독과 배우는 촬영지 뒷산의 더덕을 캐다가 신고를 받고 온 경찰에게 연행됐다.

그래도 뭐 드라마는 재밌었다.

그동안 매니저는 〈주식의 신〉을 꼼꼼히 모니터링했다. 내 배우가 나오는 드라마이니 당연했다.

드라마 속 정진모는 평소의 낙천적인 성향과는 완전히 달랐다.

매사에 꼼꼼하고 리스크를 미연에 대비하는 펀드매니저의 면모를 완벽히 구현해 냈다.

"그래서 말이야, 진모 씨, 웬디즈 음악방송 1위 후보 오르면 진모 씨가 음악방송 일일 MC 봐주는 건 어떨까? 이벤트성으로."

"오호, 그거 괜찮은데요? 그렇게 되면 우리 드라마 여운도 계속되고."

"그렇지. 어때, 콜? 내가 한번 인기차트 피디랑 조율해 볼게. 웬디즈면 컴백하자마자 1위지."

더는 안 되겠다 싶어서 매니저가 서둘러 둘을 말렸다.

"아니아니, 그건 회사와 조율해서……."

"오케이, 콜!"

정진모는 동그랗게 만 입술 위에 검지를 쭉 뻗으며 외쳤다.

결국 매니저는 포기해 버렸다. 포기하면 마음이 편하다.

"감독님, 우리 그날 가면도 쓰죠, 그냥. 끝에 가서 사람들 깜짝 놀라게. 그래야 화제가 되죠."

"오, 매니저님 그 의견 굿입니다!"

"싫은데? 가면은 더울 거 아니야?"

정진모가 정색하고 물러섰다.

"에이, 그렇게 안 더워. 오히려 추워. 에어컨 틀어서."

"거짓말할래? 에어컨 바람이 무대에 올라오겠냐?"

"아니야, 올라와. 펭귄 옷 입자. 펭귄!"

감독은 티격태격하는 두 사람을 흐뭇하게 바라봤다. 정말이지 마음에 쏙 드는 배우와 매니저였다.

"그나저나, 결국 또 최고남이 해내는구만."

"그러게요."

감독의 혼잣말에 정진모 매니저도 고개를 끄덕였다.

"최고남이 그렇게 대단한 사람이었다면서요?"

정진모도 슬쩍 끼어들었다. 그 역시 선배인 최서준에게 최고남에 대해서 들은 기억이 있기 때문이다.

"옛날에 대단했지. 직급 올라가고 나서는 현장 나오는 일이 거의 없어서 그렇지. 그때는 전설이었어, 전설."

"그 정도예요?"

"또라이 같은 짓을 참 많이 했어."

정진모의 매니저도 고개를 끄덕인다.

"저도 직접 뵙지는 않았지만 얘기 들어보니까 엄청났더라고요. 조폭이랑 맞짱도 까고 그랬다면서요?"

"우와, 조폭?"

"그래, 조폭. 가슴팍이며 허벅지며 피 철철 흘리면서 싸웠다는 얘기도 있고, 무명 배우가 출연료 떼여서 고민할 때 단신으로 찾아가서 출연료 받아 오다가 칼 맞았다는 전설도 있고."

"장난 아니네."

정진모는 몸을 바르르 떨었다.

물론 매니저도 전설로 듣기만 했을 뿐이다.

감독이 혀를 쯧 찬다.

"그렇게 열정적이었는데, 부문장 되고 나서는 욕만 처먹었지."

"왜요?"

"왜겠어? 갑질하니까 그러지. 신인들 끼워팔기는 기본이고, 방송국에 압력을 넣질 않나, N탑과 분쟁 있는 애들 출연 막질 않나. 사람 쓰레기 되는 거 순식간이더라고."

조폭에 쓰레기에, 대체 어떤 사람이길래.

정진모가 한층 더 그에 관해 궁금해할 때, 매니저는 주먹을 꽉 쥐며 속삭였다.

"근데 그 사람이 이번에도 해냈네. 18프로라니……."

"암, 미친 숫자니."

감독도 한숨 쉬고 고개를 끄덕였다.

종영까지 2주가 남은 〈연상의 그녀는 500살 마녀〉의 12화 시청률이었다.

[비하인드 Scene]

민 기자는 녹음기를 켜려다가 머뭇거렸다.

주이래와의 인터뷰는 뜻밖의 얘기들이 나왔고, 생각지도 못한 내용이었다.

그 바람에 지금까지 최고남에 대한 생각들, 편견들이 뒤집혔다.

그래서 마지막 인터뷰이를 만나보고 결정을 내릴 생각이었다.

이번 인터뷰이는 N탑의 장기 연습생이었고, 얼마 전에 계약만료로 퇴출됐다. 속칭 유통기한이 다 된 것이다.

부모님이 미국에 살고 계시기 때문에 바로 뉴욕으로 돌아간다는 연습생.

그래서 급하게 인천공항으로 나와야 했다.

"민지영 기자님이시죠?"

시선을 확 사로잡는 외모의 남자애가 다가왔다.

데뷔 직전까지 갔다더니 외모에서부터 이미 연예인이었다.

얼굴에는 잡티 하나 없고, 눈망울이 시원시원했다. 몸에는 군살하나 없었다. 만화에서나 볼 법한 가르마까지.

앞머리가 바람에 흔들리는 것은 만화책에서나 볼 수 있는 풍경이었다.

실제로 주위의 사람들이 힐끗힐끗 쳐다볼 정도였다.

"반가워요."

악수를 하고, 마주 앉았다.

"비행기 시간이 얼마 안 남았죠?"

"아직 여유 있어요."

연습생이 빙긋 웃는다.

"그럼 시작할까요? 이름이······."

고개를 끄덕인 연습생이 입을 열었다.

"권하준입니다."

"그럼 하준 씨 얘기를 들어볼까요."

5년.

권하준의 얘기는 지난 5년의 얘기였다.

열다섯 살에 뉴욕에서 열린 N탑 글로벌 오디션에 나갔고, 거기서 캐스팅된 뒤 한국에 와서 땀 흘린 시간들이었다.

막힘없이 이야기를 쏟아내던 권하준은 어느 순간 눈물을 흘렸다.

그것이 무슨 감정인지, 감히 어루만질 수가 없어서 민 기자는 묵묵히 듣기만 했다.

"5년을 지냈는데, 절 붙잡아주러 오는 사람이 아무도 없네요. 전··· 이제 잊혀지겠죠?"

눈이 충혈된 권하준이 물었다.

"하준 씨, 또 다른 시작이 있잖아요. 잊히지 않게 노력할 수 있는 시간들이 하준 씨에게는 있어요."

어설픈 위로였지만 권하준은 고개를 끄덕였다.

일어선 그가 다소곳이 섰다.

민 기자도 자리에서 일어나 가방을 챙기고 마지막 악수를 나누려고 손을 내밀었다. 그런데, 권하준이 그녀의 손을 붙잡지 않고 딴 곳을 멍하니 쳐다본다.

무심결에 고개를 돌린 민 기자는 두 눈으로 똑똑히 볼 수 있었다.

머리카락을 휘날리면서 무섭게 달려오는 한 남자를.

그는 바로 앞까지 달려와서 숨을 크게 토하고 시원하게 미소 지었다.

"…부문장님?"

"야, 권하준! 너 내가 데뷔조 들어갔을 때 뭐라고 그랬어?"

권하준이 눈을 깜빡인다.

"자부심을… 가지라고요."

"왜?"

"세상에… 권하준은 한 사람밖에 없으니까……."

권하준의 볼에 눈물이 주르륵 흐른다. 그러자 최고남이 손을 내밀었다.

"나랑 한번 해볼래? 퓨처엔터에서! 하아, 힘들어!"

민 기자는 그 모습을 보면서 생각했다.

'야마는 무슨 야마.'

이번 기사는 실패다.

제7장
—
흔들리는 꽃들 속에서
네 샴푸 향이

「배우 윤소림! 사랑할 수밖에 없는 순수함!」

[TV 속 어제] 〈연상의 그녀는 500살 마녀〉 시청률 18%! 그 뒤를 〈한밤의 엽서〉가 바싹 추격!

─(중략) 배우 윤소림의 인기가 뜨겁다. 극 중에서 톱스타 우진우보다 무려 500살 연상의 마녀로 열연을 펼치고 있는 윤소림은 화려함을 좋아하는 외향적인 성격과 솔직하고 배려심 깊은 내면의 성격으로 우진우를 휘어잡으며 둘 사이의 흥미로운 관계가 어디까지 이어질지 궁금증을 낳게 하고 있다. 한편 어린 마녀……

사람들은 매일 무언가를 보고, 매일 새로운 것을 찾는다.

방송국은 대중의 입맛에 따라 한해 수많은 드라마와 예능을 만들고, 이제는 방송국뿐 아니라 개인도 영상을 찍고 인터넷에 올리면서 볼 수 있는 것들이 차고 넘친다.

심지어 인터넷 TV 서비스 시장의 활성화로 인해 볼 것도, 볼 곳
도 많아졌다.

그런 세상에서 시청률 1위의 의미는 무엇일까.

목요일 아침, 미디어 홍보팀 권박하는 모니터링을 하다가 핫게
시물 하나를 발견했다.

「7년을 죽도록 고생해서 드라마 여주가 된 500살 마녀」

네티즌이 박카수 광고를 한 컷 한 컷 캡쳐해서 500살 마녀 드
라마 내용과 이어진 전개로 만든 게시물이었다.

댓글 반응도 호평 일색이다.

광고 보고 감동했다는 댓글들이 가장 많았고, 윤소림이 결국
두 작품 만에 주연을 차지한 게 꼼수나 운이 아니었다는 댓글도
많았다.

그럴 수밖에.

이제는 누구도 의심할 수 없는 시청률의 여왕의 됐으니까.

'대표님에게 보고해야 하나?'

살짝 상기된 얼굴을 들고 일어나던 그녀가 멈칫했다.

김나영 팀장이 광고대행사와 통화 중이었다. 오늘 아침에 도착
한 광고 제안서들을 손에 쥐고 있다.

"일단 대출 광고는 뺄게요."

단가는 높지만 이미지에 아무런 도움이 되질 않는다.

그러니 다시는 대출 광고는 받지도, 제안도 하지 말라는 얘기

였다.

"스포츠웨어는 좋은데, 이런 병맛 컨셉은 여배우한테 안 어울리잖아요."

콘티가 제대로 병맛이다.

제품을 입고 세계 주요 도시를 배경으로 마냥 뛰기만 하는데, 심지어 우주도 날아간다. 뭐, 단가만 맞다면 상관없지만.

"게임 광고는 나쁘지 않네요. 다만 이 게임이 요즘 사행성 조장으로 말이 많은 게임이라서 아쉽지만 포기."

마치 잡초를 지르밟듯 쿨하게 목록을 내려놓은 그녀가 말했다.

"성 대리님, 3천만 원짜리 3개 찍어서 뭐 합니까? 1억짜리 하나 찍지. 아니다, 우리 2억짜리 찍죠?"

그리고 한 무더기의 옷과 소품들하고 싸움 중인 스타일팀 차가희 팀장과 막내 배서희.

"드디어, 고생 끝이다! 그동안 금목걸이 금귀걸이 금반지 협찬받느라 죽는 줄 알았네."

"금이 훌륭한 전도체라서 마법이 잘 통하는 설정이라잖아요."

"박세영 작가님은 쓸데없는 데 디테일하다니까! 서희야, 협찬 제품들 돌려주고, 이미테이션은 너 가져!"

"안 가져요."

얼마 전까지만 해도 파리 한 쌍이 테이블 구석에서 짝짓기하는 걸 멍하게 보고 있을 만큼 할 일이 없던 이 사무실이.

"왜요? 박하 씨, 무슨 일 있어요?"

아침부터 사무실로 출근한 김승권이 눈을 반짝거리며 물었다.

"회사가 바빠지고 있는 게 보여서요."

권박하는 알 수 있었다.

퓨처엔터가 바빠지고 있다는 사실을.

"그러게요, 이젠 사무실도 정신없이 바쁘게 돌아가네요."

그리고 이들을 이끄는 한 사람, 대표님이 자신의 책상에서 진지하게 서류를 읽어 내려가고 있었다.

직원이 보고 있는 것도 모르고.

열어놓은 창문에서 바람이 솔솔 불어와 그의 머리카락을 흔들고 떠난다.

일어난 그가 여름 재킷을 입고 나왔다.

유리문이 열리고, 안에 고여 있던 바람과 함께 그가 나왔다.

"박하 씨, 할 말 있어?"

"어… 샴푸 뭐 쓰세요?"

*   *   *

「KIS 드라마국」

'저런다고 머리가 자라나.'

거울 앞에서 방 국장이 롤빗으로 제 머리를 열심히 두드리고 있다.

요리 보고 저리 보면서, 혹 안 두드린 곳이 있을까 봐.

아무리 들여다봐도 머리털 한 가닥 안 자랄 것 같다.

그 노력이 안쓰러워 보여서 김 피디의 눈살이 찌푸려질 때였다.

"왜 그렇게 실실 쪼개, 인마."

"아닙니다."

공서 이후 김 피디 어깨에는 뽕이 잔뜩 들어갔다.

사라져 가는 단막드라마를 위해서 최선을 다한 피디.

무려 시청률 13프로라는 기적의 스코어를 낸 피디…….

그를 향한 후배들의 시선이 히말라야 보듯 우러러보기에 구름 위를 걷는 기분이랄까.

요즘 같기만 하면 죽을 때 호상으로 죽을 수 있을 것 같다.

"그나저나 확실히 돌아온 것 같죠?"

"뭐가?"

롤빗을 내려놓고 커피를 홀짝이던 방 국장이 이맛살을 접는다.

김 피디의 의미심장한 시선이 닿자, 이내 고개를 끄덕이며 속삭인다.

"암, 돌아왔지, 돌아왔어."

최고남.

그 녀석이 돌아왔다.

방 국장의 눈이 번뜩거린다.

"너, 나 몰래 최고남하고 연락하는 거 아니지?"

"아이고, 제가 무슨. 걔 제 전화도 피한다니까요?"

"최고남… 넌 언젠가 내 손에 잡힌다. 그때까지, 굿럭."

주먹을 와드득 쥔 방 국장.

그가 책상에 놓인 대본을 손에 쥐었다.

"전 작가는 뭐래?"

"아, 며칠 전에 제이로스 프로덕션이랑 미팅했고요, 노종오 피디랑 잠깐 만난 것 같고요."

"슬럼프라며?"

"뭐 요즘 슬럼프인지 글이 잘 안 써진다고는 하는데, 그래도 전과 달리 많이 좋아졌어요. 신인이니까 이번에 긴 거로 하나 해보면 잘할 겁니다."

고친다고 다들 성공하는 게 아니다.

가르쳐 줘도 제 고집 못 꺾는 작가들 태반이고, 짚어줘도 하늘만 보는 작가들 수두룩하다.

그런 점에서 전 작가는 밋밋한 공모전용 대본을 달짝지근한 로맨스 단막으로 만들었다는 것만으로 가능성은 충분했다.

물론 윤소림이 하드 캐리 하긴 했지만, 확실히 대본이 잘 수정된 게 사실이다.

뭐, 사실 연출이 그림 만든 게 가장 큰 이유지만.

"관리 잘해서 몇 작품 더 해야지. 직계약 해봐. 한 50회차만."

"5, 50이요? 에이, 요즘 그렇게 계약하나요. 작가들이……."

김 피디가 떨떠름한 얼굴로 중얼거렸다. 요즘 세상이 어느 땐데 어느 눈먼 작가가 방송국이랑 직계약을 하나. 외주 몸값이 천장을 뚫는데, 콩쥐 설빔값으로 어떻게 작가를 꼬시라고.

하물며 50회차?

16부작 드라마 두 작품에 단막극 한 작품이면 못해도 3년을 묶어두겠다는 얘긴데.

"왜? 못 해, 인마? 예전 KIS 입봉 작가들은 연속극 두 개에 단막 두 개는 기본으로 깔고 갔어. 네가 알아?"

더 대거리했다가는 방 국장 눈빛에 살이 베일지도 모른다.

이 문제를 해결할 사람은… 김 피디의 머릿속에 단 한 사람이 떠오른다.

"예, 한번 자알 얘기해 보겠습니다."

*   *   *

「미래를 갔다 온 여자(수정고)」

노트북 모니터 화면에는 전유라 작가가 지난 두 달을 밤잠 설쳐 가며 붙잡은 대본이 주르륵 나열돼 있었다.

말이 두 달이지, 초고는 지난해 완성한 작품이었다.

지난번 최고남의 조언을 받고 수정하면서 반쯤은 새로운 글이 됐지만, 큰 틀은 바뀌지 않았다.

이야기는 어느 날 미래를 다녀올 수 있게 된 여주인공이 운명의 상대를 찾는다는 기본 설정에서 시작된다.

미래를 보고 왔기 때문에 로또에 당첨되고, 주식으로 큰돈을 벌어서 성공하는 여주인공.

하지만 처음 미래를 보게 됐을 때, 자신의 곁에 있었던 운명의 남자가 아닌 이상한 남자들만 꼬이게 되자 무언가 잘못됐다는 것을 깨닫게 된다.

능력을 가진 여자 주인공.

로또나 주식 같은 것으로 얻는 부.

미래 지식을 가지고 악역들에게 통쾌한 한 방을 선사하는 사이다 전개.

설정상 남성들이 좋아하는 성장 스토리가 섞이기 때문에 요즘 인기인 장르 소설도 참고했을 정도로 공들인 작품이었다.

문제는, 여전히 약한 로맨스 전개.

그래서 또다시 대본을 뜯어보려고 안경을 고쳐 쓸 때였다.

전 작가는 문득 옆 테이블의 말소리에 귀를 기울였다.

"야야, 어제 500살 마녀 봤어? 완전 달달하지 않냐?"

"아니, 나 요즘 너무 바빠서 못 봤어."

"어디까지 봤는데?"

"마녀가 자기 세계로 돌아가고 나서 박신후가 썰렁한 대저택에서 혼자 남아 울잖아. 거기까지 보고 가슴 미어져서 더 못 봤지."

"흐흐, 어제 방송 보면 난리 날 거다. 역시 박세영 작가라니까."

옆자리에서 드라마 얘기가 한창이었다.

박세영 작가표 로맨스는 이번에도 성공한 듯하다.

보고 있으면 바닥에 개미가 고일 정도로 달달하다는 그녀만의 로맨스 공식은 어떻게 보면 별거 없는 것 같은데도 빠져들 수밖에 없게 만드는 힘이 있었다.

거기다가 휘몰아치는 폭풍 전개까지.

그러니 전유라 작가로서는 박세영 작가가 부럽고 존경스러울 수밖에 없었다.

"근데 윤소림 진짜 예쁘게 나오더라. 걔가 공서에 나왔던 애라며?"

"이미지 완전 다르지? 그때는 20대 취준생이었는데, 지금은 완전 공주 스타일이잖아. 오드리 헵번처럼 입은 것 봤지? 나 그거 클립 영상 몇 번이나 돌려 봤다니까."

"그러고 보면 배우 활용하는 것도 작가 능력이야. 어떻게 같은 배우를 두고 그렇게 천지 차이로 만드냐."

괜스레 볼이 따가워서 전유라 작가는 손가락을 꼼지락거렸다.

딱히 기분이 나쁜 것은 아니었다.

매일 들려오는 윤소림의 소식이지만, 그래도 매번 기분 좋은 미소가 나오니까.

공서를 쓸 때 윤소림이 꼭 현아가 됐으면 하고 바랐었고, 실제로 그렇게 됐다.

생각지도 못한 이슈와 함께 시청률도 신기할 정도로 높았고.

그 바람에 배우들도 관심을 받았지만 작가 역시 그 못지않게 관심을 한 몸에 받았다.

공서 작가가 누구야?

단막극으로 시청률 13프로라고?

그래서 여기저기서 러브 콜도 많았지만 일단 KIS에서 차기작을 하기로 했다. 물론 조건은 확 달라졌고, 이번에는 외주 프로덕션에서 제작을 해서 제작비 규모 역시 달라졌다.

꼬질꼬질한 원피스를 스팀다리미로 열심히 다려서 입고 최고남을 만나러 갔던 게 불과 몇 달 전인데.

소매에 밥풀이 묻은 것도 모르고.

그날의 기억에 배시시 웃음과 함께 입꼬리가 자동 셔터처럼 올라간다.

피식 웃은 전유라 작가는 다시 노트북에 집중하려다가 미간을 모았다. 그러고는 토라진 어린아이처럼 핸드폰을 들었다.

—아이고, 웬일로 전화를 받으셨네요. 저는 하도 전화를 안 받으시길래 귀하신 몸 귀찮게 해드렸나 싶어 밤새 전전긍긍 앓았습니다.

"왜 시비야."

—야, 이년아! 맞선 보는 거 싫다고 해서 전화번호만 알려줬건만. 왜 연락 안 했어?

"연애는 내가 알아서 할게."

—네 이상형 찾느라고 엄마가 얼마나 고생했는지 아냐? 너무 키 큰 남자는 싫다, 바쁜 남자는 싫다, 또 뭐?

"동물 좋아하는 사람."

—그래, 그거! 선생님이래. 중학교 선생님. 개도 키우고!

"나 지금 연애할 시간 없다니까. 다음 작품 겨울이나 내년 봄에 편성될 것 같아. 그래서 상견례도 했고."

—뭐를 해? 상견례?

"엄마가 생각하는 그 상견례 아니고. 내 작품 촬영해 줄 감독님이랑 스태프들이랑 만나는 거. 그런 거 흔히 상견례라고 해요."

─어이구야, 난 또 내 못난 딸이 비밀 연애라도 했나 했다.

"엄마, 엄마가 뭔가 착각하나 본데? 나 연애 안 하는 거지, 못하는 거 아니거든요?"

─호호!

"뭐야 그 웃음은?"

─예, 예. 그럼 일 보시고. 아무튼 올해 안에는 좋은 소식 있길 기대합니다!

전유라 작가는 끊어진 핸드폰을 바닥에 내려놓았다. 괜스레 심술이 나서 툭 쳤더니 핸드폰이 빙그르르 돈다.

"결혼은 뭐 그냥 뚝딱 하나. 연애를 해야지. 연애는 뭐 그냥 하나. 사람을 만나야지. 사람은… 나 지금 뭐 하니."

전유라는 한숨 쉬고 다시 노트북에 집중했다.

지금은 주인공들의 로맨스에 집중할 때.

자판에 손을 올리는데, 문득 그 사람의 목소리가 떠올랐다.

"자주 고치는 것도 버릇이라니까요. 중요한 거 아니면 넘어가요. 사람들 별 신경 안 쓰니까."

쓸데없이 계속 고친다고 잔소리를 했었지, 아마.

그 생각이 갑자기 나서, 잠깐 입술을 괴롭히다가 자판에서 손을 떼고 설정집 노트를 꺼내 들었다.

볼펜을 똑딱.

그리고 노트에 꾹 눌렀지만 색이 안 나온다.

다른 볼펜도 있지만, 문제는 원고 작업을 할 때는 꼭 이 볼펜을 써야만 했다.

'같은 볼펜 쓰면 글이 잘 나와요?'

흔들리는 꽃들 속에서 네 샴푸 향이 249

'아, 그냥 느낌상······.'

'그거 징크스 아닌가? 왜 스스로 징크스를 만들까.'

'잔소리하러 왔어요?'

작가 생활을 하면서 생긴 것들.

작업이 끝나면 꼭 맥주를 마신다든가. 아니면 같은 볼펜을 쓴다든가 하는 징크스가 생겼다.

그건 뭐랄까.

하지 않으면 가슴 속이 간질간질한 느낌이었다.

결국 자리에서 일어났다. 카페를 나오려는데 비가 내리고 있었다.

고개를 들어서 바라본 하늘은 어두운 구름 몇 점이 빠르게 오고 있었다.

출입구에 버티고 선 입간판 위로 투둑 떨어지더니, 후드득 떨어지기 시작했다.

볼펜을 포기해야 하나.

아니면 저 비를 뚫고 지나가야 하는데.

고민 끝에 아랫입술을 한 움큼 빨아들인 그녀가 발을 성큼 내디뎌 뛰는데, 자전거 하나가 경적을 울리며 그녀에게 달려왔다.

따릉따릉!

"어이쿠."

순간 어떤 힘이 그녀의 팔을 잡아당겼고, 정신을 차렸을 때는 머스크 향이 물씬 풍기는 누군가의 가슴에 안겨 있었다.

비스듬한 자세에서 전유라 작가는 천천히 고개를 들었다.

투둑투둑 소리와 함께 우산이 보이고 그 아래에 익숙한 얼굴이 입가에 미소를 띠고 그녀를 내려다봤다.

"작가님, 잘 지내셨어요?"

최고남이었다.

＊　　　　＊　　　　＊

『전유라 : 신미(辛未)년 갑오(甲午)월 을해(乙亥)일 출생』

『운명 : S』

『현생 : B』

『업보 : 150』

『전생부(前生簿) 요약 : 효녀였으며 재능 있는 작가이자 시인이었다. 명망 있는 가문의 여식이었으나 일제의 만행을 두고 보지 못해 ????에 몸 바쳤다. 사소한 잘못도 저질렀으나 생전 많은 이들을 살리면서 공덕을 닦았다. ??하는 이가 있었으며, ??하지 못하고 죽었다.』

여전히 물음표는 사라지질 않았다. 그런데…….

[업보 지수가 지난번보다 올랐네요.]

김 피디의 전화를 받고 걱정을 했는데, 역시나 차기작으로 스트레스를 많이 받는 모양이다.

전유라 작가는 내 말에 운명이 바뀔 정도로 상처를 받았던 사람이다.

그러니 꾸준히 멘탈 관리를 해줘야 한다.

"여긴 어쩐 일이세요?"

전 작가가 들고 온 커피를 내게 건네며 물었다.

"지나가는 중이었는데, 우연이네요."

아파트에 찾아가 보고, 놀이터도 둘러보고 했다는 사실은 비밀이다.

사실 전화를 할까 하다가, 바람도 쐴 겸 한 바퀴 돌았다.

비 올 것 같아서 우산도 하나 샀고.

"요즘, 작업은 잘돼요?"

"아니요."

표정을 보니 막히는 부분이 많은 모양이다.

"뭐가 문제예요?"

"제 고질적인 문제점이요."

지난번에 전 작가의 집에서 원고를 확인했을 때, 3부 후반쯤에 불붙는 주인공들의 로맨스를 앞당기라고 조언했었다.

"캐릭터들 사연은 쳐내긴 했는데, 주인공들 로맨스가 잘 안 사네요."

흠, 기이하단 말이야.

이렇게 로맨스를 못쓰는 작가가 어떤 계기로 로맨스에 눈을 뜨게 된 걸까.

미래에 갓유라로 불리면서 세상 여자들의 가슴에 설탕 공장을 세우게 되는 걸 보면 분명 그녀의 신상에 무슨 일이 벌어져도 벌어진 건데.

"어떻게 하죠?"

전 작가가 눈을 크게 뜨고 날 쳐다본다.

나는 어깨를 으쓱했다.

"저 오늘은 대본 얘기 하러 온 거 아닌데. 커피만 마시고 갈 거예요."

"아, 치사하다."

저 뚱한 표정은 뭐야.

"점심 드셨어요?"

"점심 드셨어요?"

"찌찌뿡!"

"뿡찌찌!"

"무지개!"

전 작가가 재빨리 내 팔을 꼬집는다.

"빨주노초… 파남… 보!"

나는 정신없이 주위를 돌아보며 일곱 개의 색을 찾았다.

그제야 전 작가가 씨익 웃으며 꼬집은 팔을 풀어줬다.

참고로 찌찌뿡은 같은 말을 동시에 뱉었을 때, 둘 중 한 사람이 찌찌뿡을 외치면서 시작한다.

흐흐, 내가 이걸 어떻게 알았냐고?

은별이한테 배웠지.

"오우, 좀 하시는데요?"

"뭐, 이 정도야."

나는 느긋하게 미소 지었다.

전 작가가 콧잔등을 찌푸린다.

"그래서, 저 어떻게 해요."

"작가님이 나보다 전문가인데, 내가 무슨 얘기를 해요."

"언제는 나보고 로맨스가 부족하다고 그래놓고. 지난번에도 아주 신랄하게 꾸짖어놓으시고."

"그때야 색칠만 다시 해드린 거죠. 뼈대는 작가님이 다 만드셨잖아요."

전유라 작가의 입술이 오리 주둥이처럼 불룩 튀어나왔다.

오늘따라 왜 이렇게 조급해 보이는 걸까.

"작가님 평소 같지 않네요. 누가 뭐라고 그랬어요?"

"지난번에 상견례 했거든요."

"얘기 들었어요. 노종오 감독 만났다면서? 뭐라고 해요?"

.

.

.

차기작을 제작할 프로덕션은 대표가 열정이 있고 사람이 좋아 보였다.

감독은 KIS에서 파견됐고, 김재하 피디 후배였다.

키가 크고, 푸들처럼 곱슬곱슬한 머리에 인상이 수더분하고 전체적으로 정감 있는 얼굴형이었다.

그런데 첫 만남부터 자리에 앉자마자 한다는 말이.

'작가님은 캐릭터가 너무 현실적이에요.'

'현실적이요?'

'그래요, 남자가 어깨가 딱 벌어지고, 눈에서 달콤함과 야성미가 넘실거리고 말이야. 그런 거 있잖아요.'

'저도 그런 설정이긴 한데.'

'표현이 없잖아요, 표현이. 남주 지나갈 때 여자들 꺄아 소리 지

르고, 눈 초롱초롱해지고, 맨홀에 빠지고 뭐 그런 거.'

'이 드라마는 그런 분위기가 아닌데.'

'작가님이 로맨스가 약한 거? 캐릭터부터가 약해서 그래요.'

'캐릭터가… 약해요? 제가?'

'본인이 제일 잘 아실 거 아니야?'

'아, 예.'

'남녀 주인공 캐릭터가 제대로 짜이면 로맨스는 자연스럽게 나온다니까요?'

충격이었다. 그래도 캐릭터는 자신 있었는데.

'밝게 가자고요, 밝게. 여자도 쌔끈하게.'

'쌔끈이요?'

'왜, 있잖아요. 서양인들 몸매. 가슴 빵빵하고 엉덩이 화끈하고.'

감독이 오케스트라 지휘하듯 두 손을 허우적거리는 모습에 전유라 작가는 눈살을 찌푸렸다.

.

.

.

"그 새끼 미친 거 아니에요?"

"뭐, 농담한 거죠."

전유라 작가가 쓰게 웃는다.

[쯧쯧, 착해 빠져서는.]

안 되겠다. 이 기회에 전유라 작가의 멘탈을 단련시켜야겠다.

그래서 자존감을 팍팍 올려주는 것이, 오늘 만남의 목적이다.

"작가님, 상견례는 인사하는 것도 있지만 기 싸움 하는 것도 있어요. 연출 자존심 되게 셉니다. 작가들 못지않아요."

"저도 알아요. 근데 이제 겨우 두 번째 작품이잖아요."

"두 번째가 어때서요? 세 번째, 네 번째 작품은 자존심 세울 작품이고 두 번째 작품은 아니에요?"

"그런 뜻이 아니라……."

"작가님 프로예요."

"알죠, 프로."

"캐릭터? 그거 잘해. 빈말 아니고."

"에이, 빈말이면서. 실은 저도 노종오 감독 얘기가 틀렸다고 생각하지는 않아요. 로맨스가 자연스럽게 나오려면 캐릭터가 잡히는 게 맞으니까."

"그거야, 공서 때 로맨스가 부족하긴 했지만 그건 작가님이 모……."

순간, 전유라 작가의 눈빛이 섬뜩하게 변했다.

[업보 올라간다!]

"…로 가든 서울로 가면 되는 거니까. 공서 로맨스 라인, 괜찮았어요."

나는 빙긋 웃었다.

전 작가가 살짝 풀어진 얼굴로 속삭인다.

"모르겠어요. 계속 로맨스 라인에 신경을 쓰긴 했는데……."

"피하게 되죠?"

전 작가가 눈을 깜빡인다. 어떻게 알았냐는 듯이.

그 이유는, 로맨스가 약하니 다른 쪽이 강해지는 거다.

"어떻게 하죠? 속성 연애라도 해야 하나."

이 여자가. 연애가 하루 이틀 만에 뚝딱 되나.

만남에서부터 고백, 때로 서운해하고 그것 때문에 다투고, 또 화해하고.

그 과정이 순식간에 될 리가 없다.

"작가님이 무슨 속성 연애예요. 모… 기장, 집에 달았어요?"

"안 달았거든요!"

"제 말은, 작가님이 너무 디테일을 추구한다는 겁니다. 노종오 감독 얘기처럼 너무 현실적인 면이 있어요."

모든 이야기가 그렇겠지만, 장르는 특히 선택과 집중을 해야 한다.

원수처럼 서로 으르렁거리는 사이도 연인이고, 권태기에 말 한마디 없는 사이도 연인이다.

달달함과 설렘?

불길처럼 치솟던 감정도 어느 순간 끝나고 익숙함만이 자리 잡는다.

전유라 작가의 문제점은 이 모든 것을 드라마에 구겨 넣으려고 한다는 점이다.

"달달한 연애 보고 싶지, 둘이 싸우는 거 보고 싶겠어요? 뭐, 그런 류의 사연이나 주인공 내면을 탐구하는 드라마라면 얘기가 다르지만, 작가님은 밝은 로맨스를 쓰는 거잖아요."

전 작가가 고개를 끄덕인다.

"그러니까 우리 주인공들에게 밝은 로맨스만 주자고요. 기승전 로맨스. 알잖아요? 공식."

남자주인공과 여자주인공은 오해로 만나고, 여자주인공의 긍정적인 모습 혹은 씩씩한 모습에 남주는 넋이 나가고, 서로의 진심을 알 때까지 밀고 당기면서, 그러다 헤어져도 결국에 너 때문에 미칠 것 같더라.

자, 이제 사랑하자.

과장 섞어가며 열변을 토했더니 전유라 작가가 깔깔 웃는다.

그녀도 웃고, 나도 웃고.

나는 그녀가 방금 사 온 새 볼펜을 들어 원고의 귀퉁이에 적었다.

[그러니까 화이팅!]

그리고 미소.

"지금 대표님, 많이 느끼한 거 알아요?"

"하하, 제가 어디 가서 그런 소리를 들어본 적이 없는데요?"

어깨를 으쓱하는데, 교복 입은 여학생 둘이 우리 테이블 옆에 와서 물었다.

"저기, 3인칭시점에 나오셨죠? 느끼한 대표님!"

"흠, 아닌데."

"맞잖아요? 느끼한 대표님!"

전 작가가 쿡쿡 웃는다.

*　　　　*　　　　*

카페를 나와서 근처 공원으로 자리를 옮겼다.

비가 그친 하늘은 청명했다.

여전히 전 작가는 드라마 얘기를 했고, 나는 그녀의 자신감을 높여주기 위해 노력 중이다.

"남자들은 이런 가슴이 좋나? 좋아요?"

전 작가가 노종오 감독이 했던 대로 제 가슴 근처에서 오케스트라 지휘를 하며 물었다.

"그건 걔가 미친 거고. 제가 김 피디한테 일러서 혼내줄까요?"

"예."

전 작가가 빙긋 웃고 숨을 크게 들이쉰다.

"아, 비 와서 그런지 냄새 좋다."

저승아, 업보 확인해 봐라.

[떨어지고 있어요, 그러니까 더 노력하자고요!]

오케이.

"작가님, 내가 꿈꿨는데, 미래를 갔다 온 여자요. 시청률 15프로가 넘어서 대박 터지더라고요."

"에이."

[진짜예요?]

글쎄.

"뭐, 그렇게만 되면 저도 걱정 같은 거 하나도 안 하고 행복해질 것 같은데."

[환생 가자!]

그래, 얼마 안 남은 것 같다.

기쁨의 포효라도 하고 싶지만 들뜬 마음을 억눌렀다.

"아, 대표님은 이상형이 어떻게 돼요?"

"왜 그게 궁금해요?"

"자료 수집이요."

"흠, 저는 외모적인 부분도 보지만, 대화를 통해 서로 알아가야죠."

본능적 끌림보다는 이성적인 대화와 눈을 마주하는 시선의 교차점에서 찾는 연애의 시작에 관해서 얘기를… 하려는데, 전유라 작가의 눈이 게슴츠레해졌다.

"뭐죠, 그 눈빛? 꼴값이라는 단어가 떠오르는데요?"

"흠, 초능력자시네."

참 나.

"작가님 이상형은요?"

"저는요, 일단 키가 저와 비슷해야 해요."

"왜요?"

"잠깐!"

갑자기 전유라 작가가 계단 앞에서 멈췄다. 그러더니 눈에 힘을 주고 검지를 내민다.

"이거 하나 짚고 넘어가야겠어요."

"뭘요?"

"저, 모쏠은 맞지만 연애를 못 해본 건 아니에요."

흠… 이건 어떻게 해석을 해야 하나.

쿠폰은 썼지만 짜장면은 먹지 않았다던 누군가의 주장과 일맥상통하는데.

안 그러냐, 저승아?

[흠!]

"그러니까… 고백도 받아보고, 사귀려고 시도는 해봤는데……."

"깊은 사이로 발전하진 못했다?"

"예."

전 작가가 시무룩하게 고개를 숙였다가 다시 눈에 힘을 빡 준다.

"눈이 높아요, 제가!"

나는 고개를 끄덕였다.

"아하. 그럼 내년쯤에는 작가님 앞 지나갈 때 조심해야겠다. 발 걸려 넘어질 거 아니에요?"

[푸흡!]

웃지 말자. 나도 웃을 것 같단 말이다.

만약 내 입에서 웃음소리가 조금이라도 튀어나온다면 멸종위기종인 삵으로 빙의한 전유라 작가가 언제 내 얼굴을 할퀼지 모른다.

"그래서요? 키 비슷한 남자가 왜 좋아요?"

"남자 친구 머리 쓰담쓰담해 줄 수 있으니까. 착한 일 하거나, 나한테 잘할 때마다. 근데 나보다 키 크면 불편하잖아요."

전유라가 날 위아래로 훑어보니 고개를 휘휘 젓는다.

"대표님은 너무 크다."

"저도 알거든요?"

우리는 계단을 올라갔다. 나는 몇 걸음 떨어져서 뒤따라갔다.

계단 중앙에서 보이는 하늘이 참 예쁘다.

웅?

뒤통수에 손길이 느껴져서 뒤돌아봤더니, 나보다 몇 계단 위에 있던 전유라 작가가 손을 뻗은 채 굳은 자세를 하고 있다.

"뭐 하세요?"

"잠자리가 대표님 머리에 앉아서."

"벌써 잠자리가 날아다닐 땐가."

"요즘 이상기온이라잖아요. 아, 신발 끈이 풀려졌네."

전유라 작가의 신발 끈이 풀려 있는 게 보인다. 그녀가 계단에서 위태위태하게 허리를 숙이길래, 나는 그녀의 어깨를 툭툭 치며 말했다.

"제 커피나 잡고 계세요."

전 작가에 커피를 맡기고 허릴 숙였다.

어떤 모양으로 해줄까. 나비 모양?

예전에 유유 녀석 신발 끈을 자주 매주면서 몇 가지 터득한 모양이 있다.

아니, 토끼 모양으로 할까. 은별이가 좋아하는 토끼 말이다.

"토끼가 좋으세요, 나비가······."

고개를 들며 물었더니, 전유라 작가의 손이 내 머리를 쥐어뜯을 위치에서 멈춰 있었다.

"잠자리요."

"어딨어요? 하나도 안 보이는데."

두리번거려 봐도 잠자리는 보이지 않았다.

이 여자 날벌레 본 거 아니야?

"난 보이는데."

"어디?"

"저기요, 저기."

"안 보이는데?"

"날아갔네."

"그래요? 아, 그거 한 번 보기 힘드네."

아무튼, 나비 모양으로 묶어주고 일어났다.

＊　　　　　＊　　　　　＊

"다 됐습니다."

"와, 어떻게 묶은 거예요?"

전 작가가 제자리에서 통통 뛰었다. 나비 모양 신발 끈이 날갯짓을 한다.

"여섯소년들 데리고 다닐 때 배워뒀어요. 남자애들이 칠칠치 못하거든요. 특히 유유는, 걔는 방송국 가면 무대 생각밖에 안 합니다. 신발 끈이 풀어지든, 지퍼가 열리든. 그래서 제가 한두 번 묶어주기 시작하다 보니까 손에 뱄네요."

"여섯소년들이면, 진짜 바쁘죠?"

"그렇죠. 활동기에는 애들도 죽어나지만, 매니저나 회사도 초비상입니다."

"듣자니까, 매니저들은 새벽에 퇴근하고 새벽에 출근하기도 한다면서요?"

"매일은 아니지만, 그런 경우 많죠. 배우 매니저 같은 경우는 자정 가까이 촬영이 끝나도 아침 촬영 잡히면 새벽에 출근하기도 하고, 가수 같은 경우는 음악방송 출연하려면 새벽같이 일어나서 숍에 가야 하니까. 하루가 어떻게 지나가는지 몰라요."

"연애할 시간도 없겠네요."

"그래도, 할 사람은 다 하게 되더라고요."

"대표님도요?"

나는 대답 대신 V자를 그렸다.

그러다가 문득 아이디어가 떠올랐다.

"잠깐만요."

"왜요?"

"작가님, 나 지금 괜찮은 장면 하나 떠올랐어요. 이거 작가님 차기작에 써먹읍시다."

"뭔데요?"

"괜찮으면 잠깐 머리 풀 수 있어요? 혹시 머리를 안 감으셨으면……."

"감았거든요!"

진짜 전생에 삶이었던 거 아니야?

나는 살짝 물러나 있다가 그녀가 건넨 머리 끈을 건네받았다. 그리고 내 커피를 다시 맡겼다.

"여주가 머리가 탁 풀린 거죠. 근데, 두 손에는 커피가 있어요. 그럼 어떻게 해야겠어요?"

남주는 그녀의 작은 어깨 위로 두 팔을 둥글게 넘겨 머리카락을 묶어준다.

"괜찮지 않아요?"

왠지 신이 나서 물었더니, 전유라 작가가 한심하게 쳐다본다.

"가만 보니까, 대표님도 로맨스 세포가 그렇게 많진 않은 것 같아요."

"아니, 왜요? 가까운 거리에서 두 사람의 숨결, 달달함이 있잖아요?"

"식상해요, 식상. 그리고 여자들 그런 장면 별로 안 좋아해요. '뒤에서 묶어주면 되지, 왜 불편하게 앞에서 묶어'라고 할걸요?"

"남주가 키가 크잖아요. 고개를 옆으로 좀 뺀다든가. 아니면 공간이 협소하다거나. 엘리베이터 씬 같은 거. 오! 거기서 써먹으면 되겠네요?"

[근데 그게 진짜 돼요? 머리 묶어주는 거.]

'돼.'

[어떻게 알아요?]

해봤으니까.

그것은 추억으로 남은 나의 옛날이야기.

"솔직히 말해봐요, 대표님 연애 몇 번 해보셨어요?"

이번에도 나는 V를 그렸다.

"뭐야. 되게 많이 한 것처럼 얘기하시더니."

"그거야, 배운 거죠. 글로."

인터넷에 연애 칼럼이 얼마나 많은데.

사기꾼이라는, 전유라 작가의 비난이 잠깐 이어졌다.

"대표님이 생각하는 연애는 뭐예요?"

"그 사람이 별을 좋아해서 나도 별을 바라보게 되고… 그 사람이 남을 배려할 줄 알아서 나도 아픈 이를 돌아보게 되고…
그 사람이 항상 웃는 얼굴이어서 나도 웃을 수 있게 된. 그런 마
법?"

"어떤 칼럼이에요, 그건?"

"유료예요."

나는 피식 웃고 전 작가에게 양해를 구했다.

"전화 좀 잠깐 받을게요."

날 찾는 전화가 하루에도 수십 통이다.

그래서 퓨처엔터의 미래가 밝아질수록 나는 바빠질 수밖에
없다.

현장에서 트러블이 생겨도 대표님!

결정해야 할 사안이 생겨도 대표님!

월급이 안 들어와도 대표님!

나무 밑에서 통화하면서 전 작가를 바라봤다.

그녀가 바닥에 운동화 코를 툭툭 치고 있었다. 좀 전까지의 해
맑던 모습이 보이지 않아서 의아했지만, 전화를 끊고 그녀에게 다
가갔다.

그런데, 저승이가 호들갑을 떨면서 내게 손짓했다.

[큰일 났어요!]

'왜?'

[제 몸에 손대보세요!]

나는 슬쩍 손을 들었다.

저승이의 등에 손이 닿자, 누군가의 목소리가 들린다.

'뭐야 이건?'

[전 작가의 회상이요.]

.

.

.

"유라 씨가 겪는 증상은 공황장애라고 생각하시면 될 것 같아
요."

"공황장애요?"

대본 작업에 스트레스가 높아지던 어느 날, 전유라는 가슴이
두근거리는 증세가 있어서 병원 진료를 받았다.

심장 검사를 이것저것 하더니, 정신의학과로 진료과가 변경됐
다.

"심장내과에서 검사상 특별한 건 발견되지 않았고, 폐 CT도 문
제없으세요. 저희는 보통 이럴 때 공황장애와 불안 증세를 원인으
로 보거든요."

"불안한데 왜 심장이 빠르게 뛰는 거예요?"

"자율신경계 이상 증세의 하나인데, 쉽게 말해서 우리가 화가
나면 가슴이 막 두근거리잖아요? 그러다가 다시 가라앉고. 그런데
이런 몸의 프로세서에 조금 문제가 생겼다고 보시면 돼요. 화가
난 게 아닌데 가슴이 두근거리는 거죠."

의사의 친절한 설명에 전 작가는 입술을 살짝 깨물었다.

"괜찮아요. 죽을병 아니고, 현대를 사는 우리가 쉽게 노출되는
병이기도 해요. 스트레스 많이 받잖아요? 작가님이라고 하시니까,
글에 대한 스트레스가 엄청날 테고."

"그래도 왜 갑자기 이러죠?"

"갑자기가 아니라, 쌓인 게 터진 거예요. 유라 씨가 모르는 사이에 유라 씨 몸은 버티고 또 버텼던 거예요."

"그럼 이제 어떻게 하면 돼요?"

"우선 약을 처방해 드릴 건데, 글 쓸 때 스트레스를 많이 받으시죠?"

의사가 물었지만 전 작가는 손등만 괜스레 꼬집었다.

최근 전개는 나아가지 않고 같은 구간을 쓸데없이 반복해서 수정하는 일이 잦았다.

구간에 갇혀서 다음으로 넘어가지 못한다는 것은 작가에게 있어 정말이지 괴로운 일이었다.

"일을 안 할 때는 뭐 하세요? 취미 생활은 있어요? 자신에게 해 주는 보상 같은 거요."

"글쎄요. 저는… 저 자신이 뭘 원하는지… 모르겠어요."

.

.

.

[결국, 터졌네요. 우리가 모르는 사이에.]

아직은 심장이 두근거리는 증세뿐이겠지만, 이대로 가면 전 작가에게 강박증이 오고, 결벽증이 오는 것도 순식간이다.

신경을 쓴다고 썼는데.

운명은 또다시 이렇게 꼬이는구나.

"작가님, 어려운 거 있으면 언제든 전화해요."

다가가 말했더니, 전 작가가 날 물끄러미 쳐다보다가 빙긋 웃는다.

"하루에 수십 통의 전화가 올 텐데, 저까지 귀찮게 해드리면 어떻게 해요."

"하루에 수십 통이 오지만, 작가님 전화는 즐거운 전화니까."

나는 피식 웃었다.

전유라 작가는 다문 입술에 호를 그리고 잠깐 무언가를 골똘히 생각했다.

"실은, 며칠 전에 정신의학과에서 약을 처방받았어요."

나는 놀란 표정을 지었고, 그녀는 계속 말했다.

"얼마 전부터 모니터 앞에 앉으면 겨울 폭설이 찾아온 것처럼 머릿속이 새하얘 변해 버리고, 가슴이 두근거리더라고요. 손가락은 마치 움직임이 더딘 굼벵이 같고."

"병원에서는 뭐래요?"

"심장과에 갔더니 이것저것 검사하더라고요. 심전도 찍고, 초음파 찍고… 심장이 좀 커진 것 같다고 하더니 나중에는 정신의학과로 보내더라고요. 공황장애래요. 아무래도 그동안 쌓인 스트레스가 터진 것 같다고."

[지옥 가는 소리가 들리네요.]

낄끼빠빠 좀 하자.

"의사 선생님은 잠깐 글에서 벗어나 보는 게 어떻겠냐는데… 불안해서 모니터 앞을 떠나진 못하겠고, 그렇지만 진도는 안 나가고. 그런 상황이에요. 얘기하니까, 창피하네."

"작가님은, 일 안 할 때는 뭐 하세요?"

고개 숙여 한참 고민한 전 작가가 다시 고개를 들고 말했다.

"저는요, 저 자신한테 어떻게 보상해 줘야 할지 모르겠어요. 글만 쓰다 보니 그 외의 것들을 다 잊어버린 것 같아요. 노는 법도, 친구를 사귀는 법도……."

[심각한데요?]

그렇다고 같이 우울할 수는 없잖아.

이 상황을 타개할 방법을 찾아야지.

"작가님, 자전거 탈 줄 알아요?"

"당연하죠."

"그럼 자전거 탈래요? 미래를 보는 여자에서도 자전거 타는 씬 있잖아요?"

요즘은 공유자전거가 있어서 언제 어디서든 자전거를 대여해 탈 수 있다.

나는 핸드폰에 공유자전거 어플을 내려받아서 근처에 있는 자전거를 찾았다.

"오랜만에 타는데……."

전유라 작가가 먼저 자전거에 탔다.

혹시 넘어질까 싶어서, 나는 옆에서 자전거를 잡아줬다. 그런데 웬걸, 오랜만에 타본다더니 금세 머리카락을 흔들며 자전거를 타기 시작했다.

"대표님 뭐 하세요! 빨리 와요!"

한 20분쯤 탔나.

전 작가는 한결 편해진 얼굴로 자전거에서 내렸다.

"와, 진짜 몇 년 만에 타봤네."

"잘 타시던데요?"

"자전거잖아요. 어렸을 때 배워두면 웬만하면 안 잊죠."

전 작가가 웃으며 머리를 새로 묶는다. 하얀 목에 노을이 닿는다.

"작가님."

"예?"

"노는 법도, 사람을 사귀는 법도 자전거 타는 것과 똑같아요. 그걸 어떻게 잊어버려요. 그냥 하도 안 타서 잠깐 착각하는 거지. 내가 자전거를 다시 탈 수 있나, 했던 아까의 작가님처럼."

내 말이 백 프로 정답은 아니다. 그래도 좋은 말 비슷한 거라도 그녀에게 해주고 싶었다.

"…그 말, 고맙네요. 왠지 힘이 나요."

"그러니까, 심각한 고민 같은 거 하지 말고 즐겁게. 그리고 작가님 글은 절대 문제없으니까, 당당하게! 오케이?"

나는 주먹을 불끈 쥐고 그녀에게 용기를 북돋워 줬다.

전 작가 역시 두 주먹을 불끈 쥐고 나를 바라봤다.

하지만 이건 궁여지책일 뿐이다.

'아무래도 전 작가와 계약해야겠다.'

[정말요? 지켜보면서 멘탈 관리만 한다고 하셨잖아요?]

드라마 작가는 스케줄을 소화하는 매니지먼트보다는 작품 활동이 원활할 수 있게 환경을 조성해 주고, 관련한 사업과 연계해 줄 수 있는 매니지먼트를 해줘야 한다.

제작 프로덕션이나, 드라마 사업부가 있는 매니지먼트 회사에서 관리해 주는 게 좋다.

그래서 퓨처엔터와의 계약은 고려하지 않고 있었는데…….

[뭐, 퓨처엔터가 드라마 사업을 하는 건 아니지만, 아저씨면 가

능하잖아요?]

그걸 굳이 얘기하나.

당연한 걸.

아무튼 그렇게 결정을 내리고 얘기를 꺼내볼까 했는데, 마침 전유라 작가의 핸드폰이 울렸다.

"노종오 감독이에요."

전유라가 제 입에 검지를 붙이고 눈짓하길래 나는 턱짓을 했다. 받아보라고.

"예, 감독님."

─작가님, 내가 생각해 봤는데 여주 설정이요, 미국인보다는 남미 쪽⋯⋯.

겨우 살아났던 전유라 작가의 얼굴이 다시 그늘진다.

내가 대신 받아볼까.

그런 고민을 잠깐 했는데, 기우였던 것 같다.

전유라 작가의 눈에 서서히 힘이 들어간다.

"감독님."

─예, 왜요?

"제 글, 그런 글 아니에요. 왜 남미가 나와? 왜 서양 여자가 나와요?"

─작가님⋯ 왜 그래요?

"감독님, 그런 여주 보고 싶으면요, 야동 보세요."

─예?

"야동이나 보라고요!"

전유라 작가의 박력에 노종오 감독이 조용해졌다. 전 작가는 대번에 통화를 끊고 핸드폰 전원까지 꺼버렸다.

　나와 저승이는 놀라서 그녀를 보다가 얼떨결에 엄지를 척.

　"후… 까불고 있어."

　전 작가가 이마를 훔치고 해맑게 웃는다.

　하지만 그 모습을 오래 감상할 여유가 없었다. 내 눈에 하늘을 날아다니는 잠자리가 비쳤기 때문이다.

　"잠자리다!"

　"진짜 있네?"

　"예?"

　"아무 말도 안 했어요."

　싱겁기는.

　어찌 됐든 오늘 목적은 성공한 것 같다.

　기분이 좋아서 기지개를 켰더니 바람이 불어와 내 머리카락을 제멋대로 헝클어뜨린다. 저승이의 옷깃을 스치고 간 여름 바람은 나뭇가지와 들꽃까지 흔들고 사라졌다.

　전유라가 날 그윽하게 보며 물었다.

　"대표님."

　"예?"

　"샴푸 뭐 써요?"

　참, 맥락 없는 질문이었다.

＊　　　　＊　　　　＊

뚜루뚜뚜루 뚜루루 닥터 뚜루뚜로 감아라!
뚜루뚜뚜루 뚜루루 닥터 뚜루뚜로 감아라!

"리듬 타면서 춤추다가 마지막에 샴푸 내밀고, 탈모에는 닥터
뚜루뚜!"
성유나 대리의 설명이 끝나자, 김나영 팀장의 눈꼬리가 길어졌다.
"이걸, 소림이가 하라고요?"

제8장

—

불타오르네 I

　"탈모 샴푸가 잘못된 건 아니지만, 여자 배우 이미지가 있죠."

　그리고 이 콘티. 해괴한 춤까지 곁들여져 있었다.

　심각해진 김나영 팀장과 달리 성 대리는 미소를 씨익 지었다.

　"이상하죠?"

　"당연히 이상하죠."

　"실은, 소림 씨가 아니라 유 팀장님이에요."

　"유병재 팀장이요?"

　"예, 이거 유 팀장님한테 들어온 거예요. 저도 3인칭시점 인기가 이 정도일 줄은 몰랐네요."

　김나영 팀장도 말문이 막혀서 입을 벙긋했다.

덩치 큰 유병재가 춤을 추는 게 가능할까. 상상도 되지 않는 그림이었다.

"얼마예요?"

"3개월 단발에 2천이요. 대신 3인칭시점에 한 번 더 나가야 하고요. 나갈 수 있어요?"

"드라마 끝나면요. 지금은 한밤의 엽서 때문에 MNC 출연은 어렵거든요."

"뭐, 종영까지 2주 남았으니까 문제없겠네요. 근데 유 팀장님이 할까요?"

"해야죠. 돈이 최곤데."

"그렇죠? 얼굴 팔리는 건 순간이니까."

두 사람은 공통된 결론을 내리고 다음으로 넘어갔다.

"그럼, 소림이 CF는 얘기된 거 있어요?"

"맥주 광고 있어요. 단발이지만. 그리고 또 하나, 커피 광고."

두 제품은 여배우의 이미지에 해가 없는 광고지만, 대신 광고료는 낮은 편이다.

"그건 얼마예요?"

"3개월 단발이고, 맥주는 7천, 커피는 5천."

광고 출연료를 얘기하는 성 대리의 표정은 사진으로 찍어두고 싶을 만큼 기분이 좋아 보였다. 소림이가 노력한 결과였지만, 중간에서 광고대행사의 노력도 분명 있었을 것이다.

"고생했습니다, 대리님."

"감사합니다, 김나영 팀장님."

두 사람은 뜬금없이 서로를 격려하고 마주 웃었다.

"근데 참 많이 변한 것 같아요. 최 대표님 말이에요."

성 대리가 회의를 정리하다 말고 문득 이야기를 꺼냈다.

"그래요?"

"N탑에 있을 때는 누굴 배려하는 타입은 아니었잖아요? 얼굴도 맨날 심각해 보였고. 흉보는 게 아니라, 느낌상."

전 같으면 속기 바둑 두듯이 필요한 것만 딱딱 말하고 사라졌을 그가 의견을 물어보질 않나, 지난번 미팅 때는 일부러 틱틱거렸는데도 짜증 한 번 안 내고 미소만 짓던 모습까지.

"하긴. 대표님이 전보다 웃음이 많아지긴 하셨어요. 그리고 보니 최근에는 화를 내신 적이 없네요."

어느 때는 혼자서 웃기도 하고.

"그래서 말인데, 이거 실은 최 대표님한테 들어온 건데… 이것도 샴푸거든요."

"대표님한테요?"

김나영 팀장은 눈살을 찌푸리고 광고 제안서를 살폈다.

"이건 기능성 샴푸예요. 최 대표님이 3인칭시점에서 '느끼한 대표님' 컨셉이었잖아요."

"그러니까 이 샴푸로 머리를 감으면……."

콘티 마지막에 이런 문구가 있었다.

[끈적거리고 느끼한 기름때는 가라!]

김나영 팀장은 재빨리 제안서를 덮었다. 못 볼 꼴을 상상이라도 한 것처럼.

"이건 없던 거로."

＊　　　　　＊　　　　　＊

「'결방?' 연상의 그녀는 500살 마녀가 다음 주 결방한다」

500살 마녀가 시청자와의 작별을 한 주 미뤘다. 제작진은 마지막 회에서의 CG 작업이 미흡하다고 판단, 이를 보충하기 위해서 다음 주 방송을 스페셜 방송으로 대체하기로 결정했다. 500살 마녀는 다다음 주 월요일에 방송… (중략)

한편 이번 주 14회 방송에서는 마녀가 마침내 마법을 포기하고 인간이 되는 것을 선택한다. 하지만 극의 마지막 부분, 죽은 줄 알았던 나쁜 마녀가 나타나서 우진우를 죽이려고 하자 마녀는 나쁜 마녀를 끌어안고…….

—안 돼!

우진우는 마녀를 향해 달려갔다. 하지만 그녀는 먼지처럼 재가 되고 있었다. 손을 댈 수 없어서 바라만 봐야 했다.

—울지 마.

마녀가 말했다.
우진우는 눈물범벅으로 고개를 끄덕였다. 뚝뚝 떨어진 눈물이 흙바닥을 적셨다.
마녀가 손을 뻗는다.

―내… 작은 소년.

―으으…….

볼에 닿은 마녀의 손이 부서진다.

―아, 안 돼, 안 돼!

―사랑해.

마지막임을 직감한 우진우는 그녀를 끌어안는다. 아주 찰나의
순간 둘은 서로를 안았다.

하지만, 너무도 찰나였다. 우진우의 품에 더는 마녀가 존재하지
않았다.

   .

   .

   .

"어제 박신후 우는데 너무 슬프더라."

"나도 엉엉 울었어. 눈 부은 거 봐."

"와씨, 나는 보다 욕했잖아!"

여학생들이 어제 본 500살 마녀 얘기에 한창이었다.

더구나 엔딩이 눈물 콧물 쏙 빼놓는 바람에 목소리가 높을 수
밖에 없었다. 어제 실검 댓글에서도 난리가 났다.

"야야! 오늘 결방이래!"

"뭐어?"

기사를 검색하던 여학생이 비명을 질렀다.

"아씨, 미친 거 아니야?"

"아니, 거기서 끊고 다다음 주까지 기다리라는 게 말이 돼?"

여학생들이 원통해하며 발을 동동 구를 때였다.

교실 뒷문이 열리고 옆 반 친구가 달려왔다.

"빅뉴스! 빅뉴스!"

뒷북치는 친구의 모습에 여학생들은 고개를 흔들며 말했다.

"우리도 지금 봤어. 결방인 거."

"뭐어? 결방?"

친구가 화들짝 놀란다.

"500살 마녀 결방 기사 났잖아."

"진짜?"

"뭐야. 너도 그거 알고 온 거 아니야? 그럼 빅뉴스가 뭐야?"

그제야 정신을 차린 친구가 눈을 크게 뜬다.

"아, 내 정신 좀 봐. 3학년 윤지연 선배 있잖아?"

"지연 언니?"

"퀸이 왜?"

이 학교에서 윤지연을 모르는 사람이 있나.

옆 학교, 옆옆 학교, 저기 길 건너 학교 남학생들도.

틈만 나면 이 학교를 기웃거리는 이유가 윤지연 때문이란 사실.

"지연 선배의 큰언니……."

"언니가 왜?"

"윤소림이래."

입을 벌린 채 서로를 보던 여학생들은 이내 누가 먼저랄 것도 없이 3학년 교실로 우르르 달려갔다.

소문을 듣고 왔는지 복도는 사람들로 꽉 찼다.

교실에 앉아 있는 윤지연 선배가 학생들에게 둘러싸인 채 난감해하며 머뭇거린다.

그때 누군가 외쳤다.

"지연아! 너희 언니 얼굴 한 번만 보여줘!"

"영상통화!"

"영상통화!"

아이들의 구호.

고민하던 윤지연이 언니에게 문자를 보내고 잠시 뒤 핸드폰이 부르르 떨렸다.

[어, 지연아!]

목소리가 울린 순간, 학교가 들썩일 정도로 엄청난 함성이 터져나왔다.

*　　　　　　*　　　　　　*

"14화 시청률 19프로."

내 입에서 숫자가 떨어지기 무섭게 직원들이 주먹을 불끈 쥔다.

공서의 성공도 물론 훌륭했지만, 그것에 비할 바가 아니다.

연속극이 가진 장점은 긴장과 슬픔, 재미, 감동이 무려 16회까지 차곡차곡 쌓인다는 거다. 그래서 시청자들의 마음에 아주 오래 남는다는 이점이 있다.

이제 윤소림은 명실공히 스타다.

"들뜨지 말고!"

나는 검지를 쑤욱 내밀어서 열심히 고생한 직원들을 가리켰다.
한 명, 한 명, 한 명, 한 명… 마지막 한 사람까지.

"일단 웃자."

다시 웃음소리가 회의실을 한가득 채운 상태로 우리는 회의를
시작했다.

"그럼 촬영은 금요일이 마지막이지?"

예상보다 촬영이 더뎠다.

촬영팀이 두 팀으로 나눠서 움직였지만, 종영까지 단 2회를 남
겨둔 상황에도 아직 촬영이 마무리되지 못했다. 그래서 TVX에서
한 주 결방을 결정했다.

"그래도 주요 씬은 다 걷었기 때문에 작은 거 몇 개만 남았습니
다."

"마지막 촬영은……."

나는 회의를 이어가려다가 볼이 따가워서 옆을 돌아봤다.

차가희가 구부정하게 목을 움츠리고 손가락 하트를 보이며 섬뜩
하게 웃고 있다.

"대표님, 그거 아세요?"

"뭘?"

"제가 사랑하는 거."

"그 고백, 사양할게."

"받고 두 배로 드릴게요."

가끔 뜬금없이 불시의 사랑 고백을 하는 사람은 조심해야 한

다. 목적이 있을 테니까.

"차 팀장, 아무리 그래도 월급 안 올려줘. 여태 놀다가 이제 좀 바쁜 거잖아?"

"후후. 월급 때문에 그런 거 아닌데."

그럼 돈 건가.

"저요, 유튜브 해보려고요."

이미 얘기를 들은 건지 그녀를 보는 유병재나 김나영 팀장이나 눈이 게슴츠레하다.

"병재야, 3인칭시점 피디한테 전화 왔다며?"

"드라마 종영하면 나와달라고요. 시청자들한테 문의가 많이 온다네요."

유병재의 먹방, 비록 저승이가 씌어 있었긴 해도 제법 이슈였으니까.

"너, 이참에 진지하게 방송 계속해 볼래? 밀어줄게."

"아휴, 됐습니다. 잠깐 이슈지, 설마 계속되겠어요."

혹시 알아. 그 이슈가 계속될지.

"아무튼 다음 주에 미팅하기로 했습니다."

"간 김에 예능국하고 드라마국 돌면서 인사 한번 하고."

"예."

"다른 스케줄은?"

"라디오 쪽에서도 콜이 오고 있고, 예능 쪽도 꾸준히 세안이 오고 있습니다. 영화나 드라마는 말할 것도 없고요."

다양한 경로, 다양한 업종에서 섭외 요청이 들어오고 있다.

인터뷰, 예능, 광고, 패션, 영화, 심지어 뉴스 매체에서도 우리에게 노크하고 있다.

"저기요, 저기요. 저 안 보이시는 거 아니죠?"

저승사자도 보는 나다. 모른 척하는 거야.

"대표님 저 유튜브 한다고요, 유튜브! 개인 방송!"

"해, 해. 겸직한다고 뭐라고 안 할 테니까. 대신 은별나라 스튜디오에서 찍을 생각은 네버, 절대 하지 말고. 장비도 네버, 절대 쓰지 말고."

억울한 표정을 왜 짓는지 모르겠다.

은별이 전용 스튜디오인데, 그러라고 N탑에서 월세 꼬박꼬박 받아 쓰고 있는데 거기서 우리 직원이 해괴망측한 짓을 하게 둘 수는 없는 노릇이잖아.

"그럼 소림이는 앞으로도 병재하고 김 팀장이 계속 관리해."

"예, 알겠습니다."

"아, 병재 너는 주희 선배 차 준비하고. 좋은 거로 렌트해."

유병재가 올 것이 왔다는 표정이다.

넌 이제 큰일 났다. 그 까탈스러운 현실 마녀를 데리고 다녀야 할 테니.

그렇다고 강주희급을 김승권에게 맡길 수는 없고.

"아, 커피 광고 있다고?"

나는 김나영 팀장을 바라봤다.

프리지아처럼 짙은 노란색의 스카프가 그녀의 목을 감싸고 있다.

프리지아의 꽃말이 청순함이던가.

쓸데없는 게 궁금해지려다가 그녀의 목소리에 묻혔다.

"원래 명수정이라는 프리 아나운서한테 갔었는데, 그쪽에서 거절해서 우리 쪽으로 왔다고 합니다. 그거 말고도 성 대리 말로는 지금 광고주들 문의가 폭발 수준이라고 하고. 한채희가 하던 광고는 거의 다 우리 쪽 노크하고 있고요."

"광고 계약은 잠깐 보류해."

지금은 윤소림의 몸값이 오르고 있는 단계라서 굳이 서두를 필요가 없으니까.

염가 세일은 드라마 촬영 전까지였다.

나는 막내들을 차례로 바라봤다. 이제 직원들을 충원해야 하니, 이들의 역할이 중요하다.

"박하 씨는 지금처럼 SNS 관리하면서 팬 매니저 역할 계속 부탁하고."

"예!"

"그리고 우리 스타일팀 막내 서희 씨는……."

으슥한 달처럼 차가운 시선.

"…잘하고 있어. 아주 굿."

나는 엄지를 내밀고 김승권을 바라봤다.

"승권 씨는 빨리 일 배우고. 앞으로 새로운 매니저 들어올 건데, 걔들보다는 먼저 자리 잡고 있어야죠."

"열심히 하겠습니다!"

김승권이 주먹을 불끈 쥔다.

"은별이가 골드 버튼 얘기하던데, 너무 무리하지는 말고요."

"예!"

꼬맹이의 미소가 생각난다.

보러 가야 하는데. 까르르 웃음소리도 듣고.

"자, 회의 끝내겠습니다."

막내들이 먼저 사무실을 나갔다.

김나영 팀장과 유병재 팀장, 차가희 팀장.

남은 세 사람을 보면서 말했다.

"이제 때가 됐다."

"드디어 올려 칠 때가 왔네요."

뭐, 거창한 것은 아니다.

배우의 인지도를 올리기 위한 일종의 홍보 전략일 뿐.

바로 공중파 나들이다.

지난번 윤소림은 KIS 연예가소식에 출연에서 눈물 영상으로 화제를 모았다.

그 뒤로 4개월이 지난 현재 윤소림은 많은 것이 달라졌다.

신인 여배우에서 연속극 주연배우가 됐고, 논란을 뿌리치고 시청률의 여왕이 됐다.

하지만 TVX가 케이블방송이기 때문에 중장년층은 아직까지 윤소림을 제대로 인식하지 못하고 있다.

그러니 이번이 확 달라진 위상을 보여줘야 할 때다.

일단 빠르게 스케줄을 잡을 수 있는 프로그램 중에는 3인칭시점이 있다.

그쪽에서는 전부터 원했기 때문에 어려움은 없을 거다.

물론 다른 예능프로그램에서도 출연 요청이 들어왔기 때문에 스케줄 잡는 것에는 문제가 없다.

"어떻게 하실 거예요?"

유병재가 물었다.

지금 이 순간, 나는 한 사람을 떠올린다.

KIS 방기룡 국장.

                    *   *   *

「압구정, J 헤어숍」

아침부터 메이크업 룸 안에서 날카로운 소리가 들렸다.

"누구야?"

"송연우요."

"송연우? 걔가 누구지?"

"왜, 윤소림이랑 단막극 찍었던 배우 있잖아요. 오늘부터 저희 숍이랑 계약했대요."

여전히 누군지 몰라서 고개를 갸웃한 헤어디자이너는 문에 살짝 귀를 가져갔다.

다투는 소리가 나길래 두 눈썹을 꿈틀 올리고 결정을 내렸다.

"소리가 잠잠해질 때쯤 들어가는 거로."

두 사람이 탕비실로 들어간 동안, 룸 안에서는 송연우의 불만이 계속 쏟아졌다.

"아니, 왜 커피 차가 퍼져? 멀쩡했던 게!"

500살 마녀 촬영장에 보낸 커피 차가 고속도로에서 퍼졌다.

그 바람에 윤소림에게 묻어가려던 계획이 어그러졌다.

"돌겠네, 진짜! 그리고 오디션은 왜 안 따 와?"

아침부터 송연우의 입이 삐죽 나오자, 매니저는 눈을 지그시 감았다.

이제 이 정도쯤은 아무렇지도 않았다. 출근 전 명상과 냉수마찰이 큰 도움이 됐다.

"안 따 오는 게 아니라, 조건이 안 맞는 거야. 못해도 주조연급으로 가야지."

이래 봬도 시청률 13프로의 주연.

주연에서 조연 내려가는 거야 눈 한번 딱 감으면 되겠지만, 조연 갔다가 다시 주연 오려면 몇 년이 걸릴지 모른다. 어쩌면 안 올지도.

"연우야, 회사가 고민해 봤는데……."

"잠깐."

"응?"

"내가 열받을 소리야?"

"……."

"하지 마. 하지 마!"

매니저는 눈을 가늘게 떴다. 공서 이후 사람 되나 싶었건만.

하긴, 이해를 못 할 것도 아니었다.

상대역이었던 윤소림은 지금 시청률 퀸이 됐으니까.

그렇다고 몇 년이 지난 것도 아니다.

'채 반년도 지나지 않았지.'

그래도 아직은 인터뷰할 때 기자가 윤소림 소식을 물을 정도로 끈이 이어져 있긴 하지만, 그나마도 끊어지기 직전.

　'어쩜, 진즉 끊어졌을지도.'

　매니저가 안쓰러워서 거울에 비친 송연우를 볼 때였다.

　송연우의 눈시울이 붉어졌다.

　"야, 왜 그래?"

　"뭐가."

　"너 울잖아, 지금."

　"뭐어?"

　송연우가 제 얼굴을 더듬는다. 그러더니 화들짝.

　"아씨. 탈모약 때문에 그래. 그거 먹으면… 호르몬에 변화가 온다고 했거든… 훌쩍."

　말도 안 되는 핑계를 대는 송연우.

　매니저는 한숨을 쉬고 말했다.

　"연우야, 우리 여러 가지로 한번 시도해 보자. 대표님이 너 말 잘하니까 MC 자리에 진출할 수도 있지 않겠냐고 하더라고."

　"MC?"

　송연우의 눈빛이 변했다. 지금 막, 머릿속에 국민 MC가 된 자신의 모습이 빛의 속도로 지나갔다.

　"그래서 지금 회사에서 프로그램 하나 조율하고 있어, 공중파."

　"진짜?"

　"너 10넘버즈가 여섯소년들이랑 같은 시기에 데뷔한 거 알지?"

　"그래?"

"근데 왜 여섯소년들이 갑자기 확 치고 올라갔는지 알아?"

"모르지."

"처음에는 10넘버즈가 먼저 인기몰이 했지. 왜냐하면 걔들은 리얼리티프로그램으로 데뷔했으니까. 시작부터 팬덤 먹고 들어 갔지."

반면 여섯소년들은 그 어떤 징조도 없다가 N탑에서 튀어나 왔다.

"보통 아이돌 그룹 소속사 앞은 죽치고 사는 붙박이 팬들이 많 거든? 걔들이 연습생들 신상 빠삭한데, 오죽하면 걔들도 데뷔 직 전까지 유유 얼굴을 못 봤을 정도래. 항상 모자 쓰고, 마스크 쓰 고 다녀서."

"그러니까 왜?"

"10넘버즈가 슬슬 인기 오를 때 해외시장 공략한다고 중국하고 일본을 돌았거든. 두 달 정도 투어 돌았나? 그 두 달 사이에 완전 전세 뒤집힌 거지."

"무슨 일이 있었는데?"

천장에서 내려온 형광등 빛이 송연우의 눈동자에 안착하여 빛 났다.

부담스러운 시선에 매니저는 미간을 찌푸리고 말했다.

"공중파 나들이."

"에이, 그게 뭐야."

"연우야, 공중파 우습게 알면 안 돼. 차트에서 미끄러지던 곡이 여섯소년들 예능에 얼굴 나오자마자 지붕 킥 했어. 서태지와 아이 들 데뷔무대 전설 몰라? 방송 나오고 다음 날 전국의 학교가 뒤집어졌을 정도로 센세이션이었잖아."

제아무리 케이블이 잘나가고, 인터넷 스트리밍 서비스가 대세라지만 대한민국은 아직은 공중파다.

"공중파는 아직 죽지 않았어."

"그럼 내가, 공중파 예능에 나가는 거야?"

송연우의 질문에 매니저는 미소를 씨익 지어 보였다.

"예능은 아니고, 연예가소식."

"……!"

*   *   *

[어때요?]

"신기하네."

나는 지금 저승이와 반빙의를 연습해 보고 있다.

뭐랄까, 기분은 약간 몽롱한데 정신은 잃지 않았다. 평소와 다른 점은 몸이 붕 뜬 것처럼 움직인다는 것이다. 몸의 통제력은 저승이가 가져가기 때문이다.

[싱크로율이 높을수록 움직임이 수월해지죠.]

저승이가 내 몸에 들어온 상태라서 목소리가 이어폰을 끼고 있는 것처럼 들린다.

이쯤에서 문득 궁금해졌다.

"야, 그럼 너 왜 그동안 나 잠잘 때만 들어와서 짜장면 먹었냐?"

[아저씨가 깨어 있는 동안에는 일의 연장이니까요! 밥은 편하게

먹어야죠!]

짭짤하지만, 일단 수긍했다.

그런데 내 다리가 성큼 움직인다. 저승이의 의지다.

[아저씨도 걸으려고 시도하세요. 그럼 훨씬 수월할 거에요.]

"이렇게?"

의지를 갖자 오히려 걸음이 불편해졌다. 마치 아기가 억지로 서 있는 것 같다고 할까.

[계속해 봐요. 차차 적응될 테니까.]

이후로 몇 번 시행착오를 거쳐서 겨우 어색하지 않게 걸을 수 있었다.

[이제 소파를 들어볼게요.]

"뭐?"

[빙의의 장점은, 잠재력을 끌어올릴 수 있다는 겁니다.]

잠재력, 인간의 한계치의 능력.

"야, 나 매니지먼트 대표야. 괴물 물리치고 하는 헌터 아니야."

우스개 삼아 떠드는 동안 저승이가 허리를 굽혔다. 이제는 제법 익숙해져서 나도 허리를 숙이는 느낌을 이어받으며 소파 밑을 손바닥으로 받쳤다.

그리고.

"어, 어?"

소파가 아주 가볍게 올라왔다.

이쯤 되면 이 말 한 번 외쳐야지.

"대박!"

[이제 아셨습니까? 저승사자의 위엄을!]

"이 정도면 UFC 나가도 되겠는데?"

[나갈 수는 있습니다. 하지만 3분 뒤에 얻어터지실 거예요. 반빙의로 근력의 한계를 끌어올리는 건 3분이 최대거든요.]

3분.

[면역이나 소화같이 신체의 에너지를 쓰는 반빙의는 무리가 없지만, 근력을 쓰는 것은 얘기가 달라요. 3분이 최대고, 다음 날 몸에 무리가 갈 겁니다.]

"한마디로 헌터는 불가능하다는 거구나."

왠지 조금 아쉽다.

아무래도, 반빙의는 유병재 먹방 때나 써먹기로 결론을 내리고 수화기를 들었다.

[때가 됐나요?]

저승이가 물었고, 나는 고개를 끄덕였다.

—예! 중화반점입니다!

"여기 퓨처엔터……."

.

.

.

일단 배를 채우고 저승이와 머리를 맞댔다.

"이제 소림이를 올려칠 거야. 이게 잘되면 소림이는 곧 S급을 찍을 거야."

지금까지도 믿기 힘들 정도로 빠르게 성장했지만, 이번 한 번으로 윤소림은 여배우로서 우뚝 서게 될 것이다. 물론, 지금도 여배우다.

[어떻게 하실 건데요?]

"윤소림의 인기가 이 정도입니다, 라는 것을 사람들에게 보여줘야지."

그래서 출연할 프로그램을 두고 고민을 많이 했다.

현재, 방송국 간판 프로그램마다 윤소림에게 출연 제의를 해오고 있었다.

청탁부터 시작해 협박하는 피디, 갈비 양념 재듯 온갖 감언이설로 꼬드겨 오는 방송 작가까지. 아주 다양하게 청이 들어오고 있다.

하지만 배우는 이미지 소비를 고려해야 해서 모든 프로그램에 얼굴을 비칠 수는 없다. 그래서 고민한 결과……

"연예가소식."

그중에서도 길거리 데이트 코너가 적당하다.

문제는……

[방기룡 국장.]

저승이가 곱슬머리 사이로 눈을 반짝이며 그 이름을 속삭였다.

그래, 방 국장의 시선에서 나를 한번 바라보자.

사랑합니다, 아빠!

라고, 외치던 놈이 바쁘다는 핑계로 요 몇 달 쥐새끼처럼 피해 다녔다.

만약 내가 국장실을 방긋 웃으며 들어가면 어떻게 될까?

아마 골프채가 날아올지도.

[으… 최악인데요?]

그런 사태만은 피해야 한다.

[그냥 연예가소식 피디한테 다이렉트로 연락하면 안 돼요?]

"아니 될 말이지. 방 국장 귀에 분명 들어갈 테고, 그 양반 성격에 반길 리 없어. 오히려 심술부려서 방해할걸?"

[그럼 어떻게 해요?]

방법은 하나.

"저쪽이 날 잡게 만들어야지."

[잡아요?]

나는 계획을 떠올리며 피식 웃었다.

이 시나리오의 주연은 방기룡. 조연은 김재하 피디.

미끼는 나다.

*　　　　*　　　　*

"괜찮네. 설정도 훨씬 심플해졌고."

전유라 작가의 차기작 수정고를 보고받은 방 국장은 만족한 듯 고개를 끄덕였지만, 목소리는 뜨뜻미지근했다.

커피 한 모금을 호르르 삼킨 김 피디는 눈치를 살피며 입을 열었다.

"최고남이 전 작가에게 팁을 좀 줬나 봐요."

"최고남 그 자식, KIS에는 머리털 하나 안 비치면서 동에 번쩍 서에 번쩍 잘도 다니네."

방 국장이 콧잔등을 찌푸리며 구시렁거린다.

"아무튼, 전 작가한테는 잡생각 하지 말고 제대로 놀아보라고 해."

작가는 자기가 창조한 세계에서 잘 놀아야 좋은 작품이 나온다.

만드는 것은 감독이 할 일이고.

"근데, 전 작가는 왜 계약 안 한대? 혹시, 최고남 그 자식이!"

방 국장의 손이 호빵처럼 둥글어졌다.

"그런 말은 없었나 봐요. 뭐, 최고남이야 쟁쟁한 작가들 두고 굳이 전 작가하고 계약하겠습니까?"

"쟁쟁한 작가들이 최고남하고 일을 하겠냐 하면, 또 그건 아니거든."

한 번에 수십억 캐시가 움직이는 드라마 시장에서 가장 중요한 것은 톱스타도 톱감독도 아니다.

대본이며, 그걸 쓰는 작가다.

이미 충분한 대우를 받는 작가들이 몸값이 아쉬운 것도 아니고 뭐가 아쉬워서 신생 회사와 계약을 할까.

무엇보다 퓨처엔터는 드라마 제작 회사와는 결이 다른 회사다.

다만 방 국장이 궁금했던 것은 최고남이 〈공서〉에서 전유라 작가를 하도 챙기길래 데려가려나 싶었기 때문이다.

"지금 최고남이 다른 거 눈에 들어오나요, 윤소림 케어하기 바쁘지. 이제부터 윤소림 쭉쭉 올라갈 거 안 봐도 비디오고."

"그러니까 이상하단 말이야. 이쯤이면 공중파 진출 각인데. N탑 특기잖아. 적당한 때에 공중파 나와서 분위기 모는 거."

현재 윤소림의 상승세는 전율을 넘어 소름이 돋을 정도다.

하지만 어디까지나 실체가 없는 소문들일 뿐이다.

아직 윤소림을 모르는 대중들은 많다. 설사 드라마를 봤다고 해도 '어휴, 쟤 연기 잘하네.' 이 정도로 여기는 것이 대중이다.

그런 대중에게 '얘 알고 보니 엄청난 스타입니다'라고 눈도장을 찍으려면 결국 공중파에서 인증을 해줘야 한다.

스타 인증.

방 국장은 얼마 없는 머리숱을 조심스럽게 넘기며 김 피디를 슥 쳐다봤다.

"이상하지 않아?"

"뭐, 다른 방송국도 윤소림을 잡으려고 하고 있으니까요. 돌아가는 상황 보니 윤소림과 함께 일하려면 대기표 뽑고 순번 돌아올 때까지 한참을 기다려야 할 것 같고, 아니지, 한참 기다리면 몸값 치솟을 테니 어쩌면 영영……."

"최고남 그 개놈의 자식! 추어탕 특대 하나 사고 입 싹 닦는다 이거지?"

분노한 방 국장이 소파 팔걸이를 주먹으로 내려친다.

'슬슬 타이밍인가.'

김 피디는 손에 쥔 핸드폰을 물끄러미 바라봤다.

그리고 마침내 벨 소리가 울리자 서둘러 받았다.

"뭐어? 여의도에 최고남이 떴어?"

연기 톤처럼 딱딱한 목소리였지만, 방 국장은 즉각 반응했다.

"어딘데!"

               *   *   *

　나는 전화를 끊고 하늘을 바라봤다. 제삿날도 이렇게 맑지 않
았는데.

　아마, 방 국장한테 한 대 맞겠지? 아프겠지? 반빙의 한 번 할
까?

　[아니요. 반빙의 상태로 맞으면 저도 아프거든요.]

　"치사한 자식."

　[생전에 방 국장하고는 어떤 사이였어요?]

　잠자리를 잡으려고 하늘을 날던 저승이가 땅에 사뿐히 착석하
며 물었다.

　"막역지우(莫逆之友)였지. 추어탕 나눠 먹으면서 소주 한 잔 기
울일 상대로는 방 국장이 최고거든."

　방송국 사람들은 이 바닥에서는 공무원이다.

　한 번 얼굴을 익혀두면 두고두고 보게 된다.

　"그래, 뭐. 윤소림을 위해서라면. 업보를 해결해야지."

　회귀하고 윤소림을 다시 만났을 때를 떠올린다. 방 국장한테
두들겨 맞아도 괜찮을 것 같다는 생각을 할 때, 문자가 띵 도착
했다.

　[대표님! 식사하셨어요?]

　윤소림이 보낸 문자였다. 밥차 앞에서 은별이와 함께 식판을 들
고 V를 그리고 있었다.

　[소야네? 와, 맛있겠다.]

　저승이가 옆에서 입맛을 다신다.

[대표님, 오늘도 힘내세요! 화이팅!]

'너도.'

나는 인터넷에서 박카수 이미지를 다운받아서 메시지를 보냈다.

뭐, 윤소림 차에 박카수가 가득 쌓여 있지만.

지난번 광고 촬영하고 업체에서 실어준 게 아직도 많다.

나는 피식 웃었다.

소림이 문자 덕인지 곧 마주칠 방 국장의 그림자가 두렵지 않아졌다.

그런 나를 바라보는 저승이가 고개를 돌리더니 검붉은 눈썹을 찡그린다.

[아저씨, 방 국장 왔어요!]

*   *   *

마치, 오케스트라 연주 소리가 들리는 것 같다.

절정으로 치닫는 선율, 내 숨소리와 주위의 풍경은 느려지고, 멀리서 날 잡으러 오는 야수… 그 이름은 방기룡 국장.

그리고 강한 충격.

다음 순간 마치 혜성이 충돌한 것 같은 충격이 내 몸에 엄습했다.

갑자기 나타난 두 팔이 내 허리를 꽉 묶는다. 이어 내 앞에 소름 끼치는 웃음소리를 내면서 방 국장이 모습을 나타냈다.

"푸하하! 네놈이 뛰어봤자 부처님 손바닥 안이지! 김 피디야, 꽉 잡고 있어라."

나는 고개를 돌려서 날 붙잡고 있는 김재하 피디와 눈을 마주쳤다.

오늘따라 콧수염도 거뭇거뭇한 게 일본 순사 앞잡이가 따로 없지만, 우리는 방 국장이 눈치채지 못할 정도로 찰나의 눈빛을 교환했다.

"은혜를 원수로 갚는다더니, 그게 딱 최 대표 너였어."

천천히, 방 국장이 옷소매를 올리면서 다가온다.

"국장님, 말로 하시죠! 폭력은 안 됩니다!"

"그렇게 내 전화를 피하고, 심지어 강주희를 끌어들여?"

"그거야 누님이 마침 옆에 있어서 그랬고요."

"어찌 됐든 피했잖아?!"

"피한 게 아니라, 스케줄이 안 맞아서."

"피한 게 아니다? 입에 침이나 바르고 거짓말을 해!"

나는 눈을 질끈 감았다. 그런데 나를 붙잡은 김 피디의 팔이 스르르 풀어지더니, 이번에는 앞에서 두 팔이 날 껴안았다. 슬그머니 눈을 뜨니 방 국장의 어깨가 보인다.

"국장님?"

"고남아."

"예?"

불길한 느낌이 엄습했을 때, 다음 순간 내 귀에서부터 온몸으로 소름이 퍼졌다.

"사랑한다."

전유라 작가가 〈공서〉에서 하차할 뻔했을 때, 나는 그에게 같은 말을 했었다.

"윤소림 데리고 KIS에 올 거지?"

"국장님 그, 그건······."

방 국장의 팔이 나를 으스러지게 끌어안았다.

"사랑한다니까."

"···예."

기쁨에 찬 방 국장의 웃음소리가 청명한 하늘에 울려 퍼진다.

아마 그는 앞으로도 영영 모를 거다. 내가 일부러 잡혀줬다는 것을.

.
.
.

"소림이가 사실 KIS의 딸 아닙니까."

이 한마디에 방 국장의 표정이 눈 녹듯 사르르 풀렸다.

팔자 주름 깊은 미소가 씨익 올라온다.

"오죽하면 소림이가 그럽니다. 아휴, 국장님 한번 찾아봬야 하는데, 선물도 사다 드리고 해야 하는데······."

"선물은 무슨. 무소식이 희소식이라는데."

손바닥 뒤집듯 바뀐 방 국장의 표정 앞에서 나는 납작 엎드렸다.

"근데, 아시다시피 소림이가 바로 〈장산의 여인〉 촬영 들어갑니다. 그래서 스케줄에 여유가 없어요. 거기다 지금 500살 마녀도 아직 크랭크업 하지 못한 상황이라서요."

최대한 돌아가면서 얘기를 꺼냈는데··· 너무 꽈배기를 꼬았나.

껄껄 웃던 방 국장의 눈이 의심의 눈초리로 변했다.

"그래서? 못 하겠다고?"

재빨리 손사래를 쳤다.

"못 하긴요. 무조건 해야죠. 다만, 제 말은 당장 해야 한다 이거죠. 마침 한 주 결방으로 시간적 여유가 있어서요."

"흠, 아직 드라마 종영 전에 연예가소식에 출연하는 건 좀……."

"좀 그렇죠? 근데 또 MNC는, 아, 3인칭시점 아시죠? 거기 병재 나왔잖아요. 거기는 자사 드라마가 우리랑 경쟁 중인데도 문제없다고 하네요? 그런데 또 그게 상도의가 아니잖아요. 그래서……."

"확, 그냥!"

방 국장이 주먹을 쥐고 겁을 준다.

나는 깨갱거리면서 눈치를 살폈다. 노려보던 방 국장이 툭 물었다.

"그래서 하고 싶은 게 뭔데?"

"길거리 데이트요."

내 말에 방 국장이 끌끌 웃으면서 김 피디를 쳐다본다.

"야, 맞지? 이 자식 길거리 데이트 노릴 거라고 했잖아."

그러고는 다시 나를 보면서.

"넌 역시 내 손바닥 안에 있어, 흐흐."

아, 예.

*　　　*　　　*

"야, 좀 깔쌈한 애 없냐?

"이건혁이 이번에 영화 개봉하는데, 길거리 데이트 한 번 더 할까요?"

"걔 길거리 데이트 두 번 하지 않았냐?"

"세 번이요."

연예가소식 메인 피디 윤혁.

연예 정보 프로그램 성격상 같은 연예인의 소식이 자주 언급될 수밖에 없다지만, 돌려먹는 것도 정도가 있다.

"도식아, 네가 TV 보다가 톱스타 이건혁이 나오면 어떤 기분이 들 것 같냐? 와, 대박, 쩔어. 이런 기분이야?"

"뭐, 그냥 이건혁 나왔네."

조연출의 대답에 윤혁 피디를 비롯한 작가들이 무심하게 그를 쳐다봤다.

윤혁 피디가 테이블을 두드린다.

"새로운 얼굴, 예를 들어 윤소림. 우리는 그런 애가 필요해."

지난 한 해 연예가소식 평균 시청률 3프로.

간간이 4프로에 발을 담가보기도 하지만, 아무리 용을 써도 5프로 벽을 넘지 못한 지가 벌써 1년.

"드라마 종영하면 윤소림도 출연하겠죠."

메인작가의 혼잣말에 윤혁 피디는 한숨을 쉬었다.

"기자들이 왜 단독이니 특종이니 붙이겠니. 드라마 끝나고 방송국 쫙 돌 텐데, 그때 가서 나오면 우리의 존재 의의가 없잖아!"

"우리가 먼저 하면 되죠. 이미 한 번 출연도 했고, 우리랑은 특별하잖아요?"

"너는 아직도 얼굴에 분칠한 애들을 믿냐? 걔들이 은혜 갚는 까치인 줄 알아? 한 번 뜨면 안면 싹 바꾸는 애들이 잘도 우리 기억하고 찾아오겠다."

"근데 지난번에 드라마 국장님이 와서 큰소리치지 않으셨어요?"

"뭐, 그러긴 했는데……."

큰소리 떵떵 치면서 부처님 손바닥 타령을 하긴 했었다.

하지만 그 이후로 얘기가 쏙 들어갔다.

"도식아, 윤소림 매니저한테 전화해서 확답받아. 종영하자마자 우리 쪽 나오자고. 3인칭시점 걔들이 선수 치기 전에, 그 먹방 매니저랑 같이 나오게끔!"

붙잡아야 한다는 지시를 내리는데, 회의실 문이 열렸다.

"누군데 회의 중에… 국장님?"

그는 바로 방기룡 국장.

"윤 피디."

"예."

"내일 당장 길거리 데이트 촬영할 수 있나?"

"에이, 그건 좀 그렇죠. 장소 섭외도 해야 하고, 출연 연예인 소속사하고 얘기해서 경호 인력도 세팅해야 하고… 근데 누군데요?"

질문을 던진 윤혁 피디는 방 국장의 미소에 순간 눈을 치켜떴다.

"설마……."

그때, 방 국장의 뒤에서 스윽 나타난 남자.

퓨처엔터테인먼트 최고남 대표였다.

.

.

.

"경호팀은 저희가 준비하겠습니다. 그 밖에 필요한 부분이 있으시면 또 얘기해 주세요. 저희가 만반의 준비를 하겠습니다."

"대표님이 알아서 하시겠죠. 많이 해보셨을 거 아니에요?

윤혁 피디가 웃으며 말했다.

연예가소식의 간판 프로그램 '길거리 데이트'.

20년 역사를 가진 코너는 그동안 N탑을 비롯해 수많은 스타가 거쳐갔다.

시장의 상인들이, 출퇴근에 바쁜 시민들이, 하굣길의 학생들이 거리에 나타난 스타의 모습에 열광한 순간들이 브라운관을 거쳐 시청자들의 안방을 찾았다.

물론 예전 같지만은 않지만, 아직도 그 방송을 보는 '평균 3프로'의 시청자들은 길거리 데이트에 출연하는 연예인이 곧 스타라는 인식을 가지고 있다.

이번에 윤소림은 그 3프로를 잡는 거다.

"스케줄이 타이트해서, 이렇게 갑자기 부탁을 드리게 됐습니다. 이번에 한번 제대로 밀어주시면 고마움 잊지 않겠습니다."

민 대표를 비롯해 화음 제작진에게는 상황을 알렸다.

어차피 드라마 촬영도 막바지라서 후처리 작업 위주기 때문에 흔쾌히 협력을 얻었다.

오히려 민 대표는 이 기회에 시청률 30프로 만들자면서 등 떠밀기까지 했다.

"저희야 시청률이 높으면 당장 오늘이라도 촬영 나갈 수 있습니다. 근데, 소림 씨가 명동에 뜨면 난리 날 겁니다."

"그래서, 이번에 제대로 판을 벌여보려고요."

"판을 벌여요?"

"최대한 사람들을 많이 끌어올 계획입니다."

여러 플랜을 생각하고 있다.

아예 유유 흑역사 사진이라도 대량 방출 할까?

유유 인스터에 내 이름 올라오면 팬들이 나 잡기 위해서라도 나타날 것 아닌가.

"어떻게요?"

"일단, 제작진만 괜찮다면 팬클럽 사이트에 촬영 일정을 공지할 겁니다. 소림이 팬들이 생각보다 단합이 좋거든요."

"아, 들었어요. 촬영장에 하루걸러 밥차가 온다면서요?"

"그 정도까지는 아니지만, 팬들이 저보다 벌이가 좋더라고요."

팬이란 마치 씨앗 같아서 처음에는 뿌린 티도 안 나지만, 뿌리를 내리기 시작하면 허허벌판을 어느새 푸른 잎으로 가득 채운다.

물론 관리를 잘해야 한다.

그래서 미디어 홍보팀 권박하가 중간에서 팬들과 회사의 소통을 이어주는 팬 매니저 역할을 하면서 팬들의 요구 사항을 귀담 아듣고, 회사가 해줄 수 있는 선에서 수용해 준다.

그게 무슨 말이냐 하면, 퓨처엔터 직원들은 아주 일을 잘하고 있다는 소리다.

"근데 일단이라고 하면, 다른 게 또 있어요?"

"저희한테는 비장의 무기가 있죠."

"비장의… 무기요?"

내가 씨익 웃으니, 윤 피디가 고개를 갸웃한다.

"궁금하긴 한데… 아, 마침 잘됐네요."

"뭐가요?"

이번에는 윤 피디가 의미심장하게 미소 지은 뒤 나를 보고, 내가 고개를 갸웃했다.

"뭐가 잘돼요?"

"송연우, 기억하시죠?"

아니, 그 잡놈이 여기서 왜 나오는 거지 싶은데.

"실은 송연우 소속사에서 저희 프로그램 패널로 출연하고 싶다고 연락이 와서요. 뭐, 이번에 길거리 데이트 리포터로 나오면 둘이 예전에 드라마 같이 찍었으니……."

이 양반이 잘 나가다가 샛길로 빠지네.

그렇게 되면 500살 마녀가 아닌 공시가 언급되고, 윤소림이 아닌 송연우가 반사이익을 얻을 텐데.

"죄송하지만 피디님, 그건 좀 곤란한데요? 송연우가 리포터로 나오든 패널로 나오든 상관없지만, 윤소림과 함께 출연하는 건 문제가 있습니다. 아시잖아요, 그렇게 되면 시선이 분산되는 거. 아마 길거리 데이트 코너가 지닌 임팩트도 사라질 겁니다."

내 설득에 윤 피디도 찌푸린 미간을 들썩거리며 생각한다.

잠깐 시간이 흐르고 그가 고개를 끄덕였다.

"알겠습니다. 뭐, 윤소림하고 송연우하고 급이 다르니까. 제가 그림을 잘못 그렸네요."

"이해해 주셔서 감사합니다. 준비는 단단히 하겠습니다. 배우로서 길거리 데이트에 출연하는 게 어디 보통 영광입니까?"

혹시 윤 피디가 언짢아할까 봐 립서비스를 던지고 일어났다.

그때, 눈치가 제일 없어 보이는 작가가 넌지시 묻는다.

"피디님, 그럼 송연우 쪽에는 뭐라고……."

"쉬라고 해."

*　　　　*　　　　*

나는 바로 회사로 돌아와서 김나영 팀장에게 상황을 전달했다.

곧, 퓨처엔터 공식 홈페이지와 SNS에 출연 공지를 올렸다.

[공지] 배우 윤소림 〈연예가소식〉 출연 안내와 악플 대응 공지.

안녕하세요.

퓨처엔터테인먼트입니다.

당사의 배우 윤소림이 KIS 연예가소식 프로그램에 출연하게 되어 안내드립니다.

윤소림은 해당 프로그램 〈길거리 데이트〉 코너에 출연합니다.

하지만 당일 현장이 혼잡할 수 있으니, 방문을 자제해 주시길 부탁드립니다.

마지막으로 악성댓글 및 음해성 댓글이 무분별하게 퍼지고 있습니다.

이에 당사는 법적 대응을 고려하고 있으며, 관련한 제보 메일을 수시로⋯⋯.

—자, 이쯤 되면 가족까지 끌고 오라는 거죠?

—드디어, 드디어 갤주를 실물로 보게 되는구나!

ㄴ갤주를 처음 보는 분들께 경고합니다! 심장약 챙겨 가세요! 모니터는 실물의 10분의 1, 아니, 100분의 1도 담지 못합니다.

ㄴ밥차 진행한 스태프입니다. 이 말을 의심하지 마세요. 진짜입니다.

ㄴ백 퍼센트 동의합니다. 카페에서 알바할 때 윤소림 왔는데 나비 날아오는 줄 알았어요. 참고로 우리 집 TV 화질 UHD인데 실물과 비교 불가임.

—갤주 여동생들도 그렇게 예쁘다는데?

ㄴ미친놈아, 꿈도 꾸지 마라.

ㄴ어그로꾼 또 왔네.

ㄴ갤주 여동생들도 눈이 있습니다.

*   *   *

「명동」

외국인 관광객이 사랑하는 대한민국 핫 플레이스로 3.3㎡ 부지에 6억 400만 원.

상권 내 커피 전문점의 월평균 추정 매출 1억 6,000만 원.

하루 유동 인구 일평균 40만 명.

그 명동 한복판의 건물 입구에 붙은 A4 용지에는 이렇게 적혀 있었다.

『내 S급 연예인』 4권에 계속…